JN121989
騎士団食堂の
推し活《おしかつ》令嬢
最推し騎士団長の
神対応が
甘すぎます

騎士団食堂の推し活令嬢

最推し騎士団長の神対応が甘すぎます

瀬　川　月　菜

T S U K I N A　S E G A W A

一迅社文庫アイリス

CONTENTS

アンジェリーヌ
ベルリオーズ侯爵家の令嬢。
幼少時に身体が弱かったため、
健康の大切さが身に染みている。
現在、料理長の遠縁の娘「アン」
として、青花騎士団専属
第三食堂の厨房係
として活動中。
テオウス
ラヴォア侯爵家の三男で、
青花騎士団の団長。若く
して騎士団長についた実力
派の騎士。浮いた噂など
は流れない堅物で
誠実な青年。

騎士団食堂の推し活《おしかつ》令嬢

最推し騎士団長の神対応が甘すぎます

characters profile

ファビアン
騎士団食堂の料理長。豪気で堂々とした男性。

コラリー
騎士団食堂の料理人。快活で明るい女性。

シモン
騎士団食堂の料理人。男爵家出身の青年。

セルヴァン
侯爵家の養子で、アンジェリーヌの義兄。

カディオ
青花騎士団の副団長。

厨房係のアン

用語

トラントゥール王国
金獅子、黒狼、青花の名を持つ騎士団を有する国。衛生を重要視する政策を取っている。

イラストレーション◆仁藤あかね

騎士団食堂の推し活令嬢 最推しの騎士団長の神対応が甘すぎます

Valkyr/OSHIKATSU Lady & The OSHI Knight.

第1章　侯爵令嬢の推し事とお仕事

トラントゥール王国に誉《ほま》れ高きは、一に建築、二に食事、三に騎士の麗《うるわ》しさ――。

王国の歴史はその言葉通り、三つの騎士団とともにあった。

旗章に由来して金獅子《きんじし》、黒狼《こくろう》、青花《あおはな》の名を持つ騎士団は現在も国内の平和維持と諸外国への援助を行う、勇敢で誠実、正義感に満ち溢《あふ》れ、慈愛の精神を尊《とうと》ぶ騎士たちで構成されている。

だがそれは空腹でなければ、の話。

青花騎士団の騎士たちが課業を済ませて第三食堂にやってくると、そこはアンジェリーヌたち厨房《ちゅうぼう》係の戦場となる。角盆《かくぼん》を手に空腹を訴えながら列を成す彼らに料理を配膳《はいぜん》する一人となるのが、厨房係としての職務歴がまだ浅いアンジェリーヌの大仕事だ。

安価な生地《きじ》の紅茶色のドレスと白い前掛け、金の巻き毛をおさげにして頭巾《ずきん》を被《かぶ》り、唾《つば》しぶきが飛ばないよう口隠《マスク》しを着用するのがアンジェリーヌの厨房担当者としての正装だが、制服で個性を消しても紫色の瞳《ひとみ》がより印象的に輝《かがや》いて見えることには気付いていない。

昼食の配膳担当はスープだった。黒キャベツと、一口大に切った鶏肉《とり》、刻みニンニクを炒《いた》め、たっぷりの水で煮込んだ、肉と野菜をしっかり食べられる一品だ。

盛暑の時期、すべての献立《こんだて》にはいつもより塩が多めに使われている。大量の汗をかいた騎士たちが美味《おい》しく感じられるよう、厨房勤めの人間は日々工夫を凝《こ》らしているのだ。

「ちゃんと手は洗いましたか？　汚れた手での食事は病気の原因になりますから、疎《おろそ》かにしないでくださいね！」

この国では礼儀作法としての手洗いやうがい、入浴はもちろん、清掃《せいそう》を行う者や調理者は髪をまとめ、口隠しを用いることが推奨《すいしょう》されている。辺境伯家からお輿入《こしい》れした王太子妃殿下の御下命《ごかめい》だ。幼少期から類稀《たぐいまれ》なる知恵でもって自領の発展に貢献した妃殿下は、ご成婚後も衛生を非常に重要視して政《まつりごと》に携《たずさ》わっていた。

繰り返しすぎて聞き流されるようになった「手洗い」「うがい」を伝えて汁椀《しるわん》を配っているところに疲労困憊《こんぱい》した見習い騎士たちが現れて、アンジェリーヌは目を三角に吊《つ》り上げた。

「あなたたち、朝食に来なかったわね？　夜更《よふ》かしせず早く寝なさいと言ったでしょう」

「うわっ、言われると思った！」

「誰《だれ》だよ、アンにばらしたの！」

ぎゃっと見習い騎士たちは鶏《にわとり》のように大騒ぎする。

明け方に眠って昼頃に起きる習慣が抜けず、年頃になって社交の機会が増えて夜会に出席するようになると、さらに体調管理と睡眠時間の確保が疎かになるのだ。加えて禁止されているお酒を持ち込んだ宴会《えんかい》、寮《りょう》を抜け出しての夜遊びなどで寝坊し、早朝訓練に間に合わず、罰《ばつ》を受けて朝食を食いはぐれる。予想通りすぎて誰かに教えられるまでもない。

そして着任早々、寝坊や着衣の乱れ、気分で食事を残すなどだらけた態度を見せた者たちを大喝《だいかつ》したアンジェリーヌは、すっかり口うるさい乳母《うば》か家庭教師のように扱われていた。

「今日の罰はお掃除？　走り込み？」

「走り込みだよ！　疲れたらよく眠れるだろうってさ！」

「おかげで朝食抜きで腹減ってんの！　ほら早くスープを寄越《よこ》せ、って……？」

汁椀の前に紙袋を渡すと、彼らはけたたましく言い立てるのをやめた。

中身は彼らが食べそびれた朝食を再利用した、肉詰めを挟《はさ》んだパンだ。新入りの厨房係のアンジェリーヌに調理作業は許されていないが、この程度なら料理長は大目に見てくれる。

みるみる表情を明るくする彼らにアンジェリーヌはにっこりと笑いかけた。

「ちゃんと食べて、しっかり訓練して、たくさん寝る。約束してくださいね？」

「っはい‼」

輝く笑顔で汁椀を受け取り「食べ物！」「女神！」と踊るような足取りで次の皿を求めて進む食欲旺盛《おうせい》な彼らを見守って、よしよしと頷《うなず》いた。

（ちゃんと食べてもらわなくっちゃ、この食堂に潜り込んだ意味がないわ）

だが満足している場合ではない。まだまだ騎士たちは列を作っているのだ。彼らの大事な食事を妨《さまた》げるのは本意ではないので、せっせと手を動かして配膳の列をさばく。

「ご機嫌よう！　今日も可愛《かわい》いね、アンちゃん」

「やあ、アン」

　声をかけてきたのは若手騎士、明るい性格で軽々しい褒《ほ》め言葉を得意とするリュカと、物静かだが道徳的によろしくない恋愛を好む悪癖《あくへき》があるシャルルだ。問題も多いが実力者として真っ先に名前の上がる二人でもある。

「新しい仕立て屋ができたんだって。一緒に行こうよ。大丈夫、下心はあるけど騎士として丁重に付き添うから。ねえ、シャルル？」

「うん。リュカは俺《おれ》と違って未婚女性が好みだから」

（相変わらず軽薄で恋多きお二人ね）

　年若い騎士たちの甘い言葉はどれも本当で、そのすべてが不誠実だ。

　正騎士を名乗るには貴族出身でなければならず、結婚は同じく高貴な家柄の者に限られる。だからアンジェリーヌを平民だと思い込んでいる彼らの言葉は身分制を敷く国ならあちこちに転がっている、火遊びや貴族の戯《たわむ》れと呼ばれるものだ。

（ああそれに比べて『あの方』の素晴らしいこと！　みだりに異性と関わりを持たず、適切な距離を保ち、性別や立場で態度を変えることもない。ハルセモニカ、あの方が生きる世界を作ってくださってありがとうございます。あの方を育ててくださったご家族の皆様、血を繋《つな》いでくださったお祖父《じい》様お祖母《ばあ》様、曽祖父母、ご先祖の皆々様に心より感謝を……！）

玉杓子《たまじゃくし》と椀を握りしめて唯一神ハルセモニカに祈りを捧《ささ》げる。勤務中でなければ感謝の祈りを朗詠《ろうえい》するのだが、いまはこれで許してもらおう。

「おおい、おーい、アンちゃーん？　聞いてるー？」

「……え？　ああ、申し訳ありません、ハルセモニカに祈っておりました」

「そんなに突然祈ることってある？」と困惑顔のリュカとシャルルだったが、空腹で気が立った後列の同僚たちに「早く行け」と押しやられて去っていく。

「あいつらがごめんな」

「うん。適当に流してくれていいからね」

個性的な面々も多いが、こうして他意なく気遣ってくれる者もいて、ありがたい。

「もし何かあったら団長に相談す、」

「テオウス様の御心《おこころ》を乱すようであれば貴族であろうと騎士であろうともしっかり手を打ちます大丈夫ですご安心ください」

「息継ぎなし……」「真顔の早口……」と騎士たちが言葉にしたり胸の中で呟《つぶや》いていた、そのときだった。列の最後尾に並んだ騎士の姿を捉え、アンジェリーヌは絶叫した。

（推し騎士様――――！）

であえであえーっ！　と胸のうちで叫んだところで誰が来るわけでもない。ただアンジェリーヌの頭の中が忙しい。

彼こそ、先ほど話題に出た青花騎士団団長テオウス・オリヴィエ・ラヴォアだ。

清潔感のある短い黒髪、涼やかな目元、青い瞳は凪《な》いだ水面《みなも》のように優しいが、剣を手にしたときには鋭い刃《やいば》の輝きを帯びる。正騎士に叙《じょ》された頃に一気に身長が伸び、太い首と厚い胸板を持ったたくましい男性へと成長して、日に日に騎士としての威厳が増している。

ラヴォア侯爵家の三男に生を受け、御歳《おんとし》二十五歳。家督《かとく》を継ぐのは難しいからと幼少期から騎士となるよう教育され、若くして団長を拝命《はいめい》するに至った才能の持ち主でもある。慢心とは無縁で鍛錬《たんれん》を欠かさず、努力を続ける姿に憧《あこが》れる者は多い。

(今朝ぶりのテオウス様！　さっきはなかった後ろのはね髪は訓練後だからね!?　ああ、あの髪を整える櫛《くし》になりたい……！)

やってくる騎士たちに汁椀を手渡しながら、小指の爪ほどもないわずかな視界の端に見えるテオウスを力の限り観察する。

(目視可能範囲に負傷なし！　本昼日もテオウス様は健康です！　ありがとうございます！)

そうして本日最大の山場にして最高の瞬間がやってきた。

「スープをもらえるか？」

豊かに響く低い声。平時にゆっくり話す癖は、相手を威圧しないよう気遣ったものだ。

「はい。熱いのでお気を付けて」

「ありがとう」

具を多く入れるなどの贔屓《ひいき》はしない。そうした行動は推し騎士様が嫌うことだから。

配膳の列を進む彼を今度は逆の視界の端に捉えてアンジェリーヌは内心身悶《みもだ》えた。

(推しの『ありがとう』は寿命が延びる。いつか不死になる。そうしたら永遠に推す)

今回のテオウスとの接触、五秒。

だがこの瞬間のために生きていると言っても過言ではない。

幸せに浸りたいところではあるが、騎士たちが食事を始めたので次は後片付けだ。

料理が行き渡っているか確認し、そうでなければ後から来ることを想定して食事時間中は取り置く。空になった鍋や器は早々に洗い、可能なら夜勤者の夕食と明日の仕込みを始める。

しかしまもなく騎士たちが食器を返却場所に戻しにくると、全員が洗い物で手一杯になってしまう。食器は量も種類も多く、数を確認する作業もある。過去に食器類をちょろまかして小遣い稼ぎをしていた者がいたらしく、いまは厳密に管理されているのだった。

食事を終えた騎士たちが貴重な昼休憩《きゅうけい》を思い思いに過ごすために食堂を去っていく。誰もいなくなればアンジェリーヌたちも昼食時間だが、それまでに一枚でも多く片付けてしまおうとせっせと手を動かしていた、そのときだった。

「ごちそうさま。今日も美味《うま》かった」

他の者たちがするように使用済みの食器類は指定の場所に置けばいいものを、テオウスはわざわざ厨房まで返しに来て、食堂勤めの者に声をかけてくれるのだった。

「屋外での訓練が多いので、味の濃いものがとても美味かった。心から感謝する」

（そういうところ、本当に推せる）

『ありがとう』で済ませられるものを伝えてくれるところが良い。とても良い。

真顔で溢れる思いを口走りそうな自分を律して、アンジェリーヌは幼少期からの礼儀作法教育で培《つちか》った控えめで上品な笑顔を浮かべた。

「ありがとうございます。お褒めのお言葉、恐縮でございます」

「あんまり下手《したて》に出すぎなくていいぞ、アン」

奥で作業していた料理長のファビアンがやってきてしゃがれ声で言った。

刈り込んだ灰色の髪と険しい顔、現役騎士と見間違ってしまいそうな大柄な男性で、どんな重い鍋も片手で振ってしまうが、細やかな包丁使いと繊細な味付けをも得意とする料理人だ。

「今年の見習いはずいぶん甘ったれが多いようですね。食べ残しが多すぎる」

食器を片付けに後ろを通った同僚のコラリーが「毎年そうじゃないですか」と笑う。

食べ物の好き嫌いが許される家で育った若者たちは、よく言えば舌が肥えていて、悪く言うと傲慢《ごうまん》で贅沢《ぜいたく》だ。ここで食べなくても別のところで食べられると信じて疑わない。

「申し訳ない。こちらでも対処するが、目に余るようならそちらから注意してもらって構わない。ファビアン殿の叱責《しっせき》なら効果覿面《てきめん》だろう」

「ひどいのはそうさせてもらいますよ。食事に限らず厨房係に下衆《げす》な振る舞いをするとかね」

（あら、私？）

指されたアンジェリーヌは、次の瞬間テオウスと目が合って息を止めた。

「まさか、嫌な思いをさせられたのか？」

鋭い目つき。感情を抑えた低い声。

アンジェリーヌは小刻みにぶるぶるぶるぶるぶると震え、両手で顔を覆《おお》って天を仰《あお》いだ。

「な、どうした⁉」

どうしたも何も。

（テオウス様が私などを見つめていらっしゃるからです！）

目が合った。目が合った。目が合ってしまった！

普段は穏《おだ》やかなテオウスが見せた険しさ。それは責任感と気遣いに由来するもの。知り得る言葉のすべてで称《たた》えたいところなのに、感動に震えるいまのアンジェリーヌには不可能だった。

（怒っていても目が綺麗《きれい》、すなわち心が美しい。私が守らなければ）

そう——テオウスを守る。そのためにここにやってきたのだから。

「アン？　大丈夫か、アン・ベリー？」

心配そうに呼びかけられて、ひぃぃんと泣きそうになった。

（推し騎士様が私を呼んでいる！　でも偽名なのが悔しいぃぃ！）

「あー……アンは多分疲れたんじゃないですかね？　忙しかったし、昼食もまだなんで」

見かねたらしいファビアンが間に入る。こうなったアンジェリーヌはしばらく使い物にならないのでその判断は正しい。

「そうか……無理はしないように。君が入職して半年経《た》ったが、俺の目から見てもよく頑張っていると思う。休むときはしっかり休みなさい」

（テオウス様がいつも私を見てい……………………………忘れよう、意識すると動けなくなる）

アンジェリーヌはかっと目を見開いて力強く胸に手を当てた。

「そのお言葉を胸に抱き、テオウス様と騎士団の皆様のために誠心誠意尽くすことを、ハルセモニカにお誓い申し上げます」

「まったく……」

――つん、と。

かすかな苦笑とともに彼の指先がアンジェリーヌの額に優しく触れた。

「休め、と言ったのが聞こえなかったのか？　アン・ベリー」

問い――何が起こりましたか？

答え――推し騎士様につんと額を小突かれて苦笑混じりに優しく咎《とが》められました！

「…………………はひ…………………」

真っ赤になって潰れた袋のように返事をする以外に何ができただろう？

仕事に戻るテオウスを見送ったアンジェリーヌは数秒後、「『ふぁんさ』の過剰摂取ぅ……」

という呟きを最後に、ゆっくりと昏倒《こんとう》した。


アンジェリーヌがテオウスに出会ったのは、淑女《しゅくじょ》と呼ばれるには遠く及ばない子どもの頃。

ある年の御前試合、その観覧席でのことだった。

優勝候補の熟練の騎士、度胸試しに参加した若手騎士、実力を確かめようとする中堅騎士が試合を行うなかで、最も目を惹《ひ》かれたのが彼だった。

青い瞳で相手を睨《にら》み据え、威勢よく倍以上の体格の大人《おとな》に挑みかかる。打たれても圧《お》されても立ち上がる。最後まで礼を尽くし、試合が終わると明るい笑顔で勝者を祝福する、その姿。

(ああなんて素敵な……――健康な心身の持ち主なの……⁉)

アンジェリーヌは生まれてこの方家族よりも病と過ごすことが多かった。動けば熱を出し、日に当たれば血の気を失って倒れ、食事は喉を通らないのが日常だった。

だがなんとしても娘を生きながらえさせようと両親が呼び寄せた風変わりな家庭教師の指導のおかげで、こうして御前試合を観覧できるまでになったのだ。

それはすべて健康になったから。

健康になったら、病に罹《かか》る回数が減った。

健康になったら、苦痛を感じる時間が短くなった。

健康になったら、わくわくすることが増えて、明日が楽しみになった。

健康は素晴らしい。強い身体《からだ》は健やかな精神を育て、保ってくれる。

そして御前試合に臨む騎士たちはまさしく『健康』を体現した存在で、なかでも黒髪と青い瞳の少年騎士は素晴らしく健やかな心身の持ち主としてアンジェリーヌの記憶に刻まれた。

興奮のせいか暑気あたりめいた症状に見舞われて二日ほど静養を申し渡されたが、快復《かいふく》したアンジェリーヌは家庭教師に御前試合の感想文を提出しがてら、彼の素晴らしさを語った。

「素敵でした。素敵以外の言葉が思いつかないくらい、本当に素晴らしかったのですわ！」

『素敵』『素晴らしい』ばかり連呼し、感動を正確に伝えられない自分が歯がゆい。

胸を熱く震わせるものに出会った人は語彙《ごい》を失うものであると、このとき知った。

「アンジェリーヌ様は『推し』に巡り会ったのですね」

「……『おし』？」

家庭教師曰《いわ》く――『推し』とは見たり触れたり考えたりなどすることで生きがいや希望を感じられる存在。推しとの出会いも抱く思いも人それぞれ、姿形が気に入ったり、憧れであったり努力する姿に励まされたりすることが『推し』を見出《みいだ》すきっかけになるという。

「恋や好意ではないのですか？」

「真剣に恋愛感情を抱く場合もありますが、大半は手の届かないものが『推し』です。恋を叶《かな》えるよりも、応援したい、推しが頑張っている仕事や夢を叶えられるように支えたいと考え、贈り物をしたり手紙を送ったり、接触イベ、……いえ、金銭的援助を行ったりします」

元気でいてくれればそれでいいと祈りを捧げたり、祭壇《さいだん》を作ったり、人形や装飾品を制作したり、『推し』が好きな色を身につけたり。

「ハルセモニカを信仰するように『推し』への表現は人それぞれなのです。比較して優劣《ゆうれつ》を決めることはできません」

家庭教師はそうやって未知の『推し』について色々と教授してくれた。

いったいどこで学んだのか、彼女の言葉や行動、謎《なぞ》めいた知識はいつもアンジェリーヌの人生を素晴らしく良いものに変えてくれる。

暗く静かすぎる部屋で熱や咳《せき》に苦しむ毎日を過ごし、ぐずぐずと泣くか己の不幸を嘆《なげ》くかしかできなかったアンジェリーヌに、適切な食事、適度な運動、十分な睡眠について説き、時には両親や使用人たちをも叱責して生活改善を行い、ついには普通の子どもと同じように元気にしてくれた、お伽話《とぎばなし》の魔法使いのような銀の髪の恩人は最後にこう締めくくった。

「『推し』は人生を豊かにし、日々を彩ってくれます。そういうものに巡り合えた奇跡をどうぞ大事になさってくださいね」

恋ではないけれど、生きがいを感じる存在。憧れ。

テオウスにずっと元気でいてほしい。たくましく成長してほしい。高潔で誠実で武勇に優れ、心身ともに健やかな王国随一の騎士になってもらいたい。心からそれを願っている。

（応援したい。応援、しなくっちゃ！）

強い決意を固めたアンジェリーヌはそれからテオウスの動向を必死で追った。

お茶会などに参加して積極的に情報を集め、彼が参加する試合は必ず観戦し、彼の実家のラヴォア侯爵家のことも可能な限り把握した。彼を慕《した》う女性が思いのほか多いと知ったときはあの素晴らしい人を見初《みそ》めるなんて見る目があると感動した。

正騎士に叙されたときは人生で初めてケーキを作った。誕生日ごとに料理を作り、団長就任のときには調理作業にすっかり慣れ、自作の正餐《せいさん》料理で家族を巻き込んで祝福した。

方向性に悩んだときは恩師に相談した。『推し』のこと、日に日に大きくなってとどまることを知らない気持ちや苦悩に、彼女は「わかりみが深い」なる言い回しで理解を示し、的確な説明と解説で悩みを解きほぐし、思いを支えてくれた。月日が経って雇用関係がなくなっても彼女は恩人で人生の師で、大切な友人だった。

「テオウス様を見ていて日々実感します。健康とはなんて素晴らしいものなのかしらって」

教えてくださった体操も続けています、と袖をめくって健康的な肉がついた腕を見せる。

「言葉の割には浮かない顔ですね？」

「騎士団の生活は厳しいと聞いて、心配で……テオウス様は自律できる方ですが、ご無理をなさって健康を損なう可能性があるでしょう？　ご実家のように行き届いた生活ができるわけでも、気遣える世話係がいるわけでもない。ああ、ご病気になったらどうしよう……!?」

　病気の苦痛を誰よりも知るアンジェリーヌは真っ青になった。

「お世話をしに押しかける？　でもご迷惑になりたくない……精のつくものを届けさせるとか料理人を派遣するとか……うぅぅわたくしには毎日ハルセモニカに平癒《へいゆ》祈願をするくらいしかできない！　病を代われるものなら代わったのにぃぃ！」

「わかる、わかる。自分は推しがいてこんなにも幸せなのに推しを幸せにできないんだって絶望する。でも誰もが一度は通る道だから……」

　想像で自らの無力さを痛感するアンジェリーヌに、師は深く頷いて同意を示している。

　アンジェリーヌの取《と》り柄《え》は生まれ持った家柄の良さ、健康意識の高さと、そのおかげで手に入れた丈夫で元気な身体くらいだ。テオウスの剣や盾になれるような技術はない。こんなことなら両親の説得に応じずに武術を学んでおくのだったと頭を抱えて身悶えた。

「糧《かて》になりたい。心の支えになれるはずがないのだから、もういっそテオウス様の健康を維持する食糧と化して召し上がっていただきたい……！」

「文字通り『私を食べてください』って？　誰がうまいこと言えと」

　きょとんとするアンジェリーヌに「忘れてください」と彼女は手を振る。

「うーん……わたくしが覚えている限りだと、こういうときは男装して騎士団に潜り込んだり高官の付き人になったり、飲食関係の仕事で好きな人に近付くことが多かったかしら……」

「推しです、推し騎士様です！　好きな人だなんて恐れ多い！」

必死の形相で訂正した直後「待って？」とアンジェリーヌは動きを止めた。

「……もしかして……飲食関係の仕事に、食堂勤務は含まれます……？」

おや、と目を瞬《まだた》かせた察しのいい師はにっこりと教え子が求める答えをくれた。

「そういえば、各騎士団には専用食堂が設置されていましたわね。アンジェリーヌ様は健康維持のための知識がおありで、近頃はお料理も嗜《たしな》まれているとか。適切な量と質の食事についての理解は、激務の騎士たちを癒《いや》す手段となるかもしれませんね」

それがアンジュリーヌの将来を決めた。

両親と義兄《あに》の前でアンジェリーヌはある日の師に教授された『ドゲザ』なる方法を用い、ふかふかの絨毯《じゅうたん》に額を擦《す》りつけて叫んだ。

「わたくしを青花騎士団の第三食堂で働かせてください！」

幼少期からテオウス一筋の毎日を送る娘を知っていても家族全員が言葉を失っていた。

「アンジェリーヌ……自分の立場をわかってそう言っているのかい」

恐る恐る尋ねたのは義兄のセルヴァンだ。遠縁の子だが次期侯爵として養子に迎えられ、アンジェリーヌとは兄妹として育った。優しく穏やかに義妹《いもうと》を見守り、必要ならきちんと叱《しか》ってくれる大好きな義兄は、すっかり参った様子で頭を抱えている。

「労働は尊いことだが、お前はそれが許される身分ではないんだよ……？」

推し騎士様のために労働許可を求めるアンジェリーヌは、公的には『アンジェリーヌ・ソフィ・ベルリオーズ』と名乗る、トラントゥール王国ベルリオーズ侯爵令嬢なのだった。

後継者ではない貴族の令息は他の方法で身を立てるが、令嬢は良縁を求めて結婚するのが常識だ。労働などしようものなら変わり者の烙印《らくいん》を押されるだろう。

「働くのは簡単なことではない。体力的にというだけでなく、精神的な負担も大きいものだ。それに貴族の娘が働きたいと言っても第三食堂の者たちは決して歓迎すまい」

「承知しております、お父様。ですから条件をつけようと思います」

準備していた書面を差し出した。そこには働くにあたって考えた条件が綴《つづ》ってある。

可能な限り経験を積んでから食堂に勤めること。

勤務の際は偽名を用い、素性を隠すこと。

この活動は十八歳になったときに終了すること。

「騎士団所属食堂の皆様の邪魔にならないよう、当家の厨房にて最低限指導していただいた上で第三食堂に配属されたいと考えています。もちろんベルリオーズ侯爵家の娘だと知られないよう注意を払い、勤務中は関わりを断ち、別人として振る舞います」

「十八歳で辞めるというのは……」

「結婚適齢期はおおよそ十八歳までですから」

両親は顔を見合わせる。推しの概念をうまく理解できないらしい二人は、娘がテオウスに恋をしていて、結ばれないのであれば誰とも結婚しないつもりだと思い込んでいたのだ。

アンジェリーヌは胸に手を置く。規則正しい鼓動、平常の体温、思いきり息を吸い込んで気持ちよく笑えるいまがあるのは、貴族に生まれ、侯爵夫妻の両親や後継者として迎えられた義兄が手を尽くしてくれたから。そのために支払われたもの、尽くしてもらった時間は、たとえアンジェリーヌの心の支えのためであってもなかったことにしてはいけない。

「結婚すべき年齢になったら役目を果たします。お父様とお母様、そしてお義兄《にい》様へのご恩返しはベルリオーズ侯爵令嬢であるわたくしの義務です」

晴れやかなアンジェリーヌを前に両親と義兄は沈黙に沈み、なかなか口を開かなかった。

「ちなみに――準備が出来次第、採用試験と配属の口利きをしてくださると、王太子殿下と妃殿下からお約束いただいております」

王太子夫妻という最強の後ろ盾を得たアンジェリーヌを止められる者はいなかった。

かくして自ら提示した条件を負い、ベルリオーズ侯爵令嬢アンジェリーヌはファビアン料理長の遠縁の娘『アン・ベリー』として、青花騎士団専属第三食堂の厨房係となったのだった。


「最初に言ったよな？　仕事に支障が出るようなら実家に連れ戻してもらうぞって」

第三食堂には料理長の執務室が併設されている。しかしファビアンは執務室なんて柄じゃないと、請求書の作成や経費計上など書類仕事を行うそこを作業部屋と呼んで、書き物机と書類保管の棚、応接用の長椅子《いす》兼仮眠椅子だけを置いている。

制服の頭巾と口隠しを外した状態でその長椅子に寝かされていたアンジェリーヌは目を覚ました後、速やかにお叱りを受けていた。

「申し訳ありません！　だっ、だってテオウス様が『つん』って額を！　『つん』って!!」

触れられた額を撫《な》でてテオウスの痕跡を少しでも残そうと必死なアンジェリーヌだが、ファビアンは「よくわからん」と首を振っている。

食堂の責任者であるファビアンにだけは、王太子夫妻を通じて事前にアンジェリーヌの正体が知らされていた。

侯爵令嬢が厨房係として潜り込んできたのは恋心の暴走が理由だと思っていたらしいが、このような態度を決してテオウス本人に見せず、どちらかというと慇懃《いんぎん》で素っ気ないこと、甘ったれの見習いに健康を重んじた諸注意を繰り返し、積極的に仕事を覚えようとする姿勢を評価し、テオウスの言動に逐一興奮して気分が悪くなっても、いきなり嗚咽《おえつ》し始めても、そういうものだと放置してくれるようになった。

「ほら、昼飯食ってこい。健康のために旬のものを食わせろってお前がしつこく言うから黒キャベツと鯖《さば》を使ってやったんだ。ちゃんと感謝して食えよ」

「後でいただきます。先に洗い物を」

「コラリーとシモンが済ませたからもういい。早く行け」

仕事が早い先輩二人に申し訳なく思いながら、大人しく昼食を持って休憩室に向かった。

第三食堂の休憩室は使い込まれた食卓と棚が備えつけられた小さな部屋で、誰かが持ち込んだらしい茶器や遊戯盤や古書が置かれている。比較的新しい書物は同僚で先輩料理人のコラリーが自分の蔵書を定期的に入れ替えていて、大抵が恋愛小説だ。

隠れ家めいた部屋の窓を開けて光と風を取り入れ、うきうきと料理と向き合う。

第三食堂の献立は基本的にパン、主菜と副菜、スープの四つで構成され、たまに果物か菓子がつく。そして厨房担当者は賄《まかな》いとして騎士たちと同じ料理を口にすることが許されている。

本日の昼食は白パンに、鯖の焦がしバター炒め、ニンジンとカブの酢漬け、そしてアンジェリーヌが配膳していた黒キャベツのスープだ。

ふくふくした鯖の白身は、香ばしさを加えた濃厚なバターソースに絡《から》めるととろけるような味わいだ。パセリの緑は鮮やかで、刻んだレモンの皮を加えてあるところが素晴らしい。

ニンジンとカブは酢に漬けるときに塩と砂糖で味を調《ととの》えている。素材本来の甘みを引き立てるさっぱりとした味わいは暑気にさらされた身にはさぞ染みることだろう。

煮込んだ鶏肉の風味を出したスープは黒キャベツの甘みがとにかく濃い。しっかり塩気が効いていて、冷たくなっても十分美味しくいただけそうな旨《うま》みがあった。

常に火を入れる厨房で働いているとそれなりに汗をかくし、疲れる。そういうときには塩と十分な水を摂取しなければならないと知っているが、それにしても。

（美味しい食事が全身に染み渡る……）

健康な心身の維持に食事は必要不可欠、受けつけない食べ物があるのは仕方がないにしても選《え》り好《ごの》みするなと教えられてきたが、ファビアンの料理は宮廷料理に引けを取らないと思う。

「アン、いる？」

「コラリーさん！」

ひょっこり顔を覗《のぞ》かせたコラリーはアンジェリーヌと昼食を確認してにっこり笑った。

「よかった、倒れたから食欲がないんじゃないかと思ったんだけど、大丈夫そうだね」

さらさらの黒髪を短く切り揃《そろ》え、猫を思わせる青い瞳をしたコラリーは指導係でもある女性料理人だ。すらりとした長身で颯爽《さっそう》と働き、かなり言動のおかしい新人を気遣ってくれる健康的な彼女をアンジェリーヌはすぐに好きになってしまった。

「忙しいときに申し訳ありませんでした。以後気を付けます」

「そうしてくれるとありがたいかな。食器が割れると危ないし刃物も多いしね」

そう言うと室内の茶器を使って厨房から持ってきたお茶を振る舞ってくれる。

「まあアンが騎士団長に触られた瞬間に『あ、倒れるな』って予想できたけどね。相手がいなくなってから静かに崩れ落ちるところに意地でも迷惑をかけないという根性を感じるわ」

「当然です。お気に病ませてはいけませんから。さらに言うと見返っていただきたいわけでもないので私のことは料理の飾り焼きくらいに思ってほしいです」

「飾り焼きって、網目状のぱりぱりしたあれ？」

水で溶いた小麦粉《こむぎこ》を焼いた網目状の焦げのことだ。これを適度な大きさに砕いて料理に添えるのだがほとんど味がしない。見栄えと食感のためだけの焼き物だ。

叶うならそのくらいの存在感でありたい。きりっと告げると、コラリーはちょっと笑い、趣味である恋愛小説を眺めやって首を傾《かし》げた。

「そこまで思っていて恋じゃないって不思議。女官《にょかん》じゃなくて厨房係に配属希望を出したのは騎士団長のためなのに、距離を縮めたいわけじゃないんだよね？」

「ええ。最初はテオウス様が心身ともに健やかでいらっしゃるかどうかを見守り、必要であればお支えするつもりでした。けれど勤め始めて理解しました……」

アンジェリーヌはスープを掬《すく》っていた匙《さじ》を握りしめた。

「テオウス様だけが健康であっても意味はない……あの方とともに戦う騎士たちもまた、心身ともに健やかでなければならないのだと――！」

しかししかし、と匙を握る拳《こぶし》を机に振り下ろす。

「だというのにあんなにだらしないなんて！　気を緩《ゆる》めるなとは言いませんが、手を洗うことと食事と睡眠は疎かにしないでほしいです！」

「十七歳にして言動が完全に乳母だよねえ」

　気持ちはわかるとコラリーは頷いた。過去には料理を床に捨てたり、予算度外視の高級食材の使用を要求したり、食材を盗んだりなどの出来事もあったそうだ。それに比べたら手洗いを面倒くさがるなんて可愛いものだろうが、許せないものは許せない。

「おかげで食事時はかなり行儀がよくなったよ。最近第三食堂の残食率が低いって、料理長も団長も大膳《だいぜん》長官からお褒めの言葉をいただいたみたいだし、引き続き頑張ってほしいかな」

「本当ですか!?　褒められるなんてさすがテオウス様です！」

「自分の功績だって欠片《かけら》も思ってないな？」

「指導したところで最後にどうするかは自分自身です。そうしなければならないと考えて実行できるかは当人次第、いま何を最も大事にすべきかを理解しているかどうかです」

　注意して、わかったという返事は誰にでもできる。指摘された部分を本当に改善して次に活《い》かすのか、それともそのままなのかは、結局他人には強制できないものだ。

「ですから――騎士たちに規律を叩《たた》き込んで自発的に行動できるよう指導するテオウス様は本当に！　すごいんです！　剣や乗馬の才能だけじゃなくて指導力にも溢れているなんて、さすが神をも虜《とりこ》にする罪な御方《おかた》……！」

「ああなるほど、そこに行き着くのね」

　目を見張って聞き入っていたコラリーの呆《あき》れた笑みにアンジェリーヌはきょとんとなるが、

何を言っても結局テオウスの話になっているのだという自覚はまったくなかった。

「恋人になりたい、結婚したいって本当に思わないんだ？」

「同じ世界に存在するだけでありがたいのにこれ以上求めるとハルセモニカに罰せられます」

この世に生まれ、同じ時代を生きている、それだけで感謝を捧げるに十分に値する。というか神殿に行くときには実際に感謝の祈りを捧げている。

「それにテオウス様が選んだ方に間違いなどあるはずがありません。ただ……」

おっとコラリーは目を輝かせる。

「私こそ騎士団長にふさわしいって名乗りを上げちゃう？」

「いいえ。僭越《せんえつ》ながら、ご成婚の前に健康指導をさせていただきます！」

病弱な幼少期と健康状態が改善された経験を根拠に胸を張ると、コラリーは「本当にぶれないよねえ」と残念そうに苦笑した。

それからコラリーは第二食堂の知人に会いに行くと言って去っていき、アンジェリーヌは畑の様子を見に行くことにした。

第三食堂に配属されてしばらく経った頃にファビアンを通じて許可をもらい、青花騎士団の敷地内に作った香草《こうそう》類の畑だ。一人で世話できるだけの畑なので収穫はわずかだが、スープや焼き菓子には使ってもらえるようになった。

きっかけは、やはり恩師だ。病弱な上に偏食だったアンジェリーヌは彼女との畑仕事を通じて食べるものを育てて口にする楽しみを教わった。世話は大変だがやりがいがあり、おかげで規則正しい生活も習慣づくという大変健康にいい作業だと思っている。

カモミールは収穫を終え、先日植えたバジルとレモングラスが生き生きと伸びている。色々と使いどころのあるミントは繁殖《はんしょく》力が凄《すさ》まじいので鉢植えで管理だ。

水をやり、雑草を抜き、伸びた部分はぶちぶちと手で千切って収穫してしまう。

（この時期は育てながら収穫できるわね。これが終わったら次はローズマリーとタイム。冬にはスミレを植えてもいいかもしれない、けれど……）

それを見ることはきっとない。

何故ならアンジェリーヌは今年で十八歳、推し活を引退する期限を迎えるからだ。そのときにはこのささやかな畑も鉢植えも処分することになるだろう。

（辞める……辞めるのか……や、やめられるかなぁ……!?）

青空を見て、テオウスの瞳の色と比べる。

義兄の新調した夜会服を見て、テオウスにはどんな衣装が似合うか想像する。

そして先日はついにイカ墨の粥《かゆ》と向き合いながらテオウスのことを考えていた。

オリーブ油と炒めたニンニクで臭《くさ》みを消し、じっくり炒めたタマネギを合わせて旨みを濃くした黒色の粥は大変美味しくいただいたが、これはまずいかもしれないと自覚するに至った。

すべての事象にテオウスを関連づける癖がついてしまっている——と。

だから仕事を辞めてもテオウスを推すことはやめられない気がしている。彼はすでにアンジェリーヌの生活の一部、そして人生なのだ。

（……いいえ、約束は守らなくちゃ）

富める者は多くの義務を負うもの。ただ元気で楽しい毎日を送っていればそれでいいと家族が笑っても、貴族に生まれ、人に恵まれて、心弾む日々を過ごせる幸いを少しでも多くの人々に返さなければならないことは絶対に忘れてはいけないのだ。

「だからこそ……そう、だからこそ！　いま！　テオウス様を全力で、推す！」

「ううわぁ!?」

背後で叫び声を上げてずざざざっと後退《あとずさ》りした金髪と青い瞳の小柄な青年に、あら、とアンジェリーヌは目を瞬かせた。

「シモンさん。どうしたんですか、虫でもいましたか？」

「お前がいきなり叫ぶからだよ！」

第三食堂のもう一人の先輩であるシモンが睨みつけてくる。

入職直後から当たりがきつかったが純粋にアンジェリーヌが気に入らないらしい。親切で面倒見のいいコラリーとは正反対だが、相性の悪い人間はどこにでもいるものだ。

（そう、テオウス様に『不健康』という言葉が似合わないように……いえ、いかに不健康を健康に転じるかという過程を想像すると結構……いける、わ……？）

「そういうところ！　いきなり自分の世界に没入する、そういうところが嫌いなんだよ！　侯爵令嬢のくせに無茶苦茶なんだよ！」

新しい扉を開きかけたところに聞き捨てならない言葉を聞く。

『推し騎士様と不健康』の議題を後日検討の箱に投げ入れ、アンジェリーヌはまじまじと勝ち誇ったように腕を組むシモンを見た。

「お前の正体を知っているぞ。ベルリオーズ侯爵令嬢アンジェリーヌ！」

びしぃっと指を突きつけられる。

病弱だったせいで他家の子女と交流がなく、元気になって十五歳の初会舞踏会《デビュー》を済ませてしばらくはテオウスに関する情報収集のため、あちこちに顔を出していたが、推し活に専念するために控えるようになり、就職後はすっかりご無沙汰《ぶさた》だ。

そこから導き出される、アンジェリーヌの素性を知れる最も高い可能性は——。

「シモンさんは、貴族なんですね？」

「頭の回転は悪くないな。そう、僕はエンダール男爵家の第二子だ」

（エンダール男爵家……貴族名鑑に名前があったはずだけど印象にないわね……）

ごくごく普通の、良くも悪くも噂《うわさ》にならない善良な貴族なのだろう。しかし謎が残る。

「男爵家のご令息が何故食堂でお勤めをされているんですか？」

「お前が一番聞いちゃいけないやつだよなそれは!?」

「ああ、事情がおありなんですね」と納得してぽんと手を打つ。

「ご存知かもしれませんが私はテオウス様を推すために来たんです。テオウス様に配膳するあの瞬間が至福で、どんなに忙しくても仕込みも畑仕事が大変でも楽しく感じられて、」

「っ、嘘《うそ》をつくな！　仕事が楽しいなんて侯爵令嬢がそんなこと思うわけな、ひぃっ!?」

「嘘つき、と言いました？　いま私のことを嘘つきと言いましたか？」

何一つ笑えない愚《おろ》かな問いに冷たく凍った紫の瞳を細め、すっと表情を削《そ》いだ次の瞬間。

「嘘偽りなんて一つとしてあるものですか！」

かっと目を見開き、一喝した。

「健やかな心身に努力を忘れない姿勢、思いやりと優しさとちょっと生真面目《きまじめ》すぎるところのあるあの方のすべてを！　全力で肯定し支えるために私はここにいるんですが!?　それを」

一歩、さらに一歩と踏み込んで青い顔のシモンへと距離を詰める。

「よりにもよってそれを！　嘘ですって!?」

「そ……っその言動がもう意味不明なんだよ！」

言葉を詰まらせたものの、叫んで意気を取り戻したらしいシモンが大声で反論する。

「『推し』とか『推し騎士様』とか独創性をひけらかして気を引こうとして。訓練場に押しかけてきゃあきゃあ騒ぐやつらと同じじゃないか！　王太子妃殿下じゃあるまいしお前の考えなんて程度が知れてるんだよ。愛想を振りまいて騎士たちに取り入っているみたいだけど『一生懸命な自分』を主張するために仕事を利用するな。遊びじゃないんだよ、早く出ていけ！」

（なんですってぇ⁉）

テオウスはアンジェリーヌの人生だ。一方的な出会いが未来をくれた。いつ死ぬともわからず不安で悲しくて泣いていた過去がある者にとって、それがどんな大きな意味を持つか。受けたものを返したいとここまで来た、そこに至るまでの迷いや躊躇《ためら》い、誰かの負担になっている心苦しさ、けれど選択してよかったと思える日々を。

「価値がないと感じるのは、あなたが理解しようともしないからでしょう！」

シモンは息を呑《の》み、怒りで顔を真っ赤にした。

「なんだと……！」

「私の能力が足りず皆さんの負担になっているのは事実、気に入らないのは当然です。けれど私の活動の邪魔をされるのは大変迷惑です。テオウス様から直接やめろと言われない限り、料理長から馘首《かくしゅ》を言い渡されても私は推し活を続けます」

一つ一つの言葉に力を込めて断言したアンジェリーヌは、びしっと指を突きつけた。

「それが許せないのであれば――居残りをかけて、あなたに勝負を挑みます！」

決闘――敗者は勝者に従うべし。

譲れないものがあったときに騎士たちが選択する、単純でわかりやすい解決方法だ。

それに倣《なら》ったと気付いたシモンはアンジェリーヌの指先を叩き落として獰猛《どうもう》に笑った。

「……僕が勝ったらお前は出ていくんだな？　その勝負、受けて立ってやる！」

ファビアンやコラリーなら「勝手なことをするな」「ちょっと落ち着きなさい」と割って入っただろうが、あいにくと冷静な常識人はこの場にいない。

「勝負の内容は、野菜の皮むきか？　スープ作りか？　お嬢様と違って僕は厨房担当者になってそれなりに長いから、多少手加減してやってもいいぞ」

「手加減など不要です。そんなことをして勝ったときにわだかまりが残りますから」

きっぱりと断り、対決内容を考える。侯爵令嬢と軽んじられているのだから、決して甘い気持ちで働いているわけではないと証明できるものがいいだろう。

厨房担当者に必要なのは衛生観念、知識、調理技術。同僚と協力し合える人間性。無遅刻無欠勤を心がけ、物品を丁寧《ていねい》に扱い、仕事を軽んじない精神。そして健康で丈夫な身体……。

これしかないと、アンジェリーヌは腕を組んで勇ましく咆哮《ほうこう》した。

「では私の根性と体力を証明するために――持久走で、勝負です！」

しばし、時が止まる。

ちゅんちゅん、と小鳥が平和に鳴いている。陽《ひ》だまりで丸くなっていた鼠《ねずみ》捕り役の猫が欠伸《あくび》をし、ぐうっと伸びをして再び丸くなるだけの時間が流れてようやく、シモンが言った。

「なんでそこで持久走なんだよ⁉」

「どんな仕事もまず体力から。貴族令嬢は針より重いものを持ったことがないと言われるように労働とは無縁で、体力がなくて不健康ですから、私はそうではないことを証明します」

「こういうときだけまともになるなお前は!?」

「でも、仕事ってなによりもまず体力ですよね？」

苛立《いらだ》ちを叫ぶシモンはこのとき心底嫌そうに顔を歪《ゆが》めた。

調理技術を比べると働き始めて半年経っただけのアンジェリーヌと先輩のシモンでは差がありすぎる。ならば基礎的な能力で競おうという、お互いにも誰にもわかりやすい勝負がいいと思っての提案だったのだが、シモンは気に入らないらしい。

持久走以外なら、水汲《く》み、木箱の運搬、皿洗いあたりで勝負だろうか。あくまで基本にこだわって考えていると「……わかった」と低い声が答えた。

「……え？」

「明日仕事が終わったら訓練場に来い。貸し出し許可はもらっておいてやる」

別人のような暗く沈んだ声で言って、シモンはふいっと顔を背けて去っていった。気に入らなければ主張したはずなのに、そのやり取りすら拒絶する後ろ姿だった。

午後の仕事が始まっても見事に避けられ、アンジェリーヌが野菜の皮むきに勤《いそし》む間に担当分の仕事を終えたシモンは「お疲れ様です」とさっさと帰ってしまった。倒れた後に仕事を代わってもらったことへの「さっきはありがとうございました！」は果たして届いたかどうか。

先輩たちに遅れてアンジェリーヌも担当分の仕事を終え、本日の業務は終了となった。

「お先に失礼します」

作業部屋で書類を片付けるファビアンに挨拶《あいさつ》をし、門衛に「お疲れ様です」と声をかけて騎士団舎を出る。しばらく街の方へ歩くと地味な馬車が停《と》まっていて、アンジェリーヌに気付いた御者が帽子を上げて合図をした。

家族がこれだけはと譲らなかったベルリオーズ侯爵家の送迎の馬車で帰宅した、その夜。

（もしかしなくても……絶体絶命の状況？）

自室の寝台の上で疲れた足を揉《も》みながら、アンジェリーヌは明日の勝負のことを考える。

推し活の邪魔をされてなるものかと挑んだ勝負だが、確実に勝てる保証はないのだ。敗北したら第三食堂を去らなければならないことを危機的状況と言わずしてなんと言おう。

（やってしまった……！　怒りが抑えきれなかった……）

しかし打つべき手を誤ったとは思っても後悔はしていない。あのときアンジェリーヌはシモンに対して怒り、反論し、戦わなければならなかった。

推しのためならば猫のみならず獅子をも被ってみせる。それが推す側の心意気だ。

そうとなったら早く寝ようと、灯《あか》りを消して横になる。まずは体力の確保。早寝早起きと準備運動で備えられるだけの余裕を持つのだ。

（シモンさんは細かい作業が得意だけれど、足は速いのかしら？　ああ言ったのだからちゃんと勝負してくれるのよね……？）

最後に意気消沈していたのが気にかかる。避けていたものと無理やり向き合わされたような顔だった。コラリーが「好きじゃないんだよねえ」と言いながら鰻《うなぎ》を下ごしらえしているときや、義兄のセルヴァンが苦手な胡瓜《きゅうり》を使った料理を前にしたときに似ていた。

(よく考えてみたらシモンさんのことをあまり知らないわ。勝ったら教えてくれるかしら。詮索しすぎだって怒られてしまいそうだけれど)

シモンとあんなにしゃべったのは初めてだったし、ぽんぽんと気軽に言い合えたのはちょっと、いや、かなり楽しかった。男爵家の次男が官僚や騎士ではなく厨房勤めをしているのは理由があるはずだから、それが聞けたらいい、聞いてみたいと思う。

(推し活のこと、理解できなくても『そういうものがある』くらいに思ってもらえたら……)

なんにせよ、まずは勝負に勝たなければ意味がない。

敗北して第三食堂を去るときを想像し、アンジェリーヌは身悶える。

お世話になりましたと挨拶に行く。するとテオウスは優しくねぎらい、次の場所でも頑張れと励ましてくれるに違いない。そうなったら感激で号泣する自信があるし、なんならそのまま神殿に直行してテオウスの永久の健康を三日三晩不眠不休でハルセモニカに祈るだろう。

(うんそこは負ける想像じゃなくて勝つ想像しましょうね私!?)

我ながら勝つ気がなさそうでびっくりだ。

しかし勝ったときのことを思い描いていたはずが、いつの間にか第三食堂を去るときの挨拶の言葉や、テオウスに感謝を伝える手紙の内容を考え始めている。

これではいけないと、前向きな思考に無理やり切り替えてぎゅっと目を閉じた。

(テオウス様推し騎士様、この下僕《ふあん》に御力《けんこう》をお貸しください……！)

テオウス本人が聞いたら「どうしろと……？」と言いそうなことを祈る。

そのようにして色々と想像をたくましくしているうちに、気付けば、夜明けを迎えていた。


眠れずとも必ず朝はやってくる。

仕事が始まれば欠伸を堪《こら》えながら手を動かさなければならない。しかし忙しいと目が覚めるので、騎士たちがお構いなしに物を言って忠告を聞き流しても、アンジェリーヌはいつも以上に動き回って明るい声を響かせた。

それがやる気に満ち溢れて見えたのだろう、配膳の際にテオウスに声をかけられた。

「元気だな、アン。何かいいことでもあったのか？」

(その微笑《ほほえ》みを誰よりも近くで見るには睫毛《まつげ》に生まれ変わったらいいのかしら？)

眠気で箍《たが》が緩んで考えたことを口走りそうになるが、耐えた。

「騎士様方が元気なお顔を見せてくださるからです。元気で食欲があるから食堂に来てくださるんだって思うと、嬉《うれ》しくて私も元気になっちゃうんです」

まあ一番は？　推し騎士様との接触ですけれど？　つまりいまこの瞬間です！

テオウスはちょっと驚いたようにアンジェリーヌを見つめて「そうか」と少し笑った。

「乙女《おとめ》の活力の源になっているのなら、俺たちはなおさら健全な騎士であらねばならないな」

その後のことはよく覚えていない。

我に返ったアンジェリーヌはてきぱきと汚れた食器を洗って拭っていた。

（時をも止めるテオウス様、恐ろしい人……最高でしかない……）

推し騎士様に乙女扱いされました。もう一年は生きられます。

きっと帰宅したら自室で拳を突き上げて雄叫《おたけ》びを上げるんだろうなと思いつつ、いまはじいんと静かに喜びを噛《か》み締めて、昼食の片付けと明日の仕込みも終わらせた、終業後。

青花騎士団の訓練場にて、アンジェリーヌとシモンは向かい合っていた。

シモンは運動着らしい上下に走りやすそうな靴《くつ》、アンジェリーヌも義兄の古着を借りた男装に髪を一つ結びにして、どちらも走り切る意気込みを感じる服装だ。

「なんで勝負することになったの？」

「シモンがアンを辞めさせたいらしい」

「ええ!?　騎士団の数少ない潤いが減るじゃん！」

「まあ言動があれだけど可愛いもんな」

「うん、奇行に目を瞑《つむ》るだけの価値はあるよな」

わいわいがやがやと言い合う青花騎士たちは、課業が終わったらしく訓練着の襟《えり》元を緩めてくつろいでおり、すっかり観客もとい野次馬と化している。

「…………」

「……ごめん、これについては僕が悪い……」

じっとりと睨むアンジェリーヌにシモンは沈痛な面持ちで言った。

そもそもの始まりは、訓練場の利用申請を珍しがられてしまったことだという。

不思議がられるのは予想していたので適当に説明するつもりでいたが、どうした、何があったと集まってきた騎士たちに問い詰められ、正直に言わざるを得なかったという。

そうしてその話が広まり、騎士たちは観客気分で勢揃いしているというわけだ。

面白いことが大好きで、寄って集まると悪乗り悪ふざけが留《とど》まることを知らない彼らしいと心穏やかに呆れられるのは、アンジェリーヌの特定の場合にのみ視力向上する目がこの場にテオウスがいないことを確認しているからだ。テオウスがいたら勝負どころではなかった。

「えーっと、二人とも、準備はいい?」

「勝負について確認するね!」

立会人は第三食堂からコラリー、青花騎士団から勝手に名乗りを上げたリュカ、それに付き合わされているシャルルだ。

「勝負内容は持久走、この訓練場を五周して先に戻ってきた方が勝ちだよ。ちなみのこの訓練場が一番小さくて五周で千メトロン、つまり一キロィね」

騎士は日常的に四キロィ、本格的な訓練時は十キロィかそれ以上を走破する。それを思えば一キロィは軽い運動くらいの距離だが、戦闘職でない限りなかなか走ることがない。

「アンが勝てば第三食堂で勤務を続ける。シモンが勝ったらアンは退職する。間違いない？」

さすが騎士、慣れた様子で進行するリュカに笑みを向けられたが、とても笑顔を返す余裕はなく、アンジェリーヌもシモンも緊張の面持ちで頷いた。

三人の立会人と観客に見守られながら位置につく。

(これで負けたら推し活引退……まだ早い、早すぎる！　もっと推したい、もっともっと素敵なところを見つけて応援したい！　だから……)

「よーい……――」

シャルルの青い手巾《しゅきん》を持つ手が高く上がり――。

(――絶対、勝たなくてはいけないの！)

ぶんっと勢いよく振り下ろされると同時に、アンジェリーヌとシモンは地を蹴った。

しばらくして周囲からおーっと歓声が上がる。

「アン、結構速くない⁉」

「速いな。年頃の娘にしてはどうかと思うけど」

「負けるなシモン！　あいつ予想以上に速いぞ！」

意外にも盛り上がっている騎士たちから応援や野次が飛んでくるが、走っているこちらは必死だ。少しもしないうちに周りの声を聞く余裕がなくなる。

（加減を間違えた……！　こんなに走るのは久しぶりだから最初に飛ばしすぎた……）

三周目に入る。後半戦だがすでに息苦しく足が重い。

減速したときに追い抜かれてしまうかもしれない、そう思ってシモンの位置を確認しようと少し振り返り、前方に視線を戻した後、ぎょっとしてもう一度振り向いた。

彼の姿は遥《はる》か後方に、四分の一周程度遅れている。

びっくりしすぎて歩調が鈍《にぶ》るが、まだ勝負の最中だ。こちらを油断させて最後に追い上げてくる作戦かもしれないし、ここは相手の動向を警戒しつつ油断せずに走り切るのみ。

五周目に入ったところで気力を振り絞って速度を上げる。

そうして立会人たちが待つ最終地点の白線を、最後に思いきり踏みしめた。

「勝負あり！」

リュカの宣言を聞きながらゆっくりと速度を落とし、軽く歩いてから足を止める。ぜえ、はあ、と肩で息をする間に汗が噴き出して肌を滑り落ちていく。

駆けつけたコラリーが渡してくれた汗拭きで顔を拭い、飲み物で喉を潤した。

（シモンさんは）

目を上げると半周向こうに、足を引きずるようにして進む姿がある。

アンジェリーヌに遅れること約一分。シモンも白線を踏み、そして膝《ひざ》から崩れ落ちた。

何を言うべきかどう思うべきか、悩む対戦者と立会人の前で白い顔をした彼は吠《ほ》えた。

「笑えよ⁉」

「笑えないよ……」

むしろ気まずい顔をするリュカとシャルルを追いやってコラリーがシモンに飲み物を渡すが、途端に彼はそれを吹き出しかけた。

「つぐ、なんだこれ、甘いぞ⁉」

「柑橘《かんきつ》の汁と砂糖と塩を混ぜてあるんだって。運動後はこれがいいってアンが作ってくれた」

同じものを飲み干したアンジェリーヌはきらきらした笑顔でぐっと親指を立てた。

「疲れた身体に効く特製飲料です。柑橘は香りづけで、塩と砂糖と水の比率に秘密があって、……………シモンさん？」

突然シモンは地面に両手足を投げ出すように倒れ、眩《まぶ》しかったのか歪んだ顔を片手で隠した。胸元は未《いま》だ苦しげに上下しており、アンジェリーヌとコラリーは慌てて声をかける。

「ちょっとシモン、大丈夫？　医務室に行く？」

「無理しないでください。この勝負は無効にして、後日再戦しても、」

「いい」

顔を覆ったままシモンが掠《かす》れ声で言った。

「……再戦しなくても、いい。何度やっても結果は同じだ。子どもの頃とは違う、やっと普通になれたと思ったのに、結局このざまか……」

腕で顔を覆う姿がまるで泣いているようで。

「……お前みたいに溌剌《はつらつ》としたやつに、僕みたいな人間の気持ちはわからないよ……」

その瞬間アンジェリーヌはシモンに『同類』の匂いを嗅《か》ぎ取った。

しかし「わかります」と言って反発されることも目に見えていた。心が不健康だと視界は狭まり、言葉は届かず、悪いものばかり聞いてしまうものだからだ。

けれどそんなシモンだから伝わるものがあると信じて、アンジェリーヌは口を開いた。

「……粉薬って、飲んでいるときに咽《む》せると『呼吸困難で死ぬ』って思いませんか？」

苦味を警戒しながら服用すると、飲むのに失敗して激しく咽せて吐き出す羽目になる。その激しい咳と喉のひりつき、鼻の奥のつーんと刺すような痛みは何度経験してもきつい。

「……はい？」

「アン、それなんの話……？」

リュカとシャルルは顔を見合わせ、コラリーは困惑している。

シモンがじっと黙っているので、アンジェリーヌはここぞとばかりにぶちまけた。

「お医者様の薬はどれも苦くて『絶対味見してない』『自分で飲んでから処方しなさいよ』と憤慨《ふんがい》しましたしいまでも恨《うら》んでいます。錠剤《じょうざい》は固めてあるくせにすぐに溶けて、飲み込みやすくなるどころか苦い水を飲むはめになるし、苦味を和らげるためにさらに水を飲むとお腹《なか》が苦しくなるし。こっちは匙三杯の粥しかお腹に入らない身体なんですが？　という」

貴族出身で騎士になれるくらい健康な身体を持った者にはわからない。身分が低いながらも多忙な調理職に就《つ》き、精力的に働くコラリーもきっと知らない。

二人を繋ぐのは自分たちならわかる共通の話題――すなわち、病気の話だ。

「『何なら食べられる？』と聞かれると、私が知りたいと悲しくなりました。どんなに豪華な食事も甘いお菓子も少しも美味しいとは思えないんですから」

寝台の上の苦痛と不安と未来への絶望は、できるなら知らない方がいい。

震える息を吐き出したとき、いつの間にかシモンが起き上がってじっとこちらを見ていた。

「……若い医者だと『こいつ大丈夫か？』と思うし、年寄りだと手が震えていたりして『治療が必要なのはそっちじゃないか？』と思うよな」

「っ、ですよね!?」

アンジェリーヌは目を輝かせて大きく何度も頷いた。

「いいお医者様に巡り合える確率で生存率が決まると言っても過言ではないですよね」

「僕たちが子どもの頃は自称名医だの藪《やぶ》医者だのが溢れていたからな。外交政策がうまくいって他国の医学知識が入ってきたおかげで、医師の質はかなり向上したみたいだけど」

シモンはふっと笑みを零《こぼ》した。険しかった瞳は遠くに置いていた悲しみをアンジェリーヌに見出して、静かに凪いでいる。

「……僕がどうして食堂で働いているのかって聞いたよな。この身体のせいだよ。生まれつき病弱で、いまも胸は強くないし運動は不得意だ。日常生活を送る程度なら問題ないけど騎士の適性検査は受けられなくて、諦めきれずに王宮勤務を希望して、ここにいる」

「騎士志望？　でも検査を受けられないってことは相当へなちょこだったんだねぇ」

へらりと笑うリュカを睨むアンジェリーヌだが、それよりもずっと悔しかっただろうシモンが「そうです」と穏やかに頷くので、憤《いきどお》るのは見当違いだとそれを呑み込んだ。

「だから持久走と聞いて落ち込んでいたんですね……」

「不得意中の不得意だったからな。でも相手は年下の女性で、ご令じょ、……運動に慣れているはずがない女性だし、もしかしたらって思ったんだけど」

ふはっと噴き出したシモンの明るい笑い声が弾《はじ》ける。

「ああ、負けた負けた！　おめでとう、アン。お前の完全勝利だ」

シャルルがリュカに頷き、二人がコラリーに了解を得て、対戦者と観客一同に宣言する。

「では改めて——勝者、アン・ベリー！　一同、勝者と敗者の健闘を称えよ！」

おざなりな拍手が上がった、かと思えば「配当は!?」「負けたぁ！」とよろしくないやり取りが聞こえてくる。参加者が多かったらしい騒々しさに厨房係の三人ともが等しく（上官に知られたら確実に懲罰房《ちょうばつぼう》行きだなあ）と思った。

「何はともあれ二人ともお疲れ様！　シモンが騎士になりたかったなんて知らなかった。でもどうして厨房だったの？　騎士団なら専属薬師《くすし》とか厩務員《きゅうむいん》とか他にも仕事があるのに」

シモンは何故かアンジェリーヌをちらちらと窺《うかが》い、小声でぼそぼそと言った。

「……憧れている人がいるから。それと、自分が少食だから、人がたくさん食べるのを見るのが好きなんだ。その人が食べてくれたら嬉しいし、支えになれたらいいなと思った」

「テオウス様のことですね!?」

「………そうだよ」

アンジェリーヌの叫びに瞑目《めいもく》したシモンが諦《あきら》めたようにがっくりと首を落とした。

(テオウス様の素晴らしさを理解している人がいた！　食べるのを見るのが好きですって!?　私もお食事を召し上がっているテオウス様が好き！)

見慣れているので視界に入っていても気にしないコラリーがあなるほどと手を打った。

「騎士団長を支えたいと公言して憚《はばか》らないアンと、思いを秘めて尽くそうとするシモン、同じ人に憧れていても相反する考えや行動を取っている、だからシモンはアンにきつく当たっていたわけだ。でも別に隠さなくてもよかったんじゃないの？」

シモンは苦虫を噛み潰した顔を背ける。

「僕がそうだって知ったらコラリーは絶対アンと仲良くできるって言うだろ」

「だって仲良くする気満々だもの」

ほら、と示されるアンジェリーヌは祈りを終えてシモンと距離を詰めるところだった。

はー……っ、はー……っ、と抑えきれない興奮が激しい呼吸とぎらつく瞳に表れる。

「シモンさんはテオウス様のどういうところがお好きですか？　食べるところなら上品にスープを啜《すす》るお姿やお肉をぺろりと平らげてしまうところなどたくさんありますが！」

「好きなものを語る顔してないけど!?　でもまあ……あの…………いかにも『騎士』って見た目なのに、上品に、でもめちゃくちゃよく食べるところが、いいなって……」

「いいですね素敵ですよね！　どんなに朝が早くてもしっかり召し上がっているところがいかにも健康で感激します。朝が弱いから食事しないという人も多いのに」

「それ思った！　朝からちゃんと食べるってすごいよ。二日酔いになっているところも見たことがないし、僕とそう変わらない年齢なのにこうも違うのかって嫉妬《しっと》よりまず感動する」

「それが個性ではあるんですけれどやっぱり憧れますよね。でもお姿を見るだけで元気になれるのですから、テオウス様はすでに『見る栄養食』です……！」

「――……栄養食が、なんだって？」

そのとき、世界が静止した。

シモンは驚愕《きょうがく》を浮かべた面《おもて》を伏せ、コラリーはあらあらと苦笑いして会釈《えしゃく》する。遠くの観客もとい野次馬はカディオ副団長に解散を命じられ、気配を消して後退りする若手騎士たちはアンジェリーヌの背後にいる御方に見逃されることなく名指しされた。

「リュカ。シャルル。後ほど執務室へ来るように」

「承知いたしました、団長」

「ひとまず失礼いたします」

　怖いもの知らずの二人も騎士の礼をもって従うが、突然振り返ったリュカが大声で言った。

「シモン！　昔はへなちょこでも、あれだけ走れるなら君は十分骨があるやつだと思うよ！」

　いい勝負だった、と笑う彼にシモンは目を見開き、ぐっと表情を引き締めると真っ直《す》ぐに一礼した。胸に手を置く騎士のそれとは違うけれど、彼らに勝るとも劣らない立派な敬礼だった。後ろの御方も咎めるどころかふっと笑みの気配を滲《にじ》ませるほどに。

「シモンとコラリーはファビアン料理長に事情を説明するように。それからアンだが……」

　背中に視線が刺さり、アンジェリーヌの肩が跳ねた。

　そう、気配は感じている。息遣いや雰囲気からどんな表情をしているか想像もしている。だがすぐ後ろに推しがいる、それだけの理由で振り返ることができない。

　不穏《ふおん》な気配を感じたらしいシモンが声を上げる。

「騎士団長、今回の件は全面的に自分が悪いので、彼女を責めないでやってください！」

「だがこちらを振り向かないのはやましいことがあるからなんじゃないか？」

「っ!?　よりにもよってテオウス様にやましいっ、こと、なん、て……」

　勢いよく振り向いたアンジェリーヌの言葉が失速する。

　推し騎士様が素晴らしい体格で背の低いアンジェリーヌを覗き込むようにして笑っていた。

「やっとこっちを見たな？」

ひぃいあっ、と息を呑んだら悲鳴に近いものになった。

なんですかその悪戯《いたずら》っぽい口調。してやったりみたいな笑い方。その腕組み、たくましさが強調されて素敵です。大柄な身体をこちらに合わせて縮める仕草に優しさが表れていて、ありがたいものを目《ま》の当たりにしたアンジェリーヌの両手は勝手に祈る形になっている。

「いつにも増して明るくて妙に興奮しているようだったから、どうしたのかと心配していたら案の定だ。目の下に隈《くま》ができているじゃないか。アン、昨日の睡眠時間は？」

（声がいいぃ！　ラヴォア侯爵家の三男でいらっしゃるけれど年下の部下たちをまとめるのに慣れて『一見恐そうに見えて実はすごく面倒見のいい兄貴』感が出ているぅ！）

どうしてこの声を永遠に留める道具がないのだろう。聡明《そうめい》な王太子妃殿下が開発してくださらないだろうか。ここでの給金を全額投資して全力で後援者になるのに。

するとテオウスがぐっと乗り出すようにして青い瞳を眇《すが》めた。

「アン、返事はどうした？」

（ちょっと凄む仕草は犯罪では!?）

怒っているようでからかい混じりに、だがしっかり答えを聞こうとする微妙な匙加減を是非とも我が国の文化財にしてくださいと吠えたいところではあるが、推し騎士様が物問うているのだからしっかりせねばと意気揚々《いきようよう》と返事をしようとし、はたと気付いた。

（……これ、絶対に怒られるやつですね……？）

「アン」

「通算三時間ですっ！」

推し騎士様には逆らえません。

あっさり白状した途端、コラリーとシモンが「三時間!?」と目を剥《む》いた。

「違うんです侮《あなど》っていたわけじゃなくて勝負のことを考えていたら寝付きが悪くて自分でもどうしようもなくて体調管理も勝負のうちなのでこれで私が負けても自業自得というか！」

「アン」

「はい、黙ります」

テオウスに命じられれば貝にもなろう。海の底でぶくぶくとあなたの夢を吐き出そう。前向きにしろ後ろ向きにしろ動揺すると口が回るアンジェリーヌはぴったり口を閉ざす。

ともかく、寝不足はアンジェリーヌ自身に原因がある。

食堂を去ることになったらどうしよう、貴重なテオウスとの接触の機会が失われてしまう、そもそも顔を見ることもできなくなるなどと悪い想像ばかりして寝付けなかったのだ。努力はしたのだが眠りが浅く、微睡《まどろ》んでは目が覚めることを繰り返していたら朝になっていた。

（最初は純粋に、テオウス様を支えたい、できることをしたいって思っていただけだったけれど……やっぱり近くでお顔を見て、元気なお姿を拝見できるのが本当に幸せで、それがなくなるのは嫌だと思ってしまったんだもの……）

勝負には勝ったがテオウスに叱られてしまったのだから敗北も同然、そして欲深い自分にがっかりだ。目に見えてしょんぼりと落ち込むアンジェリーヌに神のごとき声が言う。

「怒っているわけじゃない。ただ心配だったんだ。そこまで落ち込まなくていい」

「ご心配をおかけした時点で私に存在意義はありません……早く土に還《かえ》らないと……」

その土壌で育ったものを食べて健康でいてください。騎士団内に作った畑に穴を掘って埋まるべきだと思っていると、また神のごときテオウスが慰《なぐさ》めの言葉を与えてくれる。

「そんなことを言うんじゃない。君が自身を卑下《ひげ》することで、君の行いに励まされたり力付けられたりしている人間をも否定していることになるんだから」

アンジェリーヌにとってのテオウスが幸せな世界や希望に満ちた未来の象徴であることに比べたら、自分の行いが誰かのためになっていたとしても道端の草花程度のものだろう。

けれど同時に、そうした卑屈な物言いをするのは不健康だという意識もあった。

憧れの存在を前に健やかさとは真逆のことを口にするなど自らの推し活道に反する。健康な身体と心を併せ持つテオウスを支えたいと思うからこそ、素晴らしい彼の在り方に習いたい。

（……うぅー……うぅううぅー……）

生来の卑屈さと推しへの思いに引き裂かれて心の中で唸《うな》るだけになったときだった。

「まったく……君が大人しいと、それはそれで心配だな」

テオウスは組んでいた腕を解《ほど》くと、節くれだった指の背でアンジェリーヌの目元に触れた。

（…………ん？）

「疲れてそろそろ眠くなってきたんじゃないか？」

アンジェリーヌの目元に触れた。

指の背で。

触れた。

（んんんんんん――!?）

「寝不足だと思考が後ろ向きになるんだ。よく眠って、きちんと食べて、しっかり動けば少々の嫌なことは吹き飛ばせるようになる。君がいつも俺たちに言っているように」

触れた？　尊き御手《みて》で触っていらっしゃる？

ものすごくいいことを言ってもらっているはずなのにまったく聞こえない。少し乾いた、荒れた指先の感触と優しい熱がアンジェリーヌの思考を綺麗に吹き飛ばしていく。

「今日は早めに休んで、明日元気な顔を見せること。約束できるな？」

――無理。

「……あぃ……」

その優しい表情と声と触れ方は、無理だ。

全身を真っ赤に染め上げ、ぐるぐると目を回して人の言葉を失いながらも全力で自らを奮い立たせるが、限界だった。

唯一神に感謝を捧げるそれはそれは美しい祈りの姿で、アンジェリーヌは意識を失った。


――聖女像を抱いているみたいだと思った。

意識を失って崩れ落ちたアンを抱き留めたテオウスが最初に抱いた感想が、それだ。

軽く両手を合わせた姿。気を失っても消えない幸福そうな微笑み。白い顔に長い睫毛が影を落とし、まとめていた髪は髪留めが緩んだらしく解けてしまっていて、金の波を作りながら輝いている。

(聖女像が人間になったらこんな感じか?)

そんなことを考えていても有事に慣れた身体は勝手に動いて彼女の手首の脈を取り、駆け寄ってきた厨房係の二人に命じている。

「君たちは手分けしてファビアン殿と騎士団常駐の医師を呼んでくれ。それから、カディオ」

言われた通りに動き出す二人を確認しつつ、副団長に耳を貸すよう手振りして声を落とす。

「マリユス兄上に馬車を借りたいと伝えてくれ。彼女を送迎するにはそれなりの車がいる」

二人いる兄のうち、王宮文官である次兄のマリユスは恐れ多くも王太子殿下付きを拝命していて、移動の際にはラヴォア侯爵家の紋章入りの馬車を使うことが多々あるという。そのため

宮中には必ず次兄の馬車が待機しているのだ。

「もしセルヴァン卿にお会いしたら包み隠さず事情をお話ししろ。可能なら指示をいただけ」

最も懸念する展開を予想して「頼む」と告げると、カディオは頷いて素早く走り去った。

すると散らしたはずの団員たちが水や毛布や担架を抱えて戻ってくる。三人のうちの誰かが行き合った騎士に事情を説明したのだろう。すぐに医師も来るはずだ。

(……もう少し抱いていたかった、なんて)

言えるはずのないことを思いながら、テオウスは笑みを浮かべて眠るアンを見つめていた。

第2章　推し騎士様のために

——幸せな夢を見た。

よく歩き、なんなら走り、水汲《く》みも荷運びも厭《いと》わないせいで令嬢らしい華奢《きゃしゃ》さとは縁遠くなったアンジェリーヌが、推し騎士様に横抱きにされる夢だ。

恭《うやうや》しく抱き上げられて宝物のように運ばれて、まるで、物語の姫君になったようだった。

「…………」

目を開けると見慣れた自室の天井がある。

やっぱり、とため息をつき、寝返りを打って目蓋《まぶた》を下ろす。

「……って、いま何時!?　ちっ遅刻ぅうう！」

かっと目を開いて寝台から飛び出すと、声を聞きつけた侍女《じじょ》が入ってきた。

「おはようございます、お嬢様」

「おはよう！　いますぐ朝食を包んでもらってくれる!?　食べていく時間がないの！」

「恐れながらお嬢様、本日はお休みだそうです。大事をとって休養するよう、お仕事先の方々からご伝言をいただいたと、セルヴァン様が申されておりました」

寝間着《ねまき》を脱ぎ捨てようとしたところで義兄《あに》の名を聞いて動きを止める。

（……私、どうやって帰宅した……？）

とてつもない多幸感とともにぷっつんと意識が途切れ、その後の記憶がない。

意識がはっきりすると同時に記憶が繋《つな》がり、ひゅっと息を呑《の》んで蒼白《そうはく》になった。

（なんてこと、テオウス様の前で倒れたんだわ……！）

恐らく素性を知るファビアンに知らせが行き、彼が家族に連絡したのだ。緊急連絡先は王宮勤めの義兄セルヴァンになっているので、義兄が詳しい事情を知っているはずだった。

「お、お義兄《にい》様、お義兄様はどこに……!?」

「まずはお召し替えを」と言う侍女に手伝ってもらって夏物の菫《すみれ》色のドレスに着替える。

その後案内された明るい食事室に、朝食を取っている義兄の姿があった。

濃い金の髪と緑の瞳《ひとみ》のセルヴァンは幼い頃から品行方正、語学に堪能で王宮文官として出仕している。妹の訪れに気付いてすぐ椅子《いす》を引いてくれる、優しさの塊のような自慢の義兄だ。

「おはよう、アンジェリーヌ。具合はどうだい？」

「お義兄様、昨日何があったのか教えてください！　わたくし、テオウス様にとんでもない粗《そ》相《そう》をしてしまったのではありませんか……!?」

不安と焦《あせ》りに駆られて挨拶《あいさつ》を省く無作法な妹にセルヴァンは苦笑する。

「とりあえず座りなさい。朝食を食べながら説明してあげるから」

「説明を先にお願いします。口にしたところで内容によっては吐き戻してしまいますから」

　パンとスープ、卵料理が運ばれてくるが、あり得ると思ったのだろう、悩ましげに眉《まゆ》を寄せたセルヴァンはスープだけは飲むように言い、アンジェリーヌが口をつけるのを見届けて、昨日の出来事を話し始めた。

「昨日君は騎士団舎内で倒れた。寝不足の状態でかなりの距離を走ったんだってね？」

「たった一キロィです。騎士様方は日常的に四キロィを走るのですわ」

「話を逸《そ》らさない。一晩中踊るならまだしも、普通は一キロィなんて走らないものなんだよ」

　優しく注意してしっかり突っ込むセルヴァンにアンジェリーヌはむっつりと口を閉ざす。

　将来有望で出来の良い義兄の言うことは大抵正しく、こちらが未熟だと思い知らされるくらい常識的だ。しかし、侯爵家の直系は君なのだからきちんと呼び分けなさいと、単純に『お兄様』と呼ぶことを許さないくらいには融通が利かない。

「お手数をおかけして申し訳ありませんでした。連れ帰ってくださってありがとうございます。さぞ重かったことでしょう、だって一キロィを走る娘ですものね」

「いや？　そうでもなかったようだよ」

　つんと唇を尖《とが》らせて嫌味を言ったが、義兄の言い様に妙な含みを感じて視線をやると、ふんわりと優しい微笑《ほほえ》みを返された。

「青花《あおはな》騎士団の団長は人格者のようだね。みんなも君を案じていたようだから、しっかり休んで明日元気な顔を見せておあげ」

「テオウス様への賛辞をいただけるのなら、私も倒れたかいがありますが……」

なんだろう、その言い方。アンジェリーヌを連れて帰ったのがセルヴァンではないような。

だがそこに起床してそのまま駆けつけた両親が現れてそれどころではなくなってしまった。

無理をするな、また起き上がれなくなったらどうするのと嘆《なげ》く父母をセルヴァンと協力して落ち着かせて使用人に世話を頼むと、二人が落ち着けるように少し席を外すことにした。

そうして出てきた邸《やしき》の庭は夏の盛りだった。

ゆったりと庭を歩いていたアンジェリーヌをしばらくして呼びに来た母は、朝食を取ったらしく着替えていて、落ち着いた優しい微笑みを浮かべていた。

「エニシダが綺麗《きれい》ですわね、お母様。グラジオラスも華やかでいかにも夏らしい」

「あなたはもっと綺麗よ。さあ、あまり日に当たらないで、部屋の中でお過ごしなさいな」

黄色の小花が群れ咲く小道を、剣のような赤い花々に見守られてたどる。部屋にはお茶の支度が調《ととの》っていて、父と義兄が真面目《まじめ》な顔を突き合わせてぽそぽそと何かを話していた。

「……実際印象は……むしろ好感……お膳立《ぜんだ》て……」

「しかし……恋ではないと本人………どう思……」

「旦那《だんな》様、セルヴァン。アンジェリーヌが来ましたよ」

母が声をかけた途端、二人はぴたっと会話をやめた。すぐさまセルヴァンが迎えに来てくれる後ろから父のごほごほという咳《せき》が聞こえ、アンジェリーヌは心配になって眉をひそめた。

「お父様、もしかして風邪《かぜ》ですか？　今日は水分をしっかり取って、暖かくなさってください。暑いからといって冷やしすぎるのも身体《からだ》によくありません」

「あ、ああ、うん、心配には及ばんよ。少し咽《む》せただけだからね……」

そうして家族四人のお茶会が始まる。普段ならこの時間はアンジェリーヌとセルヴァンは出勤、父母は社交で外出していることが多いので、全員が揃《そろ》うのは珍しい。義兄が午前休を取ったと聞いてアンジェリーヌはうきうきしていた。

「君の『推し騎士様』は最近どうだい？」

「っ聞いてくださるお義兄様!?」

何故ならセルヴァンほど聞き上手《じょうず》はいないから。

心得ている父母が茶器や茶菓子をそっとアンジェリーヌから遠ざける。

「先日気付いてしまったの。テオウス様の乱れた髪のぴょこっとついた癖の可愛《かわい》らしいこと！　きっと思ったより髪が伸びていることに気付いていらっしゃらないのね。そこからテオウス様に似合う髪型を色々と考えてみたのだけれど……」

長髪もいいが、いまより短くしても雄々《おお》しい印象で素敵だろう。正装時は額を出すようにして髪を撫《な》でつけたならきっと風格が出る。

誰《だれ》かと話しているときに無意識に髪に触れていたり、ちょっと汗を拭うと髪が乱れたり、思い出すだけで幸せな気持ちが胸に満ちる。

「み、乱れた髪の……癖……!?」

「訓練すれば髪も乱れます。職務を疎《おろそ》かにしていない証拠ですからご安心ください、父上」

「そうなの職務に忠実なの！　先日大膳《だいぜん》長官からお褒《ほ》めの言葉を賜《たまわ》ったらしくて……」

見聞きしたことを手振りを交えて一生懸命に語る。家族にとってアンジェリーヌが外の世界のことを話しているのは嬉《うれ》しいものらしく、耳を傾けてくれるので推し語りのしがいがある。

「相変わらずテオウス卿《きょう》のことをよく見ているね」

「食堂のお仕事はテオウス様の健康管理のお手伝いの意味合いもありますから、簡単な視診も欠かせませんの」

「彼はそんなに熱烈に見つめているアンジェリーヌに気付いていないのかな？」

「気付いていて、害がないから放っておいてくださっているのだと思います。だって大海のごとき美しく広い御心《おこころ》の持ち主ですもの！　わたくしに『よく頑張っている』とお褒めの言葉もくださって、はあ……あまりに尊《とうと》すぎて、称《たた》える言葉が尽きてしまうわ……」

目を閉じてうっとりと息を吐く。だから義兄と父が視線を交わしたことには気付かない。

「そう君は言うけれど、あまり浮いた話を聞かないね？」

「それはお義兄様の調査不足です。テオウス様は大変な恋泥棒でいらっしゃるのですよ」

「『恋泥棒』って本当に言う人がいるんだね」

「親切にしてもらったり大変なところを助けてもらったりして、崇高《すうこう》な騎士ぶりに心を奪われてしまうようです。お身内や知人に騎士団関係者がいることを口実に騎士団に来訪する方もいますし、たまらず想《おも》いを告げた方もいたようですが、テオウス様は『自分のような無骨者《ぶこつもの》にはあなたを幸せにできない』とお断りの言葉と感謝を述べられたのですって。なんて奥ゆかしい方だろうと思いません？　あなたの存在によって幸せになる人間がいるのに！　わたくしが生き証人ですのに！」けれど……そこがいいのです……」

どこまでも清廉潔白《せいれんけっぱく》。

異性に対してきっちり線引きをし、軟弱な態度を取ったりもしない。才能や立場をひけらかしたりもせず、謙虚かつ公平であらんとする態度は異性だけでなく同性にも好かれる。

「丈夫な身体と健全な心を持つ健康の化身、テオウス様……！　ああ、わたくしもそうあれたらどんなにいいか！」

「テオウス卿は確か二十代だったね。侯爵家の三男ならそろそろ身を固める頃かな」

「御歳《おんとし》二十五でいらっしゃいます。長兄のアベール様はご結婚されていて、未婚なのは次兄のマリユス様、そしてテオウス様。お二人ともたくさん縁談のお話が来ているでしょうね」

縁談がまとまりそうであれば噂《うわさ》になるが、社交界と距離を置きながらもテオウス専用の情報網を持つアンジェリーヌにもそんな話は聞こえてこない。御家《おいえ》かつ個人の事情なのでそれ以上の詮索はさすがに遠慮している。何もかも知りたいと思いこそすれ、推す者としての誇りがあるのだ。テオウスの私生活という聖域を土足で踏み荒らすことは許されない。

だからさらりと答えたのだが、家族三人ともが不思議そうな顔をした。

ずっと穏《おだ》やかに聞いていた母が優雅に小首を傾《かし》げて口を開く。

「他人事のようだけれど、あなたの大事な人に縁談が来てもなんとも思わないの？」

「まあ！　なんとも思わないわけありませんわ、お母様」

あら、という顔をした母。おや、と眉を上げた義兄。おっと身を乗り出した父。

「テオウス様の伴侶《はんりょ》となるには条件がございます。健康であること。騎士の職務に理解があること。ラヴォア侯爵家と友好的な関係が築けること。テオウス様が婿《むこ》入りするのに十分な家格であればよし、そうでなくてもご自身の実家から援助を受けられるなら将来安泰です。恵まれた状況でも努力を怠《おこた》らず、ご自身で身を立てられる能力をお持ちであれば嬉しいですわ」

「条件というか、アンジェリーヌの希望だね……？」

顔を輝《かがや》かせるアンジェリーヌを前に、三人ががっくりと沈んでいる。

「長々と申しましたけれどまずは健康、とにかく身体と心が健やかであってほしい！　もしそうでないなら僭越《せんえつ》ながらわたくしが指導させていただこうと思っております」

「そうなったらどう説明するか気になるところではあるんだけれど……アンジェリーヌ？　君、気付いていていいいいないのかい？」

きょとんと瞬《まばた》きをすると、セルヴァンは淡く微笑して「だったらいいんだ」と首を振った。

「ところで君は他人より自分の結婚のことを考えないといけないんじゃないのかい？」

「そうね、どんな方がいいか、理想を聞いておきたいわ」

「ああ、アンジェリーヌの希望に一致する者を見つけよう」

　権力や資産のための結婚が宿命づけられる貴族でいて、結婚相手を見繕《みつくろ》うのに娘の希望を叶《かな》えようというアンジェリーヌの家族は非常識なくらい優しい。

　嬉しいけれど、浮かべた笑みは寂《さび》しいものになってしまった。

「わたくしの理想は、もちろんテオウス様です……」

　潤んだ目を伏せて熱っぽいため息を落とす、恋に憂《うれ》える乙女《おとめ》。

　家族にはそう見える、ましてや期待の面持ちだとは夢にも思わず、勢いよく顔を上げた。

「……が、そんな高望みは致しません！　人並みに健康で、暴力を振るわず、借金がなく、女性関係にだらしなくないのであれば結婚相手として十分です！」

　家計が火の車だとか隠し子問題とか、不健全にも程がありますから！　と語るアンジェリーヌは、過度の妄想を含んだ言動に対して自らに関してはどこまでも現実的だった。

「理想が低すぎるッ！」

　そんな娘を心から愛する家族の方が慌てふためく。

「幸せな結婚を期待できないほどお父様を信用していないということかい⁉」

「お茶会や夜会であなたのことを仄《ほの》めかしたり売り込んだりしていたのに……」

「私もです、母上。紹介してほしいと言われているのですが本人がこの様子では……」

アンジェリーヌは首を傾げた。

「最低限の条件を述べただけで、それ以外に良いところがあるのなら大歓迎ですよ？」

三人は、じっ、とアンジェリーヌを見つめて、深々とため息をついた。

そういうところだよ、と言われている気がした。

こんな調子でお茶を楽しみ、仕事に行く義兄を見送り、畑の相談がてら庭師を手伝ったり、母と新調する衣類の相談をしたりとのんびり過ごした。本当は感覚が鈍らないように厨房《ちゅうぼう》で仕事をしたかったのだが、料理人たちにしっかり休めと言われて追い返されてしまった。

（そのうち厨房の仕事にはまったく関わらせてもらえなくなるわね……）

夫となる人が寛容であればいいが、あくまで趣味程度だろう。旬の食材や仕入れの知識は無用のもの、下処理を含めた作業は使用人の仕事だ。

日に当たらないようにと母に厳命されてしまったので図書室の窓辺に腰かけて庭を眺める。

天気がいいから青花騎士団は一日中野外訓練のはずだ。食堂に来た途端に、喉が渇いた、腹減ったと小鳥の雛《ひな》みたいに騒ぐに違いない。

大きな匙《さじ》で給餌《きゅうじ》する母鳥役の自分を想像し、アンジェリーヌはくすっと笑った。

（仕事を辞めたら私がいたことなんてみんなすぐに忘れてしまうんでしょうね。リュカさんもシャルルさんも、副団長のカディオ様も……もちろんテオウス様も……）

それは、すごく、いやだなぁ。

そう思ったら突然悲しみや寂しさが膨《ふく》らんできて、抱えた膝《ひざ》に顔を伏せる。

そばに置いてほしいとは言わない。大事に扱われなくてもいい。けれどいつか過去になるいま、あなたを思う人間がいたことを少しだけ、ほんのわずかでも覚えていてくれたら。

「……なんて、ね」

深く息を吐き、冗談めかして自嘲した。

「……よし、こんなときこそテオウス様のことを考えよう！　久しぶりに詩でも作ろうかしら？　あっ、昨日のことを『推し騎士様が素晴らしい』日記に書き足しておかなくちゃ！」

そうして書き物作業に勤《いそ》しむうちに気付けば夜になっている。

帰宅したセルヴァンと両親と夕食を堪能した後、アンジェリーヌは家族を娯楽室に誘うと、音楽室を兼ねたその団欒《だんらん》の部屋で、今日一日の成果として完成した詩を披露した。

「ええと……セルヴァンは、どう思ったかな……？」

「なかなかの出来だったと思いますよ、父上。筋肉讃歌《さんか》という感じでしたが」

「この情熱で恋愛詩を書いていてくれたらと思わずにいられなかったわ……」

拍手に隠れて家族がため息を零《こぼ》す一方、自分と家族以外の誰にも読み聞かせることのできない創作詩を披露したアンジェリーヌは、すっかり平常に戻っていた。

（これが推しの力……！　テオウス様のことを考えるだけで元気になってしまったわ！）

今日もお恵《けんこう》みをありがとうございます、と推し騎士様に感謝すると、明日に備えていつもより早い時間に就寝したのだった。


翌日、出勤したアンジェリーヌは真っ先に作業部屋に行き、ファビアンに深々と頭を下げた。

「ご迷惑をおかけした上に急遽《きゅうきょ》お休みをいただいて申し訳ありませんでした。すっかり快《よ》くなりましたので、本日からまたよろしくお願いいたします」

「次に倒れたら今度こそ実家に連れ戻してもらうからな。体調には気を付けろ」

やれやれといった感じで言われてしまったが、これ以上面倒を見られないと馘首《かくしゅ》を告げられる可能性もあったから、お咎《とが》めなしと聞いてとりあえずほっとした。

「それで、あの……」

「まだ何かあるのか」

「テオウス様は大丈夫ですか？　いきなり人間が倒れるところをご覧になって心に傷を負って、食欲不振や不眠になっていませんか。お医者様にはかかられたんでしょうか？」

流れるように尋ねるアンジェリーヌに、ファビアンはきっぱりと答えた。

「俺《おれ》が知るか」

「えっそんな」と言いかけたのを「早く作業に入れ」と一喝して遮り、ファビアンは部屋の扉を閉めた。風通しのいい場所を好む彼の心からの拒絶が、閉ざされた扉に表れていた。

肩を落として厨房に行くと「アン！」とシモンが駆け寄ってきた。

「もう仕事に来て大丈夫なのか？」

「はい。急にお休みをいただいてすみませんでした。おかげさまで元気いっぱいです」

この通りと両腕を掲げると、シモンはほっと息を吐き、ゆっくりと深く頭を下げた。

「……勝負はアンの勝ちだ。本当にすまなかった。侮辱したことを心からお詫《わ》びする」

綺麗なつむじをまじまじと見下ろして、アンジェリーヌはにっこりした。

「納得してもらえたなら何も言うことはありません。どうか顔を上げてください」

視線が交差するが、妙に気恥ずかしい。自分たちは似た幼少期を過ごし、テオウスの力になりたいと考えてここに集った同志なのだと思うと、不思議な緊張感でへらへらしてしまう。

「シモンさんは大丈夫でしたか？　私より身体が辛《つら》かったのでは……」

「お前に先に倒れられたからな。びっくりしたせいで苦しかったのを忘れたよ」

（シモンさんが笑っている！）

厨房にいるときのシモンは決してアンジェリーヌと関わろうとしなかったし、話しかけるときも険しい顔だったが、まるで憑《つ》き物が落ちたように穏やかだ。始業時間より早くここにいたのもきっと待っていてくれたのだろう。嬉しくてつい顔がにやけてしまう。

始業には早いが作業を始めてしまおうと、調理道具を準備し、下処理した食材を確認して、竈《かまど》の火を大きくする。

「疑問だったんだけど、なんで手際がいいわけ？　侯爵令嬢なのに料理が趣味とか？」

「ここに勤める前に実家の厨房で研修を受けてきたんです。健康と、特に食事に関心があって、テオウス様を支えるのにこの経験や知識を活《い》かしたいと思ったのがきっかけです」

「畑仕事は？」

「幼い頃から運動を兼ねて庭師を手伝っていて好きな作業だったのと、経費削減のためです。

「騎士様方は食欲旺盛《おうせい》ですから、薬味を使うにしても馬鹿にできない支出でしょう？　自給自足で賄《まかな》えば季節感も出ますし、何より健康にいい効能を考えて使えますから」

節約した分は献立《こんだて》や使用食材を増やす、果物やお菓子を添えるなどに用立てているので、来年度の予算額には影響しないはずだとファビアンが言うのを信じて畑仕事を続けている。

　ふうんと別のことを考えているような返事をしたシモンは水を張った鍋を火にかけている。

「そうやって尽くしてること、なんで団長に言わないわけ？」

「見返りが欲しくてやっていませんから。いい仕事ができたら褒めてもらいたいですが、認められることや褒めてもらうことが目的になったらそれはもう『推し活』じゃないんです」

　私にとってですけれど、と付け加えておく。推しへの自己主張は人それぞれなのだ。

「テオウス様が健康で幸せでありますようにとハルセモニカに祈るときも、他には望みません。だって一番の願いが叶わなくなってしまうでしょう、って、シモンさん？」

「なっ泣いてないし！　煙《けむり》が染みただけ！」

取り出した手巾《しゅきん》で顔を拭うシモンは目と鼻が真っ赤になっている。

「……お前の『推し活』、理解できたわけじゃないけどお前なりの信念があるんだってわかったから。一応、応援する。これからも頑張れ」

「シモンさん……！　はい、頑張ります！」

感謝を込めて返事をしたというのに。

何が足りなかったのか、シモンはアンジェリーヌの肩をがしっと掴《つか》んだ。

「本当に本気で頑張れよ？　周りをよく見て団長のことも初めて見るくらいのつもりでな？」

「大丈夫です！　テオウス様を初めて拝見したとき以上の感動を毎日感じておりますので！」

「自信満々に言うせいで何一つ見えていないことが確定したんだよなあ！」

シモンが頭を抱えたところで「観客もいないのに寸劇中？」と笑いながらコラリーが、「ここは劇場じゃねえぞ」と渋い顔のファビアンが現れる。アンジェリーヌとシモンは慌てて制服の乱れを直して背筋を正し、コラリーと並んで料理長の言葉を待った。

「体調不良のやつはとっとと失《う》せろ、そうでないなら、今日も一日よろしくお願いします」

「お願いします！」の声を揃えて、アンジェリーヌもといアンと第三食堂の一日が始まる。

昨日の今日だからと気遣われてアンジェリーヌの担当は食堂の準備だ。床を掃き清め、机と椅子を拭いて、配膳《はいぜん》用の食器を準備する。調理場に戻って溜《た》まっていた洗い物をし、棚に収納したり調理者の手元に置くなど介助を行う。ときには他の作業に手を取られている調理者に代わって焦げないよう鍋を振るったりかき混ぜたりする。

パンが焼ける匂いがし始めると佳境だ。焼き上がったパンをファビアンとシモンが取り出し、アンジェリーヌはコラリーと一緒に卵料理とスープの仕上げに入る。

具材にちゃんと火が通っているか。温度は下がりすぎていないか。使用した道具が壊れるなどして異物が混入していないかの確認は必須だ。それに騎士たちは貴族令息ばかりなので彼らを害そうとする悪意が入り込まないとは限らない。

最後にファビアンが温度と味見を確認して、終了だ。

普段から気候に応じて塩加減や香辛料を調整するが、第三食堂の朝食は薄味だ。ファビアン曰《いわ》く「前の日の酒が残っているやつらのため」らしい。

「……よし。いい出来だ」

厨房係一同が胸を撫で下ろしたところで鐘が鳴った。早朝訓練終了、すなわち最も忙しい時間がやってくる合図だ。

しばらくもしないうちに「おはようございます！」と騎士たちが食事を求めて並びだす。

「アンじゃないか。もう具合はいいのか？」

「二人ともいい走りっぷりだったね」

「すっかり元気です」「ありがとうございます」などと答えながら、列を作る騎士たちに「手を洗ってから並んでくださいね！」と忘れずに声をかける。そうやって後列を確認しながら、アンジェリーヌは内心そわそわしていた。

（テオウス様がいらしたらちゃんと謝らなくては……！）

ご迷惑をおかけしたことを平身低頭お詫びし、心の傷になっていないかを確認して、これからも体調管理に気を付けて頑張りますと言うつもりだった。単なる謝罪ではなく、宣言だ。もう決して無様に倒れて弱々しい姿をあなたの前でさらすことはありませんという。

そうやってどきどきわくわくそわそわと待ち構えていたのに。

列が短くなり、やってくる者が減っていっても、テオウスは一向に姿を見せない。

まさか見逃した？　そんなはずはない。アンジェリーヌの目はテオウスに限り、向こうの建物の廊下を歩いている姿もしっかり捉えられるのだ。

（た、たまたまよ！　だって騎士団長だもの、お忙しいに決まっているわ……）

だが気になって仕方がなくなってしまい、配膳の順番が回ってきたカディオに声をかけた。

「あの……カディオ副団長。テオウス騎士団長のお姿が見えないのですが……」

「ああ、昨夜から実家に戻っていて今日は戻りが遅くなると聞いているよ」

その瞬間の絶望たるや。

シモンをして「一瞬で目が死んだ」と言わしめる顔でアンジェリーヌはいつもなら至福であるはずの時間を虚無を抱えて過ごした。

期待をかけた昼食時間にもテオウスは現れず、気を利かせたカディオに言われてしまった。

「団長から夜には戻ると連絡があったよ。言伝《ことづて》があるなら聞いておこうか？」

「……大丈夫です……ありがとうございます……」

「アンが復帰していることは伝えたから、戻ったら必ず声をかけてくれると思う。だからそんなに落ち込まないで。君が悲しそうにしていると私たちが団長にお咎めを受けてしまう」

起こるはずのないことまで言って励ましてくれるとは、さすがは青花騎士団副団長、優れた剣と乗馬の技術だけでなく清らかな心と思いやりの持ち主だ。「嘘《うそ》じゃないんだけどね」と言い置いて去ったカディオの配膳が最後なのを確認して、アンジェリーヌは片付けに入った。

そうして洗い物をしていると、どんと肩に衝撃を受けた。

どうやらわざとぶつかってきたらしいコラリーが肩を触れ合わせながら手を動かしている。

「アンがしょんぼりしているとみんな調子が狂っちゃうよ。さっさと終わらせて食事にしよう？　シモンがおやつを作ってくれてるんだって！」

「余り物で作った試作品だから、期待するなよ」

ちょうど水汲みから戻ってきたシモンが呆《あき》れた顔で言う。気遣われている申し訳なさと嬉しさで変な顔になっていたはずだから、口隠し《マスク》をしていてよかったと思った。

騎士たちが食事を終えたので、仕込み作業を残して昼食を取る。休憩室の茶器に飲み物を入れ、アンジェリーヌの隣にコラリー、向かいにシモンが座り、窓を開けて食卓を囲んだ。

本日の昼食は、鶏《とり》もも肉の香草《こうそう》油煮と季節の野菜のスープ、揚げた黒キャベツだ。

低温の油でじっくり煮込んだ鶏肉はほろほろとした食感で、揉《も》み込んだローズマリーの香りが肉の味わいを引き立てる。

スープはごろごろした大きさのニンジン、タマネギ、アスパラガス、そして小ぶりのイモを丸ごと煮込んだ。パンの代わりのイモなので一品でも十分食べ応えがある。

副菜は旬の黒キャベツをからっと揚げた。しゃくしゃくという食感と塩気が絶妙で、もっと食べたいという気持ちにさせる。

「それだけ食べられるなら大丈夫そうだね」

料理関係者は食欲の有無や何をどれだけ食べたかで健康状態を判断する特性を持つらしいとは、厨房係になって知ったことの一つだ。

だが口元を拭い、食べ終わった食器を端に寄せて、アンジェリーヌはわっと泣き伏した。

「美味《おい》しい、でも美味しくない……だってまだ一度もテオウス様のお顔を見ていないんです！　無理。足りない。いまこの瞬間もテオウス様が全身から失われてしまううぅうう」

「水分か何かなの？」

「この世に存在しないと心が渇いて死ぬという意味では水よりも尊いです」

「真顔で言うー」

少食だという自己申告通りわずかに遅れて食事を終えたシモンがため息混じりに言った。

「そこまで騒ぐ話か？　倒れたときに横抱きにされたことの方が話題性があ、」

がっ、と机に乗り上げるアンジェリーヌの右の靴《くつ》。

紫の瞳は真実と虚偽を見極めんと開かれ、蛇のようにしなやかに動いた腕が獲物もといシモンの肩をがっちり捕らえていた。

「なんて？　なんて？　いまなんて？」

「怖い怖い怖い！　お前が血みどろじゃないのが不思議なくらい怖い！」

「聞き捨てならないことを言うからじゃないですか！　なんですかよっ、横抱きって!?」

興奮のあまり噛《か》んだところで、つんつん、と背中を突かれる。

「待ってください、コラリーさん！　シモンさんに問い質さな、……」

「うん、でもまずは自分がどこに足を乗せているか確認しようか」

ひやりとしたものを感じてアンジェリーヌはすん……っとなり、速やかにもとの位置に戻って、足を置いていた机を銀器だと思って丁寧《ていねい》に磨き上げた。

シモンは「さらに怖いものを見てしまった……」と青い顔で呟《つぶや》き、試作品だというお菓子を取り出すと清掃《せいそう》を終えたそこに手早く並べていった。

「パンを揚げて酒を混ぜた蜜をかけた。加減したけど酔うかもしれないから食べすぎるなよ」

棒パンの切れ端をこんがりと揚げ、香りのいい糖酒《ラム》で作った蜜をかけてある。ちょこんと添えられているのはミントの葉だ。

このミントは？　とシモンを見ると、彼はふいっと顔を背ける。その横顔はわずかに赤い。

「……めちゃくちゃ育っていたから使わせてもらった。文句あるか」

アンジェリーヌが世話をしているが誰でも使える厨房の畑だ。文句などあるはずがない。

試作品だというお菓子はちゃんと美味しくて、弱り切った心に温かさが戻っていく。

だが『横抱き』の話題にはさすがに平静でいることはできなかった。

「つまり……気を失った私をテオウス様が横抱きにして運んでくださったと……⁉」

「恋愛小説の一風景みたいで素敵だったよ」

市井《しせい》の恋愛小説を愛読するコラリーが楽しげに言う。

たくましいテオウスに抱き上げられる乙女、それが自分だと想像するだけで熱が上って卒倒しそうになる。

「どうして起こしてくれなかったんですか⁉　というか何故私は気を失ったままなのか！　意識がないときに何があるかわからないのならもう二度と眠れません……！」

「さすがに寝ろ。覚醒していても言動が意味不明なんだから」

シモンの突っ込みは聞き流し、はあぁ、と深いため息をつく。

「信じられません。いえテオウス様のことは信じていますけれど！　私、きっと重かったでしょうね……申し訳ないことをしてしまった……はあ……」

「アンが重い？　まさか！」とコラリーは目を見張るが、アンジェリーヌは首を振った。

数枚重ねた食器を落とさず持ち上げる手や腕、一日中立っていたり一キロィを走ったりできる足、それらに合わせて腰回りは引き締まりつつ強靭《きょうじん》になり、仕事も運動も厭わないので肌は日に焼けて手も指先も丈夫になった。いまの自分がそれなりに好きだし誇りに思うけれど、他人もそうだとは限らない。美意識とはそういうものだ。

「まあ言いたいことはわかるよ」と共感を示してくれたのはシモンだ。

「筋肉って重いからな。同じような見た目のご令嬢と比べたら間違いなくアンの方が重い」

「ええ。健康な人間は重い。それがありがたくもちょっと寂しい世界の真理です」

改めてアンジェリーヌは憂いのため息を落とした。

「じゃあこのお菓子、食べないでおく？」

「いいえ、いただきます」

コラリーの問いにきっぱりと首を振り、シモンが作ってくれたおやつを口に運ぶ。外側がさくっとしているが、糖酒の蜜がかかっているところはしっとり香り高く、甘い。甘いものを食べると嬉しくなって勝手に頬《ほお》が緩んでしまう。それが美味しいのならなおさら。

「本当に美味しいです。試作品とは思えません」

「うん、作業の手間も多くないし、余ったパンを使えるし、献立に加えてもらっていいんじゃない？　甘いものが苦手な人のために塩を入れたり蜜を工夫してみたりするといいと思う」

「なるほど。参考にするよ」

第三食堂の献立は仕入れの状況や作業量を鑑《かんが》みて主に料理長のファビアンが決定する。もちろん利用する騎士たちの「肉料理を多くしてほしい」「たくさん食べたい」などの意見を取り入れるし、厨房係の考案した献立を採用してくれることもある。

審査は厳しいが、調理者が簡単に作れて利用者の満足度の高い献立は歓迎され、そうして受け継がれてきた伝統の料理もあるので、積極的な提案は喜ばれていた。

「あ……！」

そのとき、閃《ひらめ》いた。

ここからいなくなっても誰かに思い出してもらえるかもしれない方法。

「あの、それ、私にもできますか!?」

「それ、って献立の考案？　もちろんだよ、アンはうちの厨房係だもの」

コラリーの返答を聞いて、アンジェリーヌは目を輝かせた。

「つまり、テオウス様や騎士様方の健康のための料理を考えられるってことですよね！」

どうしていままで気付かなかったのだろう。彼を見守りながら、料理長の指示に従って仕事をし、料理の味付けの提案をしたり香草を育てたり、生活の乱れがちな騎士たちに注意したりしていたが、まだまだできることはあるのだ。

（考案した料理をテオウス様が召し上がってくれたら思い残すことはない）

興奮とやる気に胸を震わせるアンジェリーヌを、シモンが冷静な意見で諭《さと》す。

「何を提案するつもりだ？　菓子類ならともかく、普通の献立はかなり難しいぞ」

「挑戦するなら困難な方を選びます。本当に欲しいものがあるならなおさらです」

きっぱり言い切って、すぐにへらっと締まりなく笑った。

「……なんて、理想を掲げられるのは私が失敗を許される新人の立場だからなんですけれど。でも、だから楽な方だけを選んじゃいけないし、必死にならなくちゃ失礼だと思います」

こんな私でも憧《あこが》れの人の前では胸を張っていたいもの。

強く優しく前向きで、思いやりがあって、真面目で努力家で、美しくて、才能があって誰かのために行動できる、そういう人間ばかりなら世界は完璧で素晴らしい。けれど現実はそうではなく、そうあろうと努力できてもきっとどこか至らない。

だからせめて大事な存在にだけは軽蔑されないように、努力を怠らないでいたい。

「なのでシモンさん、一緒にやってみませんか？」

「は？　お前のことだろ。僕を巻き込むなよ」

「理由ならあります。まず、協力することで幅が広がる。作業分担ができて効率が上がる。採用される確率が高まる。そして何より！」

迫真の真顔で言った。

「テオウス様に召し上がっていただけます」

「…………お前…………それはずるいだろ……ッ！」

シモンが苦渋の呻《うめ》き声を漏らす。協力者獲得に成功したアンジェリーヌは手を打った。

「早速《さっそく》方針を決めてしまいましょう！　費用はこのくらいで、主に使用する食材は滋養のあるものがいいですね。できれば年間を通して入手できる……」

「作業が煩雑《はんざつ》になるとその時点で不可を食らうからな。新しく作るだけじゃなくて、いまあるものを改善したり満足度を高める工夫をすることも考えに入れておけよ」

うきうきと案を出すアンジェリーヌと、なんだかんだ言いながら意見を出して軌道修正するシモン。そんな同僚たちを眺めていたコラリーはふふっと笑う。

「えっ、何かおかしかったですか？」

「ううん。……そんなに綺麗に笑っておいて、だもんなあ」

思わせぶりに呟いて首を振ったコラリーは「私にも何か協力させて」と身を乗り出した。

憂鬱《ゆううつ》な一日は、こうしてテオウスたちを思って意見を交わし合う賑《にぎ》やかなものになった。

その後アンジェリーヌは作業部屋のファビアンを訪ね、しばらくの間仕事がないときに厨房を借りたい旨《むね》を説明した。料理の試作を行うには第三食堂が最も適しているからだ。

返答は「労働時間を守れ。火の始末に気を付けろ。お前は絶対に一人で帰るな」だった。

「居残る日は俺に声をかけろ。ここにいるようにするから」

「ありがとうございます！　ご面倒をおかけする分、頑張ります！」

失礼します！　と一礼して意気揚々《いきようよう》と部屋を出た、そのときだった。

ごつ、と硬い足音がした瞬間、アンジェリーヌはすべてを悟って後ろに下がった。

（あわ、わわ、あわわわわ……！）

その勢いで扉に背中を強《したた》かにぶつけて派手な音をさせたが、痛みを感じる余裕はない。

音を聞きつけた足音の主が急ぎ足でやってきて、怪訝《けげん》そうに言った。

「……アン？」

心の準備ができないまま、推し騎士様のご登場だった。

しかもいつもの騎士服でも訓練着でもない、普段着の貴族服姿だ。上着は当世風に地味な黒だが、白い中衣《ベスト》の刺繍《ししゅう》が眩《まばゆ》いほど美しくテオウスの精悍《せいかん》さを引き立てている。

（いったい誰なのこの衣装を選んだ方は⁉　お友達になってください‼）

「また気分が悪いのか？」

顔は熱を持ち、涙が零れそうで瞳が潤むが、ぶんぶんと首を振る。このまま倒れると素晴らしい夢を見られそうだが、同じ失態を繰り返すわけにはいかない。だが心配そうに覗《のぞ》き込まれるのも心臓が持ちそうになく、いまにも色々なものが飛び出しそうな口を両手で覆《おお》う。

「……テオウス様がいるので……それに、私服姿も、素敵、で……」

「えっ」

（ああぁあああ⁉　うっかり本音がっ！）

己の迂闊《うかつ》さに絶叫するアンジェリーヌは、次の瞬間目にした光景に言葉を失った。

「……そ、そうか……気に入ってもらえたなら、何よりだ……」

直視できず視線を逸らし、頬を色付かせて、持ち上がる口の端を隠すように顔を撫でる、恥じらう推しがそこにいた。都合のいい幻もしくは妄想と言われてもおかしくないけれど。

（そんな幻覚なら大歓迎！　です!!）

ああ顔を隠さないでと言えたらどんなにいいか！　気の利いたことを言いたいのに、実際は動悸《どうき》の激しい心臓と息苦しさと高揚《こうよう》感に耐えながらテオウスを凝視することしかできない。

「…………」

「…………」

互いにもじもじっとしながら向かい合うこと数十秒。「……おい」と地を這《は》うような声とともにアンジェリーヌが背中を押しつけていた扉がわずかに動いた。

「人の部屋の前でいちゃいちゃすんな。いつまでやってんだ」

「いちゃ……っ!?」

「ファビアン殿!?」

隙間からファビアンが二人を一瞥《いちべつ》して「けっ」と吐き捨てた。

「お帰りなさい、騎士団長。それがしに何か御用ですか？」

（『用がないわけないよなあ？』と聞こえるのは気のせい……？）

「あ、ああうん、『例の件』で進展があったんだが……時間をもらえるだろうか？」

二人がアンジェリーヌを見る。何故か最近こうして意味ありげに見られることが増えた気がするけれど思い過ごしだろうか。だが邪魔者なのは確かなので場を読んで身を引いた。

「私はこれで……テオウス様、先日はご迷惑をおかけして申し訳ありませんでした」

これは伝えておかなければと入れ違ったテオウスに言うと、立ち止まって手を振られた。

「元気な顔を見られて嬉しいが、無理はするな。ご家族にご心配をおかけしないように」

「お言葉、しかと胸に刻みます」

胸に手を当てる騎士の礼を真似《まね》て意気込みを示すと、くすっと笑われた。

「期待している。裏切ったら、その可愛い敬礼が正しい形になるまでしごくからな？」

お疲れ様、と言い残してテオウスがファビアンの作業部屋に消える。静かに閉ざされた扉を前に、アンジェリーヌは物音一つ立てないという神業でもって両手両足を地につけて撃沈した。

（供給過多で死んでしまいますううぅう）

虚無を抱く一日のはずが、巨大な推し成分を浴びて幸福な涙に咽《むせ》ぶアンジェリーヌだった。


食堂の仕事と畑の手入れ、テオウスの健康管理（主に目視による）に加えて新しい献立の開発作業が加わり、アンジェリーヌの毎日はにわかに忙しくなった。

最初は情報収集から始めた。騎士たちに好物や食べてみたいものの意見を募《つの》り、作業部屋にあるファビアンの料理関係の蔵書を借り受け、実家の図書室で参考になりそうな書物を探し、邸の料理人にも意見を聞いてみた。

「まとめると『美味しければなんでも嬉しい』ということですね」

「その上『肉ならなんでもいい』という意見が大半を占めるのか。まあそうだろうな」

仕事が終わって清掃された厨房で、アンジェリーヌとシモンはお互いに集めた情報を照らし合わせて率直な感想を述べた。

「肉料理は予算的に難しい。狙うのは副菜かスープだな。主な材料は……」

「それなんですけど、卵はどうでしょう？」

大抵の料理には卵や小麦粉が使われているくらい、利用できる範囲が広い。また卵そのものも身体にいいとされ、健康を重んじる料理にはうってつけの食材だ。

「卵料理か……そうだな、比較的手に入りやすいし満腹にするための工夫はしやすいかもな。だったらいま出してる卵料理の評判を知っておく必要があるか」

「それならこちらに。できる範囲で聞き込みをしてみました」

食堂で出している卵料理について美味しいと思うものはあるか。不満はあるか。普段食べている好きな卵料理はあるか。卵を使おうと考えたときに先んじて意見を取りまとめておいたものを斜め読みしてシモンはどこかうんざりと呟いた。

「……お前って団長が直接絡《から》まないとめちゃくちゃ優秀だよな……」

こうして方針と作業計画が決まった。

新しく考案するのは卵料理。副菜かスープで、肉料理を求める彼らを満足させられるだけの工夫か美味しさがあるもの。

週末の仕事が終わった後、二人で工程を確認がてら試作品を作る。それまではそれぞれ提案できるものを考えたり試作したりする。

日常業務を優先して差《さ》し障《さわ》りのないようにし、休日はしっかり休むこと。体調管理に気を付けて、休息が必要だと判断した場合は身体を休めること。

（テオウス様と騎士団の方々のための料理！　私が作ったものがテオウス様の血肉となる……なんて素晴らしい……やりがいしかないわ……！）

やる気を漲《みなぎ》らせるアンジェリーヌに「やりすぎるな。お前は本当に、やりすぎるなよ⁉」とシモンが叫んだのは言うまでもない。

そうして三日ほど試行錯誤してみて、わかった。

「……めちゃくちゃ難しいわ……！」

極力灯りを落とした厨房でがっくりと肩を落とす。

目玉焼き、ゆで卵、折り焼き卵《オムレツ》。蒸したり揚げたり。具材を混ぜたり包んでみたり。美味しくないわけではないけれど目新しさはなく、献立に加えるだけの理由が見当たらない普通の卵料理ばかりを量産してしまっている。

甘く見ていたつもりはないが『新しさ』を出すのはこんなに大変なのかと思い知らされた。

（身体によくて、好き嫌いなく食べられて、けれど目新しくて美味しくてお腹がいっぱいに

なって……そんな奇跡みたいなものがあるならとっくに作られているに決まっているわ)

　あれもこれもと条件を連ねると難しくなるのは当たり前だが、テオウスを思うとなかなか妥協できない。薄暗い厨房で苦悩に唸る。

「焼くのか茹《ゆ》でるのか蒸すのか揚げるのか、混ぜるか泡立てるか……うーん、ううん……」

　こんこんっ、と裏口の扉を叩《たた》く音がして飛び上がる。

「はいっ！　……は、ぃ？」

「遅くまでお疲れ様。居残って仕事か？」

　最近妙に不意打ちが多い、テオウスだった。

　唸《うな》っているせいで聞き分けられるはずの足音にも気配にも気付けなかったのだ。

　帯剣した騎士服姿だが、仕事が落ち着いたのか表情が柔らかい。それを目にしたアンジェリーヌは素早く両手で顔を覆った。

「……それは……何をしているんだ？」

「太陽がご降臨召されて眩《まぶ》しいので目が潰れないよう保護しております」

「太陽……？」とテオウスが周囲を見回している間にやっと目が慣れてきた。手のひらの内側の暗闇で瞬きをし、指の隙間から作業台をしげしげと見下ろすテオウスを覗き見る。

(テオウス様だテオウス様だぁあああ)

「卵料理ばかりだが、何をしているのか聞いてもいいか？」

騎士団長のテオウスには知る権利がある。実は、とアンジェリーヌはシモンと協力して新しい献立を提案するための作業中なのだと、まだ少し眩しい目を瞬《まただ》かせながら説明した。

「そうだったのか。遅くまで灯りがついているから何をしているのか気になっていたんだ」

「申し訳ありません！　ご懸念いただいているとは知らず……」

「責めていないし謝る必要もない。仕事熱心だと感心しているんだ。これが、試作品か？」

灯りは節約し、早めに帰宅していたつもりが、気がかりになってしまっていたとは。暗澹《あんたん》たる思いで「はい……」とぼんやり答えたアンジェリーヌは、テオウスが卵の切れ端を摘《つま》んで口に運ぶのを目撃して、縦に飛んだ。

「ん……美味《うま》いな」

「ああ嘘そんな！　だめです吐き出してくださいあなたが汚れてしまいますぅう！」

指先で口の端を拭うテオウスに飛びつく勢いで迫る。

「ど、どうした？　普通に美味かったが……まさか毒でも入っていたのか？」

「毒ではありませんが毒みたいというか！　私が作ったものをテオウス様が召し上がるなんて身体にどんな悪影響が出るか！　私は殺人罪で死刑です……！」

「どこに罪を問う要素があるんだ……？」と妄想過多な嘆きを聞いてテオウスは首を捻《ひね》る。

「だったら私刑でも構いません。そこに平鍋があるのでどうぞ殴ってください！」

「殴る!?　君を殴るやつがいたら俺が殴るぞ」

「ではどうしようもない自分を時々殴る私を殴るということですね。では、どうぞ！」

「『どうぞ』じゃない。頬も差し出すな」

要らない要らないと制した両手を振られる。

「ではどの部分を差し出せば……」

「何故積極的に殴られようとするんだ？　殴らない」

なんだ残念、と思ってはいけない。ちょっと殴られてみたかったなどと言えば気持ち悪がられると判断できるくらいの理性は残っている。

「お気の済むようにしていただいていいのに……」

「……………その言葉の意味がわかったら、そうする」

意味とは？　と首を傾げた時点で明白だったのだろう、だめだというように頭を振られた。

「しかし許可なく食べてしまったのは申し訳なかった。償いをしなければいけないが……ときに、君の好きなものはなんだろう？」

好きなもの？　推し騎士様です！

思考を疎かにして即答しそうになるが「食べ物や、趣味とか」と言われて考え直す。

（ここは……マカローネと答える方が可愛いかしら……？）

アーモンドを挽《ひ》いて粉状にし、卵白と砂糖を加えた焼き菓子がマカローネだ。ひび割れた見た目、外側のさくさく感と内側のねちっとした食感が特徴で、クリームやジャムを載せたり生《き》地《じ》に色を付けたりして見た目を華やかにするのが流行だ。

決して嫌いではない。食べたいときもある。しかし甘すぎるというのが正直なところだ。

「甘いものは好きなのか？」

返答に窮《きゅう》しているとわかったらしいテオウスがちょっと笑って助け舟を出してくれる。溺れかけた人間のようにアンジェリーヌはそれにしがみついた。

「そう、ですね。好きな方です。マカローネとか……」

嘘をつかないで、と心の声がした。

推しに誇れる自分になりたいなら、憧れの人に胸を張りたいのなら、正直でいるべきだ。

「マカローネとか……は、甘すぎると感じるときがあるので、あまり甘くない、木の実の焼き菓子や干し果物のケーキ、冷やした果物をそのまま食べるのが好きです……黄金桃《おうごんもも》、とか」

躊躇《ためら》いながら付け足した果実の名に、テオウスは嬉しそうに目を細めた。

「黄金桃か。俺も好きだ。あれは美味い」

（ええ、存じておりますとも！）

南国果実の黄金桃は、柑橘《かんきつ》類に似ているが、それらやリンゴやイチゴを合わせて煮詰めてもこうはならないという香り高さと濃厚な甘さが絶妙なのだ。

（美味しいと感じるものが同じって、こんなに嬉しいことなのね）

これからは黄金桃を食べながらテオウスを思えるだろう。幸せだ。

「黄金桃は肌艶がよくなったり丈夫な骨を作ったりする身体にいい果物なのだそうです。効果的な食べ方がないか調べようとしたことがあるのですが、味見を始めた途端、気付いたときにはお皿に皮と種しか残っていないんですよね……」

「ははっ！　わかる、無心で食べるせいか一瞬で消えるよな」

推しの笑い声と笑顔。

その破壊力たるや、アンジェリーヌという人間の全機能が停止する威力だった。

すぐに我に返るが、だめそうだ。唇を噛んで「んぐぅ」と叫び声を押し込める。

（射られた、笑顔の矢が刺さってしまった。人の心を射抜ける才能の塊。好きでしかない）

生きていてくれてありがとう。感謝の品を贈らせてください。

「明日市場に行って黄金桃を探してお持ちします」

「市場に行く？　わざわざ黄金桃を探しに？」

「新しい献立に使える食材を探しに行くつもりでしたし、煮詰まっていますから足がかりを見つけられるいい機会になると思いますから、お気になさらず」

黄金桃はこの国では早ければ夏、そして秋にかけてわずかに出回る。すぐに熟してしまうので扱う店は多くはないが、愛好家がいるので探せばどこかで出会う機会はあるのだ。

「それは、君一人で？」

試作料理のための買い出しに行かなければならないのは本当なので嘘ではないし、送迎の馬車を使えば御者が付き添ってくれるはずだ。

「俺も行く。俺を同行させてくれ」

「いいえ、お気持ちだけありがたくいただきます」

言い出しそうな気がしていたので冷静に対応する。

テオウスは黙って腕を組んだ。渋々納得して引いた、と思ったが大間違いだった。

「なあ、アン」

にこっと爽《さわ》やかで朗《ほが》らかな笑みに見惚《みと》れる一方で、何故こうも嫌な予感がするのか。まるで猫撫で声のようだと思ってぞわぞわしているのか。

「君が市場に行くのは考案中の献立の買い出しと、ついでに黄金桃を探すためだな。その献立は君の仕事に関わるもの、第三食堂で提供されることを見越している。第三食堂は青花騎士団所属、利用するのは騎士たち。つまり俺たちだ」

テオウスは暑いのか寒いのかわからない青い顔をしたアンジェリーヌを覗き込んで笑った。

「俺は青花騎士団団長だ。しかも君の仕事の邪魔をした償いをしなければならない。そんな俺が、君を手伝わない道理はないいな?」

「まっ眩し……ッ！」

眩しすぎる顔に慣れたはずの目を潰されたアンジェリーヌに優しい声が言う。

「明日、君の仕事が終わった頃に迎えに来る」

職分が、なんて言えなかった。これでも長年テオウスを見守ってきた身だ、御前試合のときの退《ひ》くものかという気迫を感じ取って、何も言えなくなってしまったアンジェリーヌだった。


――これまでの人生で一番譲れない勝負だったかもしれない。

きっかけを欲するテオウスにとって外出の機会は最大の好機だ。なんとしても同行しようという必死さが我ながら滑稽《こっけい》だったが、駆け引きに勝利したのなら取るに足らないことだろう。

あまり遅くならないようにと告げて逃げるように食堂から離れてしまったが、しばらくすると厨房の灯りが消え、アンがファビアンに見送られて門を出ていった。やがて門衛が「ご帰宅されました」と報告に来ると、テオウスは少しだけ肩の力を抜いた。

(いささか強引になってしまったが、当日挽回《ばんかい》させてもらおう)

帰宅の準備をしながら明日のことを考える。

(要確認事項は、意中の相手の有無。俺に多少なりとも好意があるかどうか)

性急すぎないように距離を縮め、追い詰めていると気付かせずに意識させなければならない。ただでさえ異性の言動は読みにくいが、アンはそれに輪をかけてわかりにくかった。一人で砦《とりで》を落とす方が簡単かもしれないとまで思う難易度だ。

(きっと予期せぬことが起こって、思惑通りにならないんだろうな)

第三食堂の厨房係として配属されてきたアンに、テオウスはずっと驚かされてばかりいる。

そうして目が離せないでいるうちに姿を見ないと一日が始まらないようになってしまった。

不意打ち、奇襲は騎士として忌避するものだが、相手がアンだと思うと口元が緩んで、何が起こるか楽しみにしてしまっている自分がいる。彼女がすでに特別になっている証《あかし》だろう。

しかし彼女の身に危険が及ぶような事件に遭遇しないとも限らない。

（一応、予定をセルヴァン卿に連絡しておくか……）

万が一に備えておいても決して無駄にはならない。それが大切なら、なおのこと。

（…………大事にしすぎても嫌われる、か……？）

加減がわからん、と嘆息する青花騎士団団長をひそやかに笑う夏虫の恋の歌が響いていた。

第3章　奇跡ばかりの街歩き

翌日は事あるごとに「夢じゃないかな？」を繰り返していた。

「私とテオウス様が二人で買い出しなんて、夢？　夢じゃない方がおかしいですよね？」

「外出時間を短くしたくなけりゃ早く手を動かせ！」

野菜の皮剥《かわむ》きをするシモンが怒鳴る。一日中同じ言葉を聞かされて気が立っているのだ。

「昨夜テオウス様は私の試作品の卵料理を夜食にしたいと言って持っていったんですよ？　そして今日はその感想を伝えてくださったんですよ？　これが現実であるはずがない！」

「気持ちはわかるけど早く終わらせよう？　ぼさぼさの格好で団長と一緒に歩くの？」

「あぁああ唸《うな》って私の両手ぇええ！」

「傷付けたら弁償させるぞ！」とファビアンに怒鳴られつつ過去最高の速度で手を動かして洗い物を完了させた。作業は他にもあるが、厨房《ちゅうぼう》の買い出しを請け負うことで免除されている。

「団長が一緒なら、荷物は持ってもらえ」

「テオウス様を煩《わずら》わせるくらいなら私が持ちます」

店の人間に駄賃を渡して運んでもらうという手もあるし、実家の御者という裏技もある。そう思って大真面目《おおまじめ》に答えたのに「コラリーから本を借りて読んでおけ」と言われてしまった。

まさかファビアンに恋愛ものの創作小説を参考にしろと言われるとは。自分の恋愛観に問題があると指摘されたようで、かなり不安になった。

だからというわけではないが身支度にはなるべく時間をかけた。

更衣室で汗を拭って着替える、洗いざらしの若緑のドレス。腰を絞る胴衣《ボディ》は古びた生成《きな》り色。肩に回す首布《ネッカチーフ》は自分で黄色と薄紅色の小花模様を刺した。履き潰しつつある茶色の革靴《かわぐつ》を履き、髪は仕事のときと同じ形に結う。鞄《かばん》は帆布《はんぷ》を縫い合わせた丈夫な斜めがけだ。

(侯爵令嬢としてならとびきりのドレスとお化粧と髪型で臨むのに、アン・ベリーとしては清潔感が唯一の武器。心許《こころもと》ないけれど頑張るしかないわ)

待っている間も髪をいじったり、預かった買い出し表から店を回る順路を考えたり、財布の中身を確認したり、靴先の汚れを擦《こす》ってみたりと落ち着かなく過ごす。

テオウスが来たら飛び出せるよう耳を澄ませていたとき、ぼそぼそと話す声を聞いた。

一人はファビアン、ならもう一人は、と考えれば自《おの》ずと答えが出る。アンジェリーヌは部屋を飛び出し、直後急反転して、置き忘れた鞄をしっかり掴《つか》んで再び駆け出した。

果たして、食堂の裏にファビアンと話すテオウスの姿があった。騎士服姿で魂とも言える剣を帯び、駆けてくるアンに少し驚いた顔をして、微笑《ほほえ》んだ。

「こちらから迎えに行ったのに。もしかしてずいぶん待たせたか？」

「いえ！　私が逸《はや》ってしまっただけで、ご命令をいただければいつまでも待てます」

ファビアンが「犬か？」と呟《つぶや》くが推し騎士様が望めば犬にもなれるので異論はない。意気《いき》揚々《ようよう》と胸を張るとファビアンはなんとも言い難い顔をしたが、何か言うのは諦《あきら》めたようだ。

「ご面倒をおかけして申し訳ないですが、こいつのこと、よろしく頼みます」

「承知した。我が剣にかけてお守りする」

（ふあ、ふぁあああ……！）

重々しい台詞《せりふ》を気負わない笑顔で言えるのは、誰かを守ることを当然の責務とする騎士だから。良きものを見させていただいたとアンジェリーヌは両手を組んだ。

「では、行こうか」

笑顔で促され、アンジェリーヌははっとして「よろしくお願いします」と頭を下げた。

二人で市場へ買い出しに行くという特別な外出が、始まった。


美しい建築物でも国内外に名を馳《は》せるトラントゥール王国。その王都を『麗《うるわ》しの都』という。白を基調とした石造りの建物群は階数を揃《そろ》え、等間隔に配置された窓と黒い金属の露台《ろだい》、地上階の円弧を用いた装飾で統一されて芸術品めいている。景観保護の法の下、まるで同じ建物が続いているかのような街を維持しているのだ。

だが大通りから一つ路地に入ると、細道が入り組んでまるで迷路のようになる。建物間に渡した縄に衣類を干したり、上下階で荷物をやり取りする籠《かご》がぶらぶら揺れていたりと、自由な人の生活を垣間見《かいまみ》ることができた。

そんな王都を、アンジェリーヌはテオウスと並んで歩いている。

(三百六十度回転するとどこかにテオウス様がいる……！)

石畳の通りに、街角に。ファビアンに頼まれた買い物をしても、目星をつけていた食材を扱う店を訪れても。常にテオウスがいる。推しと街の風景の組み合わせに芸術性すら感じ、何故この一瞬を切り取ることができないのかと歯噛《はが》みする。

そうして、取るべき行動がなんたるかを理解した。

(――――私は空気になる)

限りなく存在を消して推しを愛《め》でよう。

最も邪魔な自己を可能な限り抹消し、推しの一日を追う目と耳になるのだ。

「荷物は、店の者に届けてもらうことにしたのか」

「はい」と答える声も邪魔だが、推し騎士様に問われて応えないわけにはいかない。

最後に入った店は何度も利用しているから、配達を頼むと快く請け負ってくれた。これでファビアンから頼まれていた買い物を果たしたことになる。

(ファビアンさんはああ言ったけれど。テオウス様は付き添いで、荷物持ちではないもの)

「ずいぶん手際がいいな。さすがだ」

「いいえ」とふるふると首を振る。

（とんでもない。目当ての店で全部揃うはずが、いくつか取り扱いがなかったせいで余計な時間を費やしてしまったわ。こんなにテオウス様を歩かせるつもりはなかったのに）

そうやって香草《こうそう》を買い回ったときに少し気になることがあったが、いまは横に置いておく。

「次は市場か？」

「はい」と頷《うなず》いた。

（次は黄金桃《おうごんもも》を探して、ついでに料理に使えそうな食材を買い回る。テオウス様の時間を浪費しないよう、てきぱき動かなくては！）

すでに疲れ始めていることに気付かないふりをして、決意を込めて歩き出す。

王都の市場は東の広場で開かれている。色とりどりの天幕の下、青果、精肉、鮮魚、そして惣菜《そうざい》と食材を扱う店が並び、市民や商人が忙《せわ》しなく行き交うなか、あちらこちらから売り子の声が響き、賑《にぎ》やかで大変活気がある。

それだけ往来も多く、急いでいるときに限って人の流れに行く手を阻《はば》まれてしまう。

（うぅん、青果店はすぐそこなのになかなか進めない……）

周囲も焦《じ》れているらしく「なんでこんなに混んでるんだ？」と話している。するとどこからともなく「馬が座り込んで」という声が聞こえ、直後に高い嘶《いなな》きが聞こえてきた。移動させようとする人間たちに馬が抵抗しているらしい。

「テオウス様。あの……」

迂回《うかい》しましょう。行き先を変えます。たったそれだけのことが言葉にできない。

「……ん？」

推し騎士様が眩《まぶ》しすぎる。

目が合った途端、羞恥と焦燥《しょうそう》で全身が熱の塊になった。

（『……ん？』って。『……ん？』って!! 待ってごめんなさい無理です待って！）

気付いていると合図するように軽く目を開き、話を聞こうと首を傾《かし》げて物柔らかに促す。

尊《とうと》い。優しさと気遣い、年長者かつ男性の余裕と包容力、滲《にじ》み出す色気を感じる。

それだけではない。騎士の責務を果たす凜々《りり》しさも、部下たちを厳しくも優しく見守る眼差《まなざ》しも、常に自分を律する規律正しさも、尊ぶすべてがいまアンジェリーヌの前にだけ、ある。

（しっかりして私！ 正気に戻らないで！ 空気になって推し騎士様を見るんでしょう!?）

様子がおかしいと思ったのか身を屈《かが》めていたテオウスが不意に「……仕方ない」と呟いた。

「アン」

途端に手に触れた、熱い手のひら。

乾いた指先と節、硬い剣だこの感触。

（は────）

「どこかで少し休もう。せっかくだから君と話したいと思っていたんだ」

そしてだめ押しの笑顔。

(はいぃぃい――――!?)

何故手を繋《つな》いでいるのですか。どうして手と手を触れ合わせて歩いているのですか!?

神に、世界に問いかけるも答えはなく、感動よりも先に罪を自覚して青くなった。

(手荒れ！　指に軽い切り傷！　極めつけに手汗がひどい！)

こんなことなら事前にしっかり手を洗い、爪を磨き、保湿をして触り心地を整えたというのに、このままではテオウスを汚してしまう。

少し密着を減らして触れないようにするかそれとなく手を解くか。

繋いだ手の内側でもぞもぞと葛藤していたが、ちらりと様子を窺《うかが》う視線を受けてアンジェリーヌの五感がテオウスに全集中する。

すると優しく触れていた手は、それまでよりもぎゅっと強くアンジェリーヌを掴まえた。

(わあああああぁあ)

尊すぎる気遣いに遅れ気味だった距離を小走りで縮めながら内心感涙で咽《むせ》び泣く。

「君が好きなのは、甘すぎない甘味だったな？」

「は、はい！　あの、覚えて……」

「昨日聞いたばかりだからな。まあいつ聞いたとしても忘れることはない」

(それはいったいどういう意味で……あぁぁあもう頭が回らない……)

不愉快ではないと、だから優しく手を引いてくれるのだと――自惚《うぬぼ》れてしまいそうになる。

（推し騎士様の『ふぁんさ』に溺れてしまいますぅう……）

足元がふわふわする。転ばないようにと思うと歩調が鈍《にぶ》り、テオウスの気配を感じすぎると動きが止まる。鼓動の速さや真っ赤な顔、そしてやっぱり手汗や短くした爪の欠けた部分が気になった。テオウスのために働いていることに後悔なんて一つもないけれど、手を繋ぐのならもっと綺麗《きれい》な手をしていたかったと思ってしまうのだ。

けれど、それでも、世界は輝《かがや》いている。

周囲の露店には宝石のような色も形も種類も違う果実、飾り玉を集めるようにみっちりと並べられた野菜たち、鱗《うろこ》を輝かせる大小の鮮魚、加工肉の塊は吊《つ》るし飾りとなって揺れている。

「ここで飲み物を買うが、構わないか？」

果物を取り扱う店らしい。果物、木の実、香草は一束いくらでまとめ売りされていて、旬のサクランボとベリー、そしてメロンの甘い香りが漂っている。

金属製の搾《しぼ》り機の中に柑橘《かんきつ》とベリーをぽんぽんと放り込み、取っ手をぎゅうっと下ろすと、注ぎ口から濃い赤色の果汁が現れる。木製の器に注がれた二つのそれをテオウスが受け取り、一つをアンジェリーヌに手渡した。

新鮮な果実の果汁の香りと色にうっとりとするが、はっとして懐《ふところ》を探る。

「あの、お代を……！」

「気にしなくていい。留《とど》まっていると邪魔になるから移動しよう」

――手を繋ぐ奇跡、三十秒ぶり二度目。

(私の歩幅に合わせてゆっくり歩いてくださる慈愛の化身がここにいまあぁぁす！)

市場の端は飲食する場所になっている。誰かが調達してきた椅子《いす》代わりの樽《たる》や木箱の机が置かれ、食事をしたりおしゃべりをしたりと自由な雰囲気だ。公職らしい制服姿の貴人の姿もちらほら見えるので、騎士服のテオウスもそれなりに馴染《なじ》んでいる。

「これも君に。甘すぎなければいいんだが」

席に着くと紙に包まれたパンを差し出された。

切った棒パンにレモンの果汁と皮を混ぜ込んだバターを塗ってある。こんがりとしたいい香りに甘さと酸味のある香りが加わって、否《いや》が応《おう》でも食欲が刺激された。

「いつの間に？　もしかして……テオウス様はこの世に二人も存在する……？」

「店番の子どもに駄賃を渡しておつかいを頼んだだけだ。だが、驚いてもらえて何よりだ」

漏れてしまった心の声にテオウスは楽しそうに答え、これも代金は必要ないと言った。

(食べ物のみならず、悪戯《いたずら》っぽい言動に大盤振る舞いの笑顔と気安い接触、同じ時間を共有させていただいていることに、私はいますぐ代金をお支払いしたいのですが！　言い値で！)

推しの時間、お金では買えない価値がある。

「おいくらほど積めばよろしいですか!?」

「積、……なんだって？」

立ち上がった勢いのままアンジェリーヌは粗雑な机に沈み込んだ。

思考能力が減退していたとはいえ直球も直球すぎて最低だ。激しく反省した。

（……このままでは気が済まない……後日別の形でお返しをしよう……！）

万が一のときのために作成していた『テオウス様宛て贈り物目録』が役立つ日が来ようとは。

推し活に無駄な作業は一つもないという好例だ。

「ひとまず喉を潤した方がいい。和らいできたとはいえまだ少し暑い」

（水分補給の重要性を理解している推し騎士様、さすがです）

テオウスに勧められて、拒絶する理由などあるはずもない。

「それではお言葉に甘えて……」

いただきます、と器を持ち上げたそこで、アンジェリーヌは動きを止めた。

「…………」

「どうした？　もしかして……こういう場所での飲食は抵抗が、」

「……もったいない……」

漏れ出した嘆《なげ》きに、テオウスが「……うん？」と困惑気味に首を傾げる。

（推し騎士様に買っていただいた貴重なものなのに、食べてしまうと消滅するなんてひどすぎない!?　祭壇《さいだん》に飾って伏して拝むことができないじゃないの！）

しかし食べずに廃棄するなどもってのほか。

厨房係の端くれとして生搾りの果汁の味や市場の軽食が如何《いか》ほどのものか知りたくもある。

「この世から失われると思うともったいないのですが、可能な限り愛でた後で美味《おい》しくいただきます……」

「ああ、うん、是非そうしてくれ」

ぴんときていないらしいテオウスを拝し、さらに飲み物にも丁寧《ていねい》に祈りを捧《ささ》げた。

どうして永久保管する術《すべ》がないのか、この世界の無慈悲を噛《か》み締《し》めて食べ物を見つめ、手を伸ばすことを躊躇《ためら》い、口元まで運んでおきながら気持ちがくじけてもとの位置に戻す、いかにも諦めの悪いアンジェリーヌに、ついにテオウスが噴き出した。

「っ、はは！　そ、そんな悲愴《ひそう》な顔をしなくても！」

「て、テオウス様……」

「俺《おれ》にはたかが食べ物だが君にとってはそうじゃないんだな。……嬉《うれ》しいよ」

――きゅんっ。

（……『きゅん？』何、謎《なぞ》の動悸《どうき》が……あ、熱い……！）

深く染み入ったような呟きはアンジェリーヌをひどく動揺させた。喉の渇きに襲われて救いを求めるように飲み物を口にした、その芳《かぐわ》しさに目を見開いた。

「甘い！　美味しい……！」

果実そのものを齧《かじ》る味わいに皮の苦味が加わって、甘すぎずとても飲みやすい。

「果物を食べているみたいだろう？　好きそうだと思ったから、口に合ってよかった」

あのときの会話を踏まえての選択だったらしい。アンジェリーヌの胸は感動に打ち震える。

小さく千切って口に運んだパンも香ばしく、レモンの甘酸っぱさと苦味が加わったバターとの相性がとてもいい。砂糖をたっぷり使った焼き菓子よりも好ましいくらいだ。

最初の躊躇いはどこへやら、品よく、けれどしっかりと味わっていたが、その手はしばらくもしないうちに止まってしまった。

「完食しなくても大丈夫だからな？」

大丈夫だと首を振る。普段のお茶会の軽食の方が多いくらいなので量が問題なのではない。

（推し騎士様が目の前にいるから胸がいっぱいなんです……！）

ちょっぴり食欲に負けてしまったが、テオウスが見ていると思うと胸もお腹《なか》もいっぱいだ。

とはいえ食べ物は粗末にしたくないし、せっかく買ってもらったのだから完食したい。

「少々、お時間をいただいてよろしいでしょうか……」

「もちろん。ゆっくり、無理せず味わってくれ」

（テオウス様を眺めながら食事ができる……劇場の最高級天井観客席に匹敵するわ……！）

推しという至高の調味料で、ちまちまとパンを千切り、果汁を啜《すす》る。

お腹に寸胴《ずんどう》鍋でも入っているのかという勢いで食べる騎士たちに比べると、アンジェリーヌ

の速度は栗鼠《りす》か小鼠《こねずみ》が一つのものを一生懸命に齧っている速度だろう。

「……可愛《かわい》いな……」

（……うん？）

不意にテオウスが言って、アンジェリーヌは周囲に視線を巡らせた。

自分たちと同じように市場で買ったものを友人知人あるいは一人で楽しむ人々の姿があるが、子どもも動物もおらず、可愛いと言えそうなものは特に見当たらない。視線を追おうにもテオウスは右手で口元を覆《おお》って顔を伏せていて、何を指したのかはわからなかった。しかし彼が言うのだから本当に可愛らしかったに違いない。

（何を見て言ったのかしら？　子犬、それとも子猫？）

じゃれつく子猫を苦笑しながら構うテオウス……。

好奇心旺盛《おうせい》なふわふわの子犬を優しく抱えるテオウス……。

猫の手で殴られながら笑うテオウス……。

鍛えられたお腹の上に子犬を乗せて一緒に午睡《ひるね》するテオウス……。

（良さしかない。良さ、しかない……っ！）

立派な体格の殿方と小動物の組み合わせは妄想の中でも神がかり的だった。おかげで食事が進み、アンジェリーヌは深く頭を下げて色々な意味で感謝した。

「ご馳走《ちそう》様でございました。大変美味しゅうございました」

「こちらこそ、好《よ》いものを見た」

「………？」

よくわからなかったが、推し騎士様が不快になっていないのであれば何よりだ。

辺りは夕暮れの気配が濃くなっていた。客の姿も増えて、あちこちの店先で火を入れた灯明《とうみょう》が揺れる、まるで別の場所のような幻想的で鮮やかな風景に変わっている。

「そろそろ行こう。買い物の続きをするだけでよかったか？」

「はい」と頷くアンジェリーヌの脳裏には黄金桃が浮かんでいる。なおテオウスへの贈り物は別の日にじっくり買い回るつもりだ。

「ではなるべく日が落ちる前に帰城しよう。夜の街を歩いて君に悪い噂《うわさ》が立ってはいけない」

テオウスはいかにも付き添いや護衛らしい距離でアンジェリーヌの少し前を歩き始める。未婚の女性が理由もなく夜間に出歩けば、身持ちが悪いと思われて敬遠されるか、たちの悪い人間が寄ってくる。それを懸念しているのだ。

確かに宮中で働く女性の大半は良縁を望んで、異性に好ましく思われるために努力しているが、アンジェリーヌもそうだとテオウスが思っていることを初めて知った。

（うーん……推し活と恋愛は別だとわかっているけれど、ちょっと複雑かも……）

たとえるなら溢《あふ》れる思いをどれだけ伝えても本命は別にいると知られている感じだろうか。

推しにいずれ自分でない誰《だれ》かと結婚するのだと思われているのは何故かまったく嬉しくない。

(かといって訂正するのは……でもいまの私にはテオウス様しかいないのは真実だから……)

「っ、アン」

思考から急浮上したが、遅かった。こちらに気付かず会話に夢中になっている二人連れが目前に迫り、アンジェリーヌは衝撃を覚悟して息を呑《の》んだ。

「っ、ふぁっ!?」

だが次の瞬間にはテオウスに腰を抱かれて正面衝突を逃れていた。

絡《から》んだ腕のたくましいしなやかさ。反対側の腰の位置にぴたりと収まる大きな手。密着することで感じられてしまう体温。耳元で聞こえた深く長い安堵《あんど》のため息。

(はわ、あわ、わわわ)

落ち着いて私。頑張れ私。意識を手放さないで。絶対に諦めないで。お願いだから!

「……おやまあこんなところで……」

「情熱的で羨《うらや》ましいわぁ」

通りすがった人々がこちらを見たり、そんなことを囁《ささや》き合ったりして去っていく。

「危なかったな……大丈夫か?」

「自分がどうなるかわからなくて怖いです!!」

だめでした。

通行人の生温かい視線と囁きに耐えられなかった。「感動ならぬ官能をありがとう!」と正気を疑われることを口走りそうな自分が心底恐ろしくてアンジェリーヌは真っ青になった。

　するとテオウスがはっとして素早く離れる。

「っ、すまない！　助けるためとはいえ決まった相手がいるかもしれない女性に軽率だった。君を貶《おとし》める意図はないのでどうか許してほしい」

「こちらこそ……」

　こちらこそ、軽率にときめいて誠に申し訳ございません。

（……じゃ、なくて！）

　心臓と思考が忙しいせいでずっと迷惑をかけていたのだと、いまさらながら思い当たった。手を引いてくれたことも休憩《きゅうけい》に誘ってくれたことも、ずっとアンジェリーヌが危なっかしく見えていたからだったのだろう。

（推しに介護させてしまっていた……）

　ハルセモニカの前に出るときに懺悔《ざんげ》すべき事柄がまた一つ増えた。

　急に楽しい夢から醒《さ》めてしまった心地で、再び人の流れに乗って歩き出す。

　手は、繋がない。

　先導するテオウスの背中を見つめているとどこからともなく「あれでよかったの？」「このままでいいの？」という声が聞こえて、アンジェリーヌはぎゅっと唇を噛んだ。

（……だめ。このままはだめ！　こんなの推し活とは言えないわ！）

推しを応援する、それが推し活。気遣わせた挙句に謝らせて。推しが健やかであるよう守ると決めた自分が、彼の心の健康を損うなんて裏切りにも等しい。

ぴしゃっと両頬《りょうほお》を叩《たた》き、勇気を振り絞って叫ぶ。

「テオウス様！」

テオウスが振り向く。

店々の灯火《ともしび》が逆光になってせっかくの顔が見えづらいけれど、そんな街の灯《ひ》が彼の輪郭を淡く輝かせていて、とても綺麗だ。

「あの、私、……私……」

私のことは飾り焼き程度に思ってください。

嫌な気持ちになるなんてあり得ないので大丈夫です。

(何か言わなくちゃ。何かしなくちゃ。テオウス様のために、何ができる？)

笑ってほしい。喜ばせたい。安心してもらいたい。

彼がこの日のことを忘れてもいいから、何も伝えられなかったと悔いを残さないように。

「……テオウス様に悪いところなんて、一つもありません……」

重くていい。気持ち悪くても仕方がない。

しっかり目を見て、大きな声で、あなたが素敵だと伝えなくちゃいけないから。

「何故なら、いいところしかないからです！」

――勇気を出せ、私。

「生まれこそ侯爵令息という恵まれた立場ですが、それに甘んじず努力を重ねなければ騎士団長になどなれません。慢心とは無縁だから部下はついてくるのですし、厳しさと優しさを併せ持つと知られているからたくさんの方が手を貸してくださるんです。それらを『運がよかったから』と言うのなら、運とは、当たり前のことをそうとは思わず一生懸命に行う者にこそ与えられるもの。すべてはテオウス様が心身ともに健やかである、その賜物《たまもの》なのですから！」

その在り方に魅せられた。ずっと元気でいてと願わずにはいられなかった。少しでも力になれたらと、わがままを自覚して距離を詰めた。未来への不安を押し込めて、妄想過多な言動で周囲を苦笑させて。

そんな毎日がどんなに心躍るものか、あなたはきっと知らないでしょう？

驚愕《きょうがく》に見開かれた青い瞳《ひとみ》に肩を窄《すぼ》めそうになるが、ぐっと耐えて胸を張る。

「……あくまで私一個人の考えであって、テオウス様ご自身の反省や改善を否定する意図はございませんので、参考程度にしていただいてなんならいますぐ忘れていただいても、」

「アン」

アンジェリーヌはぴたりと口を閉ざした。閉ざす以外になかった。

テオウスの言葉を、表情を、仕草を、すべてを一瞬たりとも逃したくなかったから。

「忘れない」

真っ直《す》ぐな瞳は、諦めない者の輝きを帯びていて。

「君の言葉を、そう信じてくれる君を忘れない。……忘れられるわけがない」

テオウスが、笑う。

「ありがとう」

誰よりも憧《あこが》れた美しい青に心を奪われて、形を失った言葉がきらめきながらくるくると踊っていた。あまりに綺麗で、眩しくて、笑顔でいたいのに涙が零《こぼ》れてしまいそうだった。

(私だってあなたに『ありがとう』と言いたい)

毎日が楽しくて、明日を楽しみにしていられるのは、辛《つら》いことや悲しいことを乗り越えるための力をあなたが与えてくれるから。推しのためだと叫んでひたむきでいられるからだ。

「………………」

「テオウス、様……」

何故かテオウスの視線が下がる。何気なくその後を追って、ひゅっと息を呑んだ。

なにゆえ私のこの手はこんなときに推し騎士様の服の裾を掴んでいるのでしょうか!?

「――――！！？　ちっ、違うんですこれは手が勝手に動いて！」

接触禁止。不純。下心。不穏当な言葉が脳裏を巡り、離すべき手を離せないまま、ぐるぐると目を回しながら飛び出したのはあまりにお粗末な言い訳だった。

「わっ、私には好きな人も恋人も結婚する予定の人もいないのでこれは大丈夫ですね！！？」

大丈夫なわけがない。

服とはいえ推しに触れる禁忌を犯しておいてこれはない。自分の残念さに崩れ落ちる。

「つまり、これは」

「――嫌ではない、と」

崩れ落ちる、はずの手を、テオウスに掴まれていた。

「決まった相手はいない、だから手を繋いでも問題ない、という解釈でいいか？」

はにかむ笑みに、アンジェリーヌは光を見た。

（神がいる）

この推しが尊い。もはや神。もう離れられない。一生推す。

歩き出しても上の空だったせいで強めに引き寄せられて、本当に呼吸が止まりそうだった。

先ほどより軽食の店が開いて、辺りは食欲を刺激する香りに満ちている。暮れゆく街を手を繋いで歩く男女がどう見えるかなんて、先ほどの通行人の台詞を思えばわかりきっている。

（私のような者がテオウス様の恋人だと勘違いされる可能性がございませんか!?）

手を繋いでいるのは彼らしく少々罪な、親切心ゆえの行動なのだから、そのような思い違いは不本意のはずだ。指摘した方がいいのか気付かないふりをするべきなのか。

（わからない！　わからないけれど……妄想が捗《はかど》るのはわかる！）

テオウスはこれと決めた人としかるべきお付き合い、つまりこのように手を繋ぐなどした後、佳《よ》き日を選んで結婚するだろう。

もし、それが自分だったら……。

結婚すれば一つ屋根の下で食事をし、余暇を過ごし、くつろぐ健やかな推しを「おはよう」から「おやすみ」まで、なんなら「おやすみ」の間もずっと見ていられる。

この世界に推し騎士様を存在させてくださる尊きご家族やご親戚の皆様方に感謝を伝えることも叶《かな》う。季節行事の折々に挨拶《あいさつ》をし、社交の時期には頻繁に顔を合わせ、領地で過ごす――いまとは違う、侯爵令嬢アンジェリーヌとして。

（……身分や資産がなくても人並みに健康で暴力を振るわずお金や女性関係にだらしなくなければそれで十分、そう思っていたけれど、これは……これは……！）

いつか誰かと結婚しなければならないのなら、それは最高の選択ではないか？

（テオウス様と、家族になれる……結婚して、家族に……）

「アン？」

「ひぁえい!?」

一瞬で目が覚めた。

邪《よこしま》な妄想に耽《ふけ》っていた罪悪感でアンジェリーヌの心臓は破裂寸前の爆音を響かせているが、テオウスはそんな挙動不審な態度や奇声に気付かないふりをして進行方向を指す。

「なんとなく歩き出してしまったが、行き先はこっちでいいのか？」

アンジェリーヌはぶんぶんと頷き、「あそこに……」と海産物の店を示した。

店先では貝を焼く香ばしい旨《うま》みのある香りがしていた。食材を物色するふりをしながら、アンジェリーヌはテオウスには見えないように息を吐く。

(危なかった……テオウス様と家族になる妄想に負けるところだった……)

あまりに心躍る妄想だったので、ちょっと夢を見るくらいは構わないわよね？　想像だけなら許されるわよね？　といまもそわそわしてしまう。

その店で買ったエビと貝は大振りで、塩を振って焼くだけで十分美味しそうだった。

「次はどの店だ？」

「香草の店に……」

道順を説明できる自信がなくて方向を指すと、テオウスは「道が違ったら合図してくれ」と言って、またアンジェリーヌの手を引いて歩き出す。

――推しとの距離感を見誤ってはいけない。

冷静な声に大きく頷いた。

(推しは私のものじゃない)

適切な距離を保てない推し活は推し活にあらず。

いま以上の関係を望まない、この距離だから心置きなく推せるのだ。

(ええ、思い出したわ……私はただの『ふぁん』。推しに奉仕することが私の喜び。推し騎士様が健やかであることが私の幸せ。そしていまは推しに直接貢《みつ》げる絶好の機会……）

溢れる思いと決意をぐぐっと握りしめた。

（なんとしても黄金桃を見つけ出して、感謝の気持ちを伝えなければ！）

好物を食べて嬉しそうにしている推しが見たい、そんな気持ちもなくはない。

黄金桃を取り扱う店を探して目を光らせていると「あまりきょろきょろしているとはぐれるぞ」とテオウスから注意が飛んでくる。

しかし高まる思いとは裏腹に黄金桃は見つからず、目星をつけていた青果店も空振り、たどり着いてしまった香草店で買ったものを抱いてアンジェリーヌは心の中で涙に暮れた。

（何故なのよぉおおぅ）

何故も何も、旬には少し早いからだ。しかも今夏のトラントゥール王国はさほど暑くなく、南の国々も例年より緩い夏を迎えたはずで、作物に影響が出ている可能性は大いにあった。

そうやって冷静に考えれば致《いた》し方《かた》ないものも、推しが絡むと諦めがつかなくなる。

（他に扱っていそうなお店は……いっそ実家の御用商人を捕まえてやろうかしら⁉）

黄金桃を贈らねばここまで来た意味がない。忙しなく市場を見回すアンジェリーヌの傍《かたわ》らでテオウスも同じように、しかし騎士らしく、日没後に変化した客層や気配を確認している。

「そろそろ時間切れだな。帰城しよう」

「行こう」と促すテオウスの手を思わずぎゅっと掴んでいた。

「帰りたくないです……！」

「……は⁉」

テオウスがぎょっとアンジェリーヌを凝視する。

「黄金桃を探しにもう一度だけ、これで最後にしますから、市場を回りたいです！」

「え？　……ああ、そういう……」

何故だろう、テオウスががっかりしたように肩を落としてしまった。

「本当に黄金桃を探していたのか。季節が早いか、扱っていても数が少ないだろうから見つけ出すのは難しいはずだ。次の機会にしよう」

「次なんて……」

こんな機会は何度もない。そう思ったのが顔に出たのだろう、テオウスは不意に距離を詰めたかと思うと目を丸くするアンジェリーヌに囁きかけた。

「なら、次の約束をしよう」

見上げた青い瞳が、夜の街の灯を受けてとろりと輝いている。

（綺麗）

背伸びをして近付けば、その瞳の中を覗《のぞ》き見ることができるだろうか。

誘われるようにアンジェリーヌは繋いだ手を支えに爪先を立てようとして。

「……テオウス卿《きょう》？」

それを見ていた三人組の青年の声で我に返った。

仕立てのいい平服を着ているから恐らく貴族だろう。テオウスの顔見知りらしい。接近しすぎていることに気付いたアンジェリーヌはそそくさと適切な距離を取る。

(うえ⁉)

だというのにテオウスはしっかり手を握っている。これでは離れると手を繋いでいることがありありとわかってしまい、適切どころか最低限の間隔すら開けることができない。

焦《あせ》って手と顔を見比べるアンジェリーヌに、テオウスは身を屈めて声を潜めた。

「……少し待っていてくれ」

耳が溶けるかと思った。

(吐息混じりの囁き声ぇぇ……)

へろへろへろんとなって熱の残る手を抱きながら三人組に駆け寄るテオウスを見つめる。

きらきらしい青年たちのなかでやはりテオウスは一際眩しい。制服姿というだけではなく立ち姿に気質が表れていて、青いアイリスの花を背負っているように見えるのだ。

「ねえ、そこのお嬢さん」

(騎士様方と一緒にいるのもいいけれど、立場の違う同年代の方々と並ぶのも素敵！　物腰の柔らかさと頼もしさが感じられる貴公子ぶりがたまらない……あっ、いけない、涎《よだれ》が……)

「ねえお嬢さん？　……金髪の可愛いお嬢さん？　……ねえったら！　聞こえてる⁉　黒髪の

美丈夫《びじょうふ》と一緒だったあんた!!」

「はい、黒髪の美丈夫と一緒だった者です」

「聞こえているなら答えなさいよ!?」と声をかけてきた赤毛の女性が叫ぶ。不特定多数が集まる場では声をかけられても無闇に反応しない、それが最も簡単かつ大事な自衛手段だ。今回はテオウスへの賛辞が聞こえたので応じたにすぎない。

「何か御用ですか？」

「あんた、さっきから市場をうろうろしてたろ。それを扱っているところを知っているよ」

手のひらを返すがごとくアンジェリーヌは女性に感謝の気持ちを抱いた。

「黄金桃を!?　場所を教えてください！　いますぐ買いに行きます！」

「いますぐは無理。店が開く明日一人でおいで」

むむむっとなるが、確かに今日はもう時間がない。聞けばその店は市場からさほど遠くないが入り組んだ路地にあり、知る人ぞ知る穴場なのだそうだ。

「緑の扉と牛の飾り看板の店だよ。いいかい、今日は無理だからね」

「わかりました。ありがとうございます、親切な方」

女性と別れたアンジェリーヌはテオウスを探し、まだ話している彼らのもとに近付いていって「テオウス様」と控えめに声をかけた。

「お話し中のところ申し訳ありません。少し外しても構いませんか？」

テオウスを含めた四人の視線が集中する。

こういうとき、いついかなるときも微笑みを絶やすなと叩き込まれた基礎教養が役に立つのだと実感する。一日中挙動不審だったとは思えない上品さで言って、ふと、違和感を覚えた。

(あら？　このお三方、どこかで見たような気がする……？)

「ああ、市場を一周するのか。俺も行こう」

「いえ、少し見に行きたいところがあるだけなんです。あそこの……」

場所と道順を説明して、遠くもなければ時間もかからないので同行には及ばないと告げる。

「すぐに戻りますので皆様とお話しして待っていてくださいませ」

テオウスに微笑みかけ、三人には会釈《えしゃく》をし、少し離れてから急いで駆け出した。

向かうのは先ほど教えてもらった黄金桃を扱うという穴場の店だ。

(明日一人で行くなら場所を確認しておかないと)

市場を通り抜け、言われた通りの道を早足で歩く。薄暗く、複雑に入り混じった人の生活の匂いが漂っていた。アン・ベリーにもアンジェリーヌにも馴染みのない世界の匂いだ。

路地裏の迷路を深く潜るように角を曲がっていく。

古い建物は闇を纏《まと》うとまったく同じに見えて、この道で正しいのか不安になる。早く戻らなければ、いますぐ戻りたいという焦りと心細さで歩調が鈍り始めたとき、見つけた。

(牛の飾り看板！)

牛の側面の姿を彫った看板が下がる建物がある。小走りに近付くと、看板の真下の扉は確かに緑だった。

(見つけた。ここだわ。ちゃんと存在してよかった。明日また伺、)

「むぅうー！　うぅうぅーっ！」

「こいつさっきからうるせえな」

「黙れ！　暴れるんじゃゃねえ！」

穏やかでない声がして、逆の道から二人の男がやってくる。大柄な男の肩に女性が後ろ向きに担がれていて「むー！　むぅう」とくぐもった声とともにドレスの足をばたつかせていた。

アンジェリーヌと男たちの目が合う。

「拐《かどわ》かしだわぁあああ!?」

「なっ、こいつ!?」

彼らが何者でどういう状況か考えるまでもなかった。状況を端的かつ正確に表した瞬間、緑の扉が開いたかと思うと、にゅっと伸びた白い腕がアンジェリーヌを掴んだ。

「明日来いって言ったのに、人の言うことを聞かない子だね！」

「っ、さっきの親切な方!?」

アンジェリーヌを扉の内に引きずり込もうとしながら赤毛の女は歪《ゆが》んだ笑みを浮かべる。

だがあくどい笑みが苛立《いらだ》ちに変わるのにさほど時間はかからなかった。

「ちょ、ちょっと！　どうしてびくともしないのよ⁉」

　このように襲われたときの対処法はまず恐れずに一歩踏み込むこと。

　手首を回転させるようにしながら指を広げ、引き合う力が緩んで相手が怯《ひる》んだ瞬間、顎《あご》を打つつもりで肘を振り上げて拘束から逃れる。

　健康維持のための軽い護身術の経験が役に立った。健康とはかくも素晴らしい。

「ごめん、あそばせ！」

　流れるように裾をたくし上げて蹴りを見舞うと、ぎゃっと叫んで赤毛の女性が転倒する。

　その隙に、と思ったとき、男の一人が咄嗟《とっさ》に顔を庇《かば》ったアンジェリーヌの腕を捻《ひね》り上げる。

「っく！」

　叫び声を上げようとするが素早く口を塞がれてしまった。

（不健康で不潔な手で私に触らないで！）

「へえ？　こいつもなかなか可愛いじゃないか。大人《おとな》しくこっちに来い」

「うううううん！　むぅうう！」

　荒れた指先とむくんだ指、ねっとりとした手のひらの熱が不愉快だ。しかし声はくぐもって助けを求めることができない。入り組んだ道に偶然人が通りかかることはないだろう。担《かつ》がれてしまうと急所を狙って暴れるしかないが、まったく力が入らず、すかすかと空振りするかぺちぺちと頼りない音が響くばかりだ。

自身のしでかした最低最悪の失態に歯噛みするけれど、諦めるのはまだ早い。

（心を折らなければ必ず道は拓《ひら》ける！）

乱れた息を整え、全力で脇腹を蹴りつけられる機会を待つ。

「予定が狂ったがまあいい、商品が一つ増えたんだから誰も文句は言わねえさ。なあ？」

「うっ……」

どさっ、と重いものが落ちる音がした。

別の女性を担いでいた男が倒れている。それを目にしたときには刃《やいば》を閃《ひらめ》かせた騎士が夏燕《なつつばめ》の速さで迫っていた。

「誰だっ⁉」

間違いなくこれが好機だった。男が注意を逸《そ》らした刹那《せつな》、アンジェリーヌは振り上げた右足をたるみ始めている脇腹に全力で叩き込んだ。

（でぇええい！）

「うっ⁉」

ぐりゅっと肉をねじ込む感触があって男が息を呑む。苦痛で拘束が緩んだ隙に飛び降りると、とりあえず右腕を掴んで反対方向に捻り上げた。

「つぅおあ痛ててててっ⁉」

捻られた腕に身体《からだ》を引かれ、痛みによって完全に注意が逸れた、それが男の最後だった。

「がっ、ぁ……!?」

ごっ、と頭を打たれる鈍い音がして男が倒れる。

そうして、遠くに喧騒《けんそう》を感じる夜の静寂が戻ってきた。

「……っ、アン、無事か!?」

人攫《ひとさら》いどもを叩きのめした戦神のごとき騎士が必死の形相でアンジェリーヌの肩を掴む。

しかしアンジェリーヌはそれには答えず、その手に触れ、次は腕に触り、肩に、胸に、脇腹にまた腕に、と入念に接触を繰り返した。

「あ、アン?」

ぺたぺたぺたぺたとしばし無心で触り続け、実体があることを確かめると、アンジェリーヌはどっと安堵の息を吐いた。

「妄想が作り出した幻じゃない……！　よかった……本物のテオウス様だわ……」

だって格好良すぎた。拐かしに連れ去られるところをまるで物語の登場人物のようにテオウスが颯爽《さっそう》と駆けつけ、凶漢を叩き伏せたのだ。不届き者に拘束されていたせいでしっかりと目に焼きつけることができなかったのが悔やまれてならない。

（かぁっ、こよかったぁぁ……！　私まで斬られてしまいそうな迫力だったわ！　あれこそ倒すべき敵を前にした本当の騎士の………あ、れ……？）

感動に胸を震わせていたつもりが、全身が震えている。

顔が引きつってうまく笑えない。血の気が引いて身体が冷たくなっていくのがわかる。

でも、怖い、なんて絶対に言いたくない。泣くなんてもってのほかだ。危険な目に遭ったのは無用心だった自分が悪いのだし、あんな輩《やから》のせいで心身に異常を来《きた》すなんて心底ごめんだ。

震えるなら、別の理由がいい。美しいものに心を奪われたり素晴らしいもので胸をいっぱいにして、喜んだり笑ったり、全身を躍らせていたい。

(推し騎士《テオウス》様)

思うだけで勇気をもらえる人。それが推し。彼はいまアンジェリーヌの目の前にいる。

だから大丈夫、もう少し、頑張れる。

「私は大丈夫です。助けてくださってありが、」

引きつりそうだった顔に笑顔を浮かべたのに、感謝を伝えることはできなかった。

テオウスがアンジェリーヌを隠すように胸に抱いたからだ。

「無理に笑わなくていい。面倒だとは思わない。弱いと蔑《さげす》むこともない。誰にも見られたくないのならいつまでもこうしている」

だから安心して泣けばいい、そう言うのだろう。でももうその必要はない。

(待って無理待って無理。控えめに言って極めて尊し。推しに抱き締められる、すなわち息を吸えば推しが吸える現実。ここを聖地にしましょう!?)

傷付き疲れた心と身体には、やっぱり推しが一番効くのだから。

（というかテオウス様……知っていたけれどとってもいい匂いがするわ……!?）

知っていたけど。知っていたけれども！　直《じか》にそれを感じられるなんて正直、たまらない。

「ご無事ですか、テオウス卿。お連れの方も」

すんすんと呼吸をして香料の考察をしていたアンジェリーヌの耳に、速やかな駆け足と声が届く。現れたのは先ほど市場で遭遇した若者たちのうちの一人だ。

「首尾は？」

「おかげさまで、捜査中だった誘拐犯の一味を捕縛《ほばく》できました。ご協力に感謝いたします」

テオウスの問いに爽やかに笑って胸に手を当てる騎士の敬礼をする。

その瞬間アンジェリーヌはテオウスの胸元から顔を出して手を打った。

「見覚えがあると思ったら！　第二騎士団、黒狼《こくろう》騎士の方だったのね」

黒狼騎士団は青花《あおはな》騎士団と同じく実働を担う騎士たちで構成されており、団舎も近いので互いに行き来がある。勤めて長くないアンジェリーヌも、彼らが会議や訓練の打ち合わせなどで来訪するついでに第三食堂で食事をしていくところを見たことがあった。

「お見知りいただき恐縮です。恐ろしい目に遭わせてしまって申し訳ありません。テオウス卿の判断がなければ大変なことになるところでした。後日必ずお詫《わ》びに伺います」

「私のことはお構いなく。それよりももう一人女性がいたはずなのですが、その方は……」

姿を探すと、駆けつけていた別の騎士たちが男を縛り上げ、気を失っているらしい女性を助け起こしていた。制服姿の知らない顔の二人なので増援を呼んでいたのだろう。

「ご無事のようですね。よかった……」

「お知り合いですか？」

胸を撫《な》で下ろすが、その問いには首を振った。それなりの身分のご令嬢で年齢も近いようだが、社交の場に顔を出さなくなって久しいアンジェリーヌには名前も家名もわからない。家の付き合いで最低限顔を出しているはずのテオウスもわからないという。

「後は任せて構わないか？」

「はい。この度はご協力いただき、誠にありがとうございました」

黒狼騎士ははきはきと答え、騎士の礼で見送ってくれた。

大通りに出た途端、明るい夜空と人と馬車の往来のある開けた場所に、竦《すく》み上がってきた心がほっと解放される。

辺りを見回していたテオウスは、停《と》まっていた馬車の一つを選び、御者に多すぎる運賃を渡すとアンジェリーヌに自宅まで乗っていくように言った。

「俺は騎士団に戻って今日の件の後始末をしてくる。最後まで送り届けることができなくてすまない。ご家族がお怒りになるようなら、そのときは必ずお詫びとご説明に伺う」

「……あの」

もしかして、と思ったが、そんなはずはないと考え直した。

（きっと偶然よね。テオウス様が選んだ馬車がたまたま我が家の送迎の馬車だったのは）

いつもと違う場所に停まっていたのは、今日の予定を告げていたアンジェリーヌが終業時刻になっても戻らないので、街に出て探していたからに違いない。

「あの……今日は色々と申し訳ありませんでした。貴重なお時間を割いていただいて……」

「気にしなくていい。貴重だからこうして費やしたんだ」

（ええですからかけがえのない一分一秒を是非ともご自分のために使って、……ん？）

いま何か、不思議な物言いをされなかっただろうか？

記憶を巻き戻しながらテオウスを見た。にこりと笑顔を返された。思考が一瞬にして破裂して彼の笑顔に染まり、何を考えていたか綺麗に忘れた。

「アン、これを」

テオウスは上着の隠しから取り出した手巾《しゅきん》をアンジェリーヌに握らせる。

「そばに置いてくれ。もし恐ろしい夢に襲われたらこれを頼りに必ず君を助けに行く」

ぴっちりと折り畳まれた清潔な手巾からはテオウスが愛用している香りがする。推し騎士様の存在を近くに感じられそうで、こんなに心強いお守りはない。

「おやすみ。また明日」

「はい……また、明日……」

テオウスの笑みに見送られて、アンジェリーヌは帰路についた。

しばらく馬車に揺られていると「ご無事で何よりでした」と御者が珍しく口を開いた。出かけたまま戻ってこないので市場に近いところで待ち構えていた、当てが外れなくてよかった、と街中にいた理由を解説しているが、耳を傾けている余裕はなかった。

「……っ！　うー……！　んんんぅぅう……っ！」

だって推し騎士様が最高でしかない。

(現実で守って夢でも守りに来てくれるの？　神ですか？　騎士と兼業中？)

不意打ちでくるのはやめて。本当にやめて。

嘘《うそ》です、やめないで。そのままのあなたでいて。悶《もだ》える私を踏み越えて突き進んで。

というか強めの幻覚ではない？　違うわ現実だわ、推し騎士様の手巾を握っているもの！

一日の出来事を思い出しながら手巾を握って身悶える。自分のことはさっぱり覚えていないけれど、テオウスがいかに優しく温かく親切で、凜々しく高潔で強いのかを再確認できた。

(だから結論は一つ！　テオウス様は最高の騎士様です!!)

推しが健やかだった感謝を伝えるべく両の手で手巾を包んで神に祈る。

したがって邸《やしき》の玄関前に馬車を停めた御者の「お嬢様？　着きましたよ！」という呼びかけが届くまでにはしばしの時間を要したのだった。

素晴らしい一日が終わると、また素敵な一日が始まる――何故ならアンジェリーヌの生きるこの世界には今日も推し騎士様が存在しているから！

「昨日どうだった？」と尋ねるコラリーとシモンに出来事を綴《つづ》った『推し騎士様と最高の一日（布教用）』を押しつけ、「いままでで一番『こいつ本当にやばいやつだ』って思ったかもしれない」とシモンに正気を疑われても、推しのいる世界の輝きは揺らぎもしないのだ。

今朝の献立《こんだて》はベーコンとアスパラガスの塩卵《キッシュ》パイ、ナスと牛乳の冷製スープ、細切りニンジンとチーズのサラダに、いつもの棒パンだ。

早朝訓練を終えた騎士たちが列を作ってしばらく。

取《と》り鋏《ばさみ》を手にパンを配膳《はいぜん》していたアンジェリーヌは、限定的に広くなる視界でテオウスを捉えた。はっとそちらを見るとすぐに目が合って、微笑まれた。

（推しの笑顔が太陽よりも眩《まばゆ》く輝いている⁉　みんな見て？　いますぐご覧になって！　一緒に寿命延ばしましょっ⁉）

「おはよう、アン」

「おはようございます、テオウス様！」

熱心に見つめるせいで返事が遅れそうになるが、伊達《だて》に毎日推しへの狂おしい情熱を抱いて過ごしていない。どれほど心の中で我を失っていても最低限の受け答えはできる。

「あの、昨日お借りしたものを……」

「うん。君の時間が空いたら執務室の方に来てくれないか？」

「わかりました。必ず伺います」

こくこくと何度も頷くと、テオウスは「じゃあ後で」と笑みを残して去っていく。

口隠《マスク》していても明らかに恍惚《こうこつ》として遠ざかる推しを見送るアンジェリーヌを、誰一人として気に留めない。もうすっかり第三食堂の日常風景だった。

推しのためには働かねばならないが、効率が悪ければ推しに捧ぐ時間が減る。

次の仕事を考えて順番に片付けていくが、こういうときアンジェリーヌの動きを見ながら他の作業に取りかかってくれるコラリーとシモンはやはり頼れる先輩たちだ。

二人のおかげでいつもより少しだけ早い昼食の調理作業前の休憩時間を得て、団舎にあるテオウスの執務室へと急いだ。

(手巾をお返しして、昨日気になったことを念のためにご報告して、速やかに消える。テオウス様のお時間は一瞬の奇跡の連続、決して無駄にしてはいけないわ)

夏を感じる明るい日差しと空に、青々とした緑を揺らす風が吹いている。遠くから聞こえる声は、この時間なら訓練に打ち込む見習い騎士たちのものだろう。

この気温だといつもより疲れるだろうし、食欲がない者もいるに違いないから、スープ仕立ての料理など水分を多く取れる献立を提案してみるのがいいかもしれない、などと考えていたとき、騎士団ではあまり見慣れないものを視界に捉えた。

団舎の中庭に、白い日傘を手にした薔薇《ばら》色のドレスの何者かが佇《たたず》んでいる。

（……面会希望者？　どなたかのご家族か友人かしら……ああ、リュカさんとシャルルさんが来た。女性に対する反応が素早くて、さすがだわ）

女性関係が華やか、すなわち遊び人の二人なので分別はあるはずだが、当の女性がうまくあしらえるとは限らない。少し様子を見ようと思い、急ぎ足で中庭に回る。

「――あなた方と話すことなどありません。わたくしの邪魔をしないでください」

そこへはっきりと響いた可憐《かれん》ながら厳しい声に、思わず踏み出しかけた足を止めた。

「おやおや、怒らせてしまったかな。ちょっと笑顔が見たかっただけだったんだけれど」

「怒ってはおりません。不愉快なだけですわ」

ぴしゃりと言い返されてリュカは苦笑し、脈なしと判断したのかその場を離れようとして。

「団長」

こちらを見てそう言った。

飛び上がったアンジェリーヌが振り返ったそこに、いつの間にかテオウスが立っている。

「テオウス様！」

アンジェリーヌよりも早くその名を呼んだ薔薇色のドレスの令嬢が、日傘を上げ、緑の瞳を輝かせながら小走りにやってきた。

蜜を塗ったような黄金の髪。熱に潤む夏の緑の瞳。淡く甘く染まった頬、艶々と潤った唇で喜びの笑みを浮かべる、疑いようもない美少女だ。夏用の薄いレースの手袋に包んだ手が弾む鼓動を押さえるように豊かな胸の上に置かれる。

「エモニア伯爵家のアナ＝マリアと申します。押しかけるようにしてお伺いしてしまって申し訳ありません。けれど、どうしてもお礼を申し上げたくて……」

(この方！　拐かしの被害者だった……!?)

あの後黒狼騎士たちに保護されて無事に家に戻ることができたらしい。テオウスもそうと気付いたようで「ああ」と警戒を緩めた。

「礼を言いたいという来客だと聞いて誰かと思ったら、昨日の。ご無事で何よりでした」

「昨日だけではありませんわ」

そう言ってアナ＝マリアは華やかな顔にうっとりと微笑みを浮かべた。

「以前も困っていたところを助けていただいたことがあるのです。あのときは家族も一緒で、なんて素晴らしい方だろうと絶賛したものでした。まさかまた助けていただくなんて……」

その瞬間、アンジェリーヌの全身をとてつもなく嫌な予感が貫いた。

「この出会いはきっと神の思《おぼ》し召《め》しですわ――わたくしの騎士様……」

ぴっしゃーん！　とアンジェリーヌめがけて雷が落ちた、そのくらいの衝撃だった。

(な、なっ……なんですってぇえええ!?)

『わたくしの騎士様』？　あなたのものではありませんが！？！？

とびきりの装いに、甘い声と潤んだ瞳で、アナ＝マリアはテオウスを見つめている。ずっと彼を見守っていたアンジェリーヌはそれが何を意味するか知っている。

彼女は、彼に、恋をしている。

楚々《そそ》としながら距離を詰めるアナ＝マリアと、騎士的に応対するテオウス、それを棒立ちで見つめるアンジェリーヌという構図に、リュカとシャルルが「これは面白いことになりそうだ」と視線を交わす。

健康的で文化的な推し活に、初めて騒動の影が忍び寄ろうとしていた。


——せっかくの機会をふいにしてしまった。

アンに意中の相手はいない、テオウスに対する好意は皆無ではない、恋愛感情の有無はともかくかなり慕われているらしいと知った街歩きの翌日。事件に巻き込まれたせいで逃した次の約束を取りつけるつもりが、第三者の襲撃めいた来訪で再び機会を逸してしまった。

(剣で戦うなら素早く討ち取るだけでいいものを)

益体《やくたい》もない愚痴を胸の内で呟きながらアナ＝マリアの見送りを終えて執務室に戻ると、見計らったように副団長のカディオが「お疲れ様です」の言葉と書類を持ってきた。これからそれらを確認するのかと思うとうんざりして、席に着くなり深いため息をついてしまう。

「リュカとシャルルが羨ましがっていましたよ。昨日は街歩き、今日は城で昼食会、それぞれ

別の女性が相手なんて、と」

その昼食会が意図したものではないと承知しているはずの副団長を鋭く一瞥《いちべつ》して、テオウスは椅子に沈み込んだ。

「本城の料理は凝っているが味が濃い。こっちで食べたかった」

「アンに言ってあげてください。きっと喜びますよ」

騎士団に王宮と、宮中に複数の専属厨房があるのがいかにも美食の国トラントゥールだ。王宮――団舎から離れた場所にあるので騎士団関係者は本城と通称する――食堂は事前に部屋と食事を予約する形式を取っており、会食などに利用されている。

そこでテオウスは牛肉の赤ブドウ酒煮込みに、鮭《さけ》とチーズの練り焼き《パテ》、イモのとろみスープ《ポタージュ》、最後にベリーの氷菓《ひょうか》を食べ、食後のお茶まで飲んできた。

ちなみに第三食堂の昼食は海鮮と香味野菜の沿岸風煮込みと、パプリカの酢漬け、ニンニクで香りづけしたバターを塗ったパンだったという。「美味《うま》そうだ」と呟くと「美味しかったです」と言われてちょっといらっとした。

「できるものならそうしたかった。だが……」

「別の女性と食事しているところを見なければならない彼女がどう思うか、ですね」

テオウスを誘うアナ＝マリアを最初は驚いた顔で、やがて無感動に眺めていたアン。そんな彼女の仕事場にアナ＝マリアを連れていくべきでないことくらい、さすがにわかる。「嫉妬《しっと》されて嬉しいなんて言える状況じゃないな」と笑うカディオは本来勤勉な人間だが、人の恋愛問題を面白がるあたりはやはり恋多きトラントゥールの騎士だ。

わかっているなら言うなと睨《にら》む気力もなく身体を起こして書類を繰《く》る。

備品の購入や修理依頼、休暇申請などカディオや他の担当者がすでに確認したものに目を通すだけのものと、議事録や担当した事件や任務の報告書などの読み物、合同訓練の予定や直近の祭事や式典に関する警備計画など話し合いが必要な事項。始める前は億劫《おっくう》だがいざ取りかかると集中して手を動かせるのはテオウスの長所だという。

しばらく書類に目を落としていたが、気になる報告書を発見し、別の机で手を動かしているカディオにひらりとそれをかざして見せた。

「これは？」

「はい？　……ああ、秋季から翌年の農作物の流通に係る前兆の報告と調査依頼書の草案ですね。昨日市場を回ったときに違和感があったことをアンが教えてくれたんですよ」

「聞いていない」

「お出かけでしたからね」とカディオの返答はにべもない。

「いくつかの香辛料とオリーブ油が品切れ、しかし物価が急激に上がっている様子はない。したがって国内外に異変が起こっているわけではなく、不作とまではいかないが例年より下回る傾向があるのではないかという話でした」

アンから聞いたそれをカディオが調査依頼書に仕上げたようだ。「最初は団長に報告するつもりでいたみたいですよ」と言われて多少溜飲《りゅういん》が下がる。

「『気になるから後日王太子殿下にご報告しましょう』と言われて、慌てましたよ。さすがに君の身分ではお会いできないと止めたら、口を滑らせたことに気付いて焦っていました」

笑って誤魔化そうとするアンが目に浮かぶようで口元が緩む。

「それは可愛いな」

「日々必死な部下たちを差し置いてよくも言ってくれますね」

「君たちは別枠だ」と言うと「はいはい」と信じていない口調で返された。心外だ。

一通り草案に目を通して、黄金桃のことを考えた。旬には早いから出回らないのではなく、他国に流通するほどの収穫量ではない可能性があるのだ。

「しかし、よく気付けたな。これを読む限りまだほとんど影響は出ていないようなのに」

「ええ、昨日なんてずっと団長しか見ていなかったでしょうにね」

テオウスが黙ると「昨日の街歩きで思い知ったでしょう」とカディオは楽しそうだ。

「ずっと急いでいたし、口数が少なかったのに？」

「緊張と嬉しさのせいに決まっているじゃないですか。言わせないでくださいよ」

そうかもしれない、そうだったらいいと思っていたが、カディオに言われて安心した。呆《あき》れた目を向けられてしまったので、緩んだ口元を手で覆って表情を改める。

「殿下に上奏するなら彼女の名前がある方が有効かと思って記載しましたが、削りますか？」

「……そうだな、書類に残さない方がいい。アンの報告だということは口頭でお伝えする」

「さほど緊急でもないのに王太子殿下に謁見《えっけん》を申し込むんですか？」

「別件で拝謁《はいえつ》する予定がある」

敢《あ》えて用件を説明しなかったのに「ああ、なるほど」とカディオは頷いている。

「彼女を誘惑していることがばれてお叱《しか》りを受けに」

「馬鹿、逆だ」

カディオは数十秒間じっと黙ってテオウスを見つめて、言った。

「おめでとうございます。いいブドウ酒でも開けますか」

「まだ早い」

聞いているのかいないのか「やっとですか……」と感慨深げにしているカディオに、彼らを長らく不自由させていることに気付かされて気が咎《とが》めた。

（部下たちに報いるためにも、確実に――落とす）

城でも落とすつもりなのか、いやそのくらいの意気込みで臨むべきだ、と言い出しそうな騎士団の者たちの顔を思い浮かべて、テオウスは口の端に笑みを浮かべた。

恋ではないけれど、生きがいを感じる存在。憧《あこが》れ。それが推し。

だからアンジェリーヌはテオウスを『私の推し騎士様』と呼ぶ。決して『わたくしの騎士』と呼ばない。呼んではいけない。

（……でも、あの方は……）

「お嬢様？」

そっと袖に触れられて視線をやると、傍《かたわ》らに控えた侍女《じじょ》が心配そうな顔をしている。

「大丈夫よ。考え事をしていただけ」

笑いながら透かし模様の扇をはらりと開く。これで憂鬱《ゆううつ》な顔は多少隠れるはずだ。

（ここはいと高き方々がおわす王宮、常に見られているつもりで振る舞うのよ）

前室で付き添いの侍女と二人きりでも、本当に誰《だれ》も見ていないとは限らない。隠し通路や盗み聞きのための小部屋があると誰もが一度は噂《うわさ》を聞くくらい、王宮は恐ろしいところなのだ。

案内役の小姓《こしょう》が来たので侍女を残して応接室へ向かう。

そこには女官《にょかん》が三人いて、お茶の支度を終えると静かに隅に控えている。そよ風のような視線を感じつつ、アンジェリーヌは（わたくしは侯爵令嬢、侯爵家の娘……）と唱えて優雅に座り、目が合った女官にはそっと微笑《ほほえ》みを浮かべて会釈《えしゃく》をした。

間もなくしてさわさわと華やかな気配が近付いてきた。先触《さきぶ》れの女官が扉を開くとアンジェリーヌは立ち上がり、室内の女官たちとともに膝《ひざ》を屈《かが》めて礼をする。

「クリステル王太子妃殿下のおなりです」

歌うような声が宣言して、この国で二番目に輝《かがや》く女性が姿を現す。

クリステル・アンナ・トラントゥール王太子妃殿下。銀月の髪と菫《すみれ》の瞳《ひとみ》の、存在そのものが宝石のような御方《おかた》だ。

この日のお召し物は白い胸元に薔薇《ばら》の刺繍《ししゅう》が咲く生成《きな》りのドレスだ。地味な色合いだが、肩を膨《ふく》らませる短い袖と胸の下の切り返し、腰を絞らないゆったりした不思議な意匠が目を惹《ひ》く。気取らないのに野暮《やぼ》ったいどころか洗練されて見える、常に『斬新な』という評価がついて回るこの人らしいドレスだ。

装いに合わせてゆるりとまとめた髪の後毛《おくれげ》すらも麗《うるわ》しく、微笑む菫の瞳は理知の光を静かにたたえていて、うっかりするとぼうっと魅入ってしまう。

「ご機嫌よう、ベルリオーズ侯爵令嬢。久しぶりに顔が見られて嬉《うれ》しいわ」

「妃殿下におかれましてはご機嫌麗しく……拝謁《はいえつ》の機会を賜《たまわ》り、心より御礼申し上げます」

近頃はあまり口にする機会がないアンジェリーヌの仰々《ぎょうぎょう》しい挨拶《あいさつ》にクリステルが微笑んだ。

すると女官たちも先触れや付き添いも全員が心得たように退出していき、アンジェリーヌとクリステルの二人が残された。

「……大変ご立派な挨拶でしたわ、アンジェリーヌ様。『よくできました』の『花丸』を差し上げましょう」

朝起きて体操をしたら花丸を一つ。食わず嫌いのものを食べられたら花丸が二つ。それは心配性で後ろ向きな性格の幼子が『続けること』ができるように考えられたものだった。何か頑張れたら『花丸』という印を帳面に描いてもらい、升目上に区切ったそこに印が溜《た》まるのを誇らしく思ったものだが、この歳になってもまだ花丸が欲しいと思われているのか。

恥じ入るアンジェリーヌに、クリステルは楽しそうに笑っている。典雅な微笑みではなく友人に見せるような親しげな笑顔にどきどきしながら深々と頭を下げた。

「どうぞアンジェリーヌとお呼びください。クリステル様はすでにわたくしの家庭教師ではなく、この国の王太子妃でいらっしゃいます」

数々の伝説を築く御歳《おんとし》三十歳の王太子妃は、シャリエール辺境伯令嬢と呼ばれていた頃に虚弱だったアンジェリーヌを家庭教師として救い導いた、かけがえのない恩人でもあった。

「こんなに素敵な女性になられた方に『花丸』は失礼だったわね、ごめんなさい。けれどどうかかしこまらないで。人払いもしたし、いつものように楽しくおしゃべりをしましょう？」

「はい、クリステル様。喜んで」

教師と教え子だったときのようにアンジェリーヌがお茶を淹《い》れる。軽やかな味わいの香茶《こうちゃ》はクリステルが愛飲しているもので、お菓子はアンジェリーヌの好きなリンゴのクッキーだ。

薄く切ったリンゴを煮詰め、伸ばした生地《きじ》の内側にくるくると巻いて焼く、さくさくほろっとした食感の焼き菓子で、もっと食べたいとわがままを言ってクリステルと二人で作ったこともあったから、わざわざ用意してくれた心遣いが嬉しくて笑みが零《こぼ》れる。

「お忙しいところお時間を作っていただいてありがとうございます。こんなに早くお会いできるとは思っていなかったので、助かりました」

「可愛《かわい》い教え子が会いたいと言うのだから時間を作らないわけがないわ。それにアンジェリーヌ様は悪い癖がおありですもの。自分ではどうにもならなくなってから相談する、という」

だから予定を空けたのだと言われ、アンジェリーヌは本当に叱《しか》られる心当たりがないか目まぐるしく考えて視線を彷徨《さまよ》わせた。

「相談できるかどうかは人として大事な能力ですよ。これが欠如しているせいでどれだけの『ヒロイン』がまず相談しろと罵《ののし》られたことか」

「今回は大丈夫です……多分」

『ひろいん』とはなんだろうと思うが深く考えない。クリステルは独自の言い回しをする人で、付き合いの長いアンジェリーヌは意味を類推しつつ聞き流すのが当たり前になっている。

「ところでその青いドレス、とても素敵だわ。軽やかな印象で何より」

「はい」

――推しの色。

二人の声が重なった直後、きゃあっと歓声が上がった。

「やっぱりやっぱり？　一目見た瞬間に『推しの瞳の色ドレス！』って思ったの！」

「わかりますわかっていただけます？　この青を見つけたときの感動！　すぐ流行《はや》りの形に直してもらったんです。推し騎士様の印象を損なわないように装飾はなるべく簡素にして」

夏の空より濃い青のドレスは、両肩から胸元を通って裾へ向かう小さなひだの縦の線と、優雅に広がる裾で、軽やかさを出している。流行の木綿の生地に青い小花模様を刺した肩掛けを取り入れ、同じ色で揃《そろ》えた靴《くつ》は踵《かかと》を少し高くするだけの歩きやすいものにした。

髪はおさげではなく、巻いたり編み込んだりと凝った形にし、化粧をして上品な華やかさを出した。クリステルに会うのなら手を抜くわけにはいかないのだ。

「見るのがわたくしで申し訳ないわ。推し騎士様にこそ見ていただくべきなのに」

「本音を言えばそうです……けれど、見ていただくよりわたくしがあの方を見ていたいので贅《ぜい》沢《たく》は申しません」

「そうね、求めすぎると苦しくなるもの。無理なく推すのが一番よ」

その言葉に心当たりがあって、アンジェリーヌはきゅっと唇を結ぶと恐る恐る切り出した。

「そのことでご相談があるのです。わたくしの話を聞いていただけませんか？」

「もちろん伺います。どうしたの？」

　そうしてアンジェリーヌはここ最近の推し活の進捗《しんちょく》と、シモンとの対決、その後の献立《こんだて》作りと食材の買い出しでテオウスと過ごしたことを迸《ほとばし》る思いを堪《こら》えて説明し、エモニア伯爵令嬢アナ＝マリアと現在騎士団で起こっている出来事について、感情が昂《たかぶ》ると説明が下手《へた》になる残念な悪癖《あくへき》とともに語り聞かせた。

　そしてクリステルは「えっ」「ん？　うん、後でそこ詳しく聞くから」などと絶妙な相槌《あいづち》を打って、おおよその状況を把握したようだった。

「話をまとめると……毎日騎士団を訪れるアナ＝マリア嬢に推し活を邪魔されていると」

「そうなのです」とアンジェリーヌは神妙に頷《うなず》いた。

　先日の『わたくしの騎士様発言』の後。

　アナ＝マリア・エモニア嬢は、毎日第三騎士団舎にやってきてはテオウスと距離を縮めようとしているのだ。

　最初は程々に相手をしていたテオウスがこれ以上の礼は必要ないと断り、少し強めに業務に差《さ》し障《さわ》りが出ると伝えてからは直接会うのをなるべく控えて、騎士団宛てに差し入れを持ってきたり、訓練を見学して騎士たちを応援したり、負傷者を手当てしたりしている。滞在時間が以前に比べて短くなったせいか、近頃では彼女を引き止めようとする者がいるくらいだ。

「わたくしはいいのです、日々工夫してこその推し活ですもの。ただテオウス様や騎士様方の邪魔をしてほしくないと思っていて……」

「本当に？　思っているのは本当にそれだけ？」

クリステルの率直な一言が横面《よこつら》を張った。

アンジェリーヌはすぅー……っと息を吸って天を仰《あお》ぎ——わっと両手で顔を覆《おお》った。

「嘘《うそ》ですごめんなさい正直邪魔だと思いました！　なんなら名前が似ているのも嫌で！　しかも大変お美しい！　健康的で溌剌《はつらつ》とした美人で伯爵令嬢、テオウス様のもとに毎日通う行動力、推し騎士様のお相手にふさわしい可能性が高い！　でも、でもでもでも！　わたくしに似た名前の別の女性がテオウス様の健やかな日々を脅《おびや》かしていると思うともう……！」

「正直でよろしい。ちなみに、今日のお仕事は？」

「静かすぎて怖いから休暇を取ってこいと追い出されました」

アナ＝マリアの名前を聞くだけですっと冷たい空気を纏《まと》うらしく、推し語りもしなくなったので、コラリーとシモンに心を休ませてこいと強制的に休暇を取らされてしまったのだ。

「こうしている間にもアナ＝マリア嬢がテオウス様の近くにいるかもしれないと思うと……わたくしは……わたくしは……！」

この通り情緒不安定なこともあってクリステルに面会を申し入れてみたのだが、優先的に時間を取ってもらえたのは本当に幸運だった。「わかるわ、その気持ち」という微笑みを見ているだけでざらついた心が慰《なぐさ》められる。

「わたくしはおかしくなってしまったのでしょうか？　こんな気持ちは初めてで、クリステル様ならご存知かもしれないと思って今日は参ったのです。先生はわたくしに『推し』をはじめとした生きがいの知識を教えてくださった恩師ですから」

一瞬にしてテオウスに心を奪われたことを『推しとの出会い』、彼がアンジェリーヌの『推し』で、応援する活動を『推し活』だと教えてくれたのはクリステルだ。第三食堂の厨房《ちゅうぼう》係になるときも援護してくれた師なら、この胸のもやもやを解き明かしてくれるはず。

「そう立派なものでもないからあまり期待しないでほしいけれど……」

苦笑とともに言い置いて、クリステルは菫の瞳にいたわりを浮かべた。

「推しに対して自分ではしないことをしたり、推しから自分と違うファンサをもらったり、ましてや固定レスがあると『よかったね』と祝福する一方で『どうしてあの子が』と思ってしまう。向こうの方が恵まれているように感じて、羨《うらや》ましくて妬《ねた》ましくて、そう思ってしまう自分が惨《みじ》めになる……こういうことよね？」

こくこくという頷きが、こく、こくこくこく！　に変わるまでそう時間はかからなかった。

「だったらおかしくともなんともないわね。単なる『同担拒否』もしくは『リア恋』だもの」

知らない単語が出てきてアンジェリーヌは身を乗り出した。面白くて役に立つ知識を披露してくれるクリステルの教え子の習性のようなものだ。

「『同担拒否』に『りあ恋』？　それも推し活にまつわることですか？」

「そうです。推しを尊《とうと》ぶ者に必ず訪れる試練と宿命です」

クリステルは重々しく頷いた。

「『同担拒否』は推しを他人に奪われたくない、自分以外のファンを許容したくない性質を指します。そして憧れや応援したいという気持ち以上に、推しの恋人になりたい、結婚したいと思うのが『リア恋』です」

——推しに、恋。

予想外の言葉をアンジェリーヌは何度も反芻《はんすう》し、咀嚼《そしゃく》しようと試みる。

そこにあるはずのないものを指摘されたような奇妙な居心地の悪さからは目を逸《そ》らして。

「……では、わたくしは『同担拒否』、アナ＝マリア様は『りあ恋』なのですね？」

「あくまで推測にすぎないけれどね。そして残念なことに、同担拒否とリア恋は共存する性質なのにばらばらだとあまり相性がよくないのよねえ……」

心当たりがあるらしいクリステルは遠くに思いを馳《は》せて、ふ……と冷ややかに笑い、「まあお食べなさいな」とアンジェリーヌにお茶とお菓子を勧めた。

「人間は歳を取って進学、就職、結婚、子育てと転機を迎えるもの。あなたも変わるし推しも変わる、何もなかったとしても必然的に変わっていく。だから推しへの思いも推し方も変わって当然なのよ。安心して」

「わたくしが変われば推し方も変わる……必然的に変わる……ああ、納得できた気がします。

むしろ人間らしいと思いますわ。ずっと同じではいられないのですね」

　近くで見守れるだけでいいと思っていたはずが、一人の人間として言葉を交わして触れ合えることに喜びを感じるようになった。そんな自分の欲深さに忌避感を抱いていたけれど、神でもないただ人のアンジェリーヌに変化がもたらされるのは当然のことなのだ。

「恐れることはないとわかって安心しました。先日『もしテオウス様と家族になれたら』などというけない妄想に耽《ふけ》ってしまったことをハルセモニカに懺悔《ざんげ》したのですけれど、邪《よこしま》な思いを抱くこともあるわけですわね。気を付けなくては」

　よかったよかったと胸を撫《な》で下ろして、やっとお茶とお菓子に口をつける。

　甘酸っぱい焼き菓子と香り高いお茶の組み合わせは最高で、幸せな甘さに頬《ほお》が緩んだ。

「実はもう一つご相談したいことがあるんです。先ほどお話しした新しい献立について助言を、……クリステル様？」

「……アンジェリーヌ様は同担拒否……同担拒否とリア恋は共存できるから……」

　どうかなさいましたか？　と尋ねるアンジェリーヌをクリステルはじっと見つめていたが、突然にこっと笑顔になると、反射的に笑みを返す元教え子に言った。

「アンジェリーヌ様。もし、推し騎士様があなたに愛を告白してきたらどうしますか？」

「ありえないことを何故お聞きになるのです？」

「真顔で言うじゃん？　いえ、冗談ではなくて。そのありえないことが現実になったらあなたはどう行動するのか、ちゃんと考えておいてください。わたくしからの宿題です」

「わかりました……？」と返事が曖昧《あいまい》になるくらいよくわからない課題だった。テオウスがアンジェリーヌに愛を告げる日が来るわけがないのだから。

「先ほど言いかけていた新しい献立のことだけれど。何に困っているの？」

クリステルの気遣いに甘えて、アンジェリーヌはもう一つの大事な用件について説明する。

「卵を使った副菜を考えているんですが、助言をいただけませんか？　健康的で好き嫌いされない、新しくて美味《お》しくて満腹になる料理にしたいのになかなかいい案が思い浮かばなくて」

「それは不可能ではないかしら？　欲張りすぎよ」

きっぱりはっきり否定されてアンジェリーヌは椅子《いす》に沈んだ。

「や、やっぱり……？」

そういうものがあるならとっくに存在しているはずだと思いつつ、クリステルならもしかしてと望みをかけていたがあっさり覆《くつがえ》されてしまった。さっくり言いすぎたと思ったのか、クリステルは「ごめんなさい、ちょっと時間をちょうだい」と頬に手を当てて考え始める。

「万能食と言われて思いつくのはカレーだけれど、卵料理ではないものね。この国で珍しい卵料理というと……」

悩ましげに眉《まゆ》を寄せていたクリステルは、突然ぽんっと手を打った。

「茶碗蒸《ちゃわんむ》し！　茶碗蒸しはどうかしら？」

「『チャワンムシ』？」

　どんなものかまったく想像できない料理だが、クリステルはうきうきと説明してくれる。

「出し汁で溶いた卵液と具材を入れて蒸した料理よ。ぷるぷるの食感と滑らかな舌触りが特徴で、出汁《ブイヨン》や具材を工夫して季節感を出したり味に変化を持たせたりするのよ。奥が深い料理で、さっぱりしているのにとっても優しい味がして、とっても美味しいの」

　どこの国のものかわからない不思議な名前の王太子妃殿下が『美味しい』という卵料理。

　これだ！　とアンジェリーヌは飛び上がって大きく身を乗り出した。

「その『チャワンムシ』を、是非わたくしに教えてください！」

　味は？　作り方は？　簡単、それとも難しい？　知りたい。作って食べてみたい。

　好奇心に目を輝かせるとクリステルは笑いを堪えながら快く作り方を書いて渡してくれる。

　その表題名は『チャワンムシ（ロワイヤル料理）』になっていた。

「『ろわいやる料理』？」

「こういう料理をざっくりこう呼ぶはずなの。詳しい分量がわからなくて申し訳ないけれど、所感を書いておいたから参考にしてもいいし、好きなように手を加えてもらって大丈夫よ。困ったらわたくしを訪ねて。試食でもなんでも協力させてもらうわ。けれど何よりも推し騎士様が美味しいと言ってくださることを一番に考えて作ってちょうだいね」

　料理箋《レシピ》を頂戴《ちょうだい》し、推しを持つ者を慮《おもんぱか》る優しいお言葉を賜って、そろそろ辞去する頃合いかと思っていたときだった。叩扉《こうひ》の音が響いて深々と頭を下げた女官が現れた。

「失礼いたします、妃殿下。王太子殿下がこれからおいでになると先触れが参りました」

「あら、もうお客様はお帰りになったのね？　……実はもう一人お客様がいて、ラファエル様はそちらとお話し中だったの。同じ日に面会を申し込むなんて気が合うわね、あなたたち」

「そう、ですか……？」

見知らぬ人物と気が合うと言われてもどう答えたものか。けれどクリステルはそんな困惑も承知の上で微笑んで、ラファエルを迎える必要はないからとアンジェリーヌを送り出した。

待機していた侍女と合流して、王宮を辞す。

社交界にしばらく顔を出していないこともあって、誰かに呼び止められる前にさっさと帰ろうと早足で進んでいると、前方からきらきらと光を放つ人影が見えて「あっ」となった。

素早く廊下の端に寄り、侍女を背後に控えさせつつ頭を下げてその人が行くのを待つ。

しかし光を放つかの人はアンジェリーヌの前で足を止めた。

「アンジェリーヌ。もう帰るのか？」

「ご機嫌麗しゅう存じます。ラファエル殿下。仰《おお》せの通り、自邸に戻るところでございます」

金の髪と青い瞳の輝けるトラントゥール王太子ラファエルは、恐れ多くもアンジェリーヌと縁戚関係にある。妃《きさき》のクリステルの教え子だったこともあって特に目をかけていただいていて、推し活にも「面白そうだ」と理解を示してくれるありがたい御方だった。

「ではお茶会は次の機会にしよう。そのときは婚約者も一緒かな?」

ありがたい一方で、他人で遊んでしまう困った悪癖はどうにかならないものか、とも思う。

ぎくっと顔を上げた不敬を咎《とが》めないのはアンジェリーヌの驚いた顔が見たかったからだろう。

ラファエルはくすくすとにやにやの間を取る人の悪い笑みを浮かべている。

「先ほどまで会っていた者が、私とクリステルに宣言しに来たと言うんだ。これから意中の相手に結婚を申し込むために口説いていく、本気なのでご容赦いただきたいとね」

何故そんなことを言うのか。だが話の流れからして、もしかしなくとも。

「殿下、それは、何処《いずこ》の方でいらっしゃいますか……?」

恐る恐る伺うアンジェリーヌを見下ろして、ラファエルはにこっと爽《さわ》やかに笑った。

「そうだな、クリステル風に言うと……『震えて眠れ』?」

意味が正しいのかそうでないのかわからない表現と笑顔で「ひっ」とアンジェリーヌを震えさせた王太子は「気を付けてお帰り」とどこまでも優しく気遣って去っていった。

(えぇぇえ……?　ど、どうしよう……)

宣言しに来た何者かとアンジェリーヌが関係していることをラファエルは否定も肯定もしなかった。だから本当に、誰かが結婚を申し込むつもりで動いているのだ。

(いったい誰?　お父様たちはご存知なの?　いつかこの日が来ると思っていたけれど、実際そのときを迎えると……早すぎる、気が……)

そんなときに何故か思い出す、クリステルのあの言葉。

――もし、推し騎士様があなたに愛を告白してきたら……。

（そんなの、決まって……。でも、そんなことを考えたところで……）

推し活という喜びに満ちた日々の終わりが近付いている。

覚悟を決めていたはずなのにずっとこのままでいたいと願っている自分が信じられなくて、アンジェリーヌはしばしその場に立ち尽くした。


十八歳になったら推し活を引退し、家や家族のために結婚する。家族にも両殿下にも約束したその日よりも早く結婚相手が終わりを連れてくると知って、アンジェリーヌは決めた。

――いま考案中の新しい献立が完成したら、厨房係の職から身を引こう。

結婚が決まる前に料理を完成させて、自らの手ですべてを終わらせるのだ。


そうして迎えた安息日は、唯一神ハルセモニカが定めた七日に一度の祈りと安らぎの日だ。

慎《つつ》ましくして心身を清める日だが、現代では礼拝に行く義務さえ果たせば余暇を過ごしてもいいし仕事を片付けても構わない。信仰さえ忘れなければ万物を司《つかさど》る神は寛容なのだ。

したがって騎士も騎士団所属の勤め人も休日だが、この日を作業日と決めていたアンジェリーヌとシモンはいつもより静かな第三食堂の厨房で試作品の調理を始めていた。

『チャワンムシ』なんて初めて聞いたけど、作り方を見るに甘くない蒸し菓子《プディング》って感じだな。具の参考例は茸《きのこ》、エビ、鶏肉《とり》、葉物野菜か……」

基本の材料は卵、水、塩と出汁。

溶いた卵を漉《こ》し、出汁と混ぜ合わせて塩と胡椒《こしょう》で味を調《ととの》える。その卵液を器に注ぎ入れ、蒸し器で十分程度加熱する。

出汁は毎日仕込んでいる厨房の味。卵や塩、香辛料もいつも厨房で使っているものだ。

料理人としての意欲を刺激されたらしいシモンは、自分が考えていたものよりこちらの方が面白そうだと言って『チャワンムシ』作りに意欲的だ。アンジェリーヌも負けていられない。

「基本の材料があっさりですから、牛乳かバターを加えてもいいかもしれません」

「もしくは肉や茸で出汁の味を変えるか。まあなんにせよ最初の試作品の味次第だな」

そこへ、こんこんっ、と裏口の扉を軽やかに叩《たた》く音が響いた。

「お疲れ様！　どう、順調？」

「コラリーさん！」

差し入れだよ、とコラリーが街で買ってきたらしい卵とパンを渡してくれる。試作品のための材料は自費なので、卵を差し入れてもらえるのはとてもありがたい。

「パンって。こういうときは菓子じゃないか？」

「料理に使ってもいいし、そうでないなら持って帰れるでしょ。甘いものを買ってきてもどうせ試食でお腹《なか》いっぱいになるしね。だから口直しはお茶がいいよ」

悪戦苦闘すると見越しているコラリーにシモンは嫌そうな顔をする。

コラリーは別の作業台を使って口直し用らしいお茶を淹れながら言った。

「そういえば今日はお嬢様の姿がないね。狙い目だけど、さすがに休日は来ないか」

「狙い目？」

「団長が来てるから。部屋で仕事中みたい。休日はしっかりお休みを取るのに珍しいよね」

テオウス様が⁉　とアンジェリーヌは執務室の方角を見遣《みや》る。

「昨日午後から不在だったたから、残っている仕事を片付けに来たんだろう」

「そうなんですか？」

「うん、私も副団長からそう聞いた。あのお嬢様も昨日は団長には会ってないはずだよ」

それを聞いてかなりほっとした。知らないところで二人が急接近していたらと想像するだけで手巾《しゅきん》をねじ切ってしまいそうだったのだ。

（よかった……推しはまだ誰のものでもない……！）

「……おい、執務室に向かって拝んでるぞ」

「いつも通りいつも通り。アンはやっぱりああでなくっちゃ」

そんな話をしているとそろそろ蒸し上がる時間だ。

アンジェリーヌは蒸し器の蓋を開けた。むわんと蒸気が上がり、むしむしと熱い鍋の中で

『チャワンムシ』が薄黄色く蒸し上がっている。泡立たないように注ぎ入れた表面はつるっつやっとしていて、見た目はやっぱり蒸し菓子だ。

興味津々で覗《のぞ》き込んできたコラリーに「『チャワンムシ』という料理だそうです」と覚え書きを見せると「へえ！」と目を輝かせる。

せっかくなので三人で初めての試食会だ。

表面がつやつやしていて気が引けるが、思いきって匙《さじ》を『チャワンムシ』に突き刺す。すっと入った匙が掬《すく》い上げたそれは、ふるふる、と口の中に放り込まれるまで震えていた。

「…………！」

そこで「あ」と言ったのは誰だったのか。

一口食べた全員が黙って、もう一度、二度と『チャワンムシ』を口に運ぶ。

咀嚼するまでもなくちゅるんっと溶ける食感。さっぱりしたスープのような喉越しで、染み出す出汁の味わいとわずかな物足りなさが、もっと食べたい、もう少し、と匙を進めさせる。

「……これ……これ、面白いね!?」

頬を上気させたコラリーがアンジェリーヌとシモンに言う。シモンは顔を歪《ゆが》めて唸《うな》り、アンジェリーヌは器の中のぷるぷると震えるそれが可愛らしくて無駄に突いていた。

「食感が新しい！　スープの浮き実にこういうのがあるけれど、それを丸ごと食べられる料理ってわけだ。出汁の味を深くできれば高級感が出るんじゃない？」

「薄味にすれば食欲がない人や病人でも食べられるかもしれません。冷やす……と油分が固まるので混ぜるものを考えないと」

「……悔しいけど、さすがだな。研究のしがいがある」

最初の試作品をそれぞれ完食して、シモンが宣言する。

「提案する新料理はこれで行こう。今年中に出せるように作るぞ」

「はい！　テオウス様に『美味しい』と言っていただけるよう、全力で頑張ります！」

ちくちくと胸を刺す寂《さび》しさとここまでやってきた誇りを胸に「よろしくお願いします！」と深々と頭を下げる。

これがアン・ベリーの最後の仕事、アンジェリーヌの推し活の総仕上げだ。


毎日の仕事と、献立研究。自宅に戻って研究成果をまとめる傍ら、推し活関連のものを片付けていく。結婚のときに無用の誤解を生まないよう辞職を機に速やかに処分するために。

テオウスを思って綴《つづ》った日記や創作詩を書き留めたもの。テオウス関連の祝い事のときに作った料理箋。髪を束ねるリボンや手巾は、すべてテオウスの瞳と同じ青ばかりだ。

最初の頃の日記はぐんぐん背が伸びていることがいかに健康的で素晴らしいか興奮気味に書いていて、大してうまくもない字が乱れているのがおかしい。だがそれなりに上達したいまでも夢中になると見られたものではない筆跡になるので、あまり笑っていられない。

そうやって思い出に浸っていると気付けば真夜中だった、そんな一週間で、情けなくも侍女に起こされて慌てて出勤する日が続いていた。

口隠し《マスク》の下で欠伸《あくび》を噛《か》み殺し、つまらない失敗をしないようにいつも以上に気を引き締める。

今朝は紫ナスの内海風焼き、キュウリの冷製スープと白パンだ。

『内海風焼き』は内海の特産でもあるオリーブ油で野菜を焼いたものをいう。紫ナスを使い、刻んだタマネギとニンニクを炒《いた》めたトマトもとい赤ナスのソースとチーズを挟《はさ》み込み、オリーブ油を回しかけて焼いた。とろとろの紫ナスととろけたチーズの味わいが絶品だ。

赤ナスは瑞々《みずみず》しい果肉に酸味と甘味がある夏を代表する野菜だが、家庭教師だったクリステルが『トマト』と呼んでいたのでアンジェリーヌにはそちらの呼び名の方がしっくりくる。

（ふあ……）

欠伸に耐えながら、取《と》り鋏《ばさみ》で紫ナスを潰さないよう集中していると次第に眉が寄っていく。

「アン、なんか怒ってる……？」

そして騎士たちはこういうときに限って察しがよくて遠慮がない。

「ちゃんと手は洗ってきたぞー」

「最近遅刻してないし、飯もちゃんと全部食べてるけど」

口隠しのせいでなおさら不機嫌そうな顔つきに見えるのだ。余裕のなさを見透かして口々に言い始めるので、アンジェリーヌは、違う違う！　と慌てて取り鋏を振った。

「皆さんが悪いんじゃないです！　ちゃんと手を洗っていただいてありがとうございます、無遅刻もえらいです。いい子にはちょっとチーズを多めに入れてあげましょう！」

その一言を聞きつけた騎士たちがわっと集まってきた。

「訓練頑張って、昨日早く寝た！　えらくない？　えらいよね？」

「うーん何があったかな……あっ、ずっと風邪《かぜ》引いてない！」

「それは頑張ってるんじゃなくてお前が馬鹿だからだ」

「体調が悪いことに気付いてないだけだ」

「お前たち！　後がつかえているんだからとっとと行け！」

食べ物を求めてわあわあと言い合うも、後列に控える先輩騎士には勝てない。すごすごと進む彼らにごめんなさいの気持ちを込めて可能な限り大きな紫ナスを選んで配膳《はいぜん》した。

（……みんな、少し大きくなったような？）

いつの間にか見習いや新人たちの身体《からだ》つきが一回りたくましくなっている。毎日しっかり食べて鍛えて眠る生活を繰り返しているとそうなるのだろう。健康で何よりだと嬉しくなる。

（それにしても。テオウス様、遅いな……）

「団長なら不在だ。この後出勤予定だよ」

「まっまだ何も言ってません！　でもありがとうございます、カディオ様」

顔を半分隠していても何を考えているのか読み取れる副団長が観察眼に優れているのか、それともアンジェリーヌがわかりやすいのか。

「騎士団長、来なかったね？」

「コラリーさんまでなんなんですか、もう！」

普段から「テオウス様テオウス様推し騎士様」と言っているのだと思い知らされてしまう。

だから騎士たちも食堂のみんなもテオウスの不在を気にかけて、いま彼がどこで何をしているのかを教えてくれるのだった。おかげでこの一週間、推し騎士様が頻繁に実家に戻って、騎士団をしばしば留守にしていることが難なく把握できてしまった。

だが昼には団舎にいるはずのテオウスは昼食の時間にも現れなかった。

食事は一応取り置くが、大抵は処分するよう伝言を頼まれてきた騎士の誰かに食べてもらうことになる。食欲旺盛《おうせい》な騎士たちにはありがたがられているが、複雑だ。

(推しが摂取できない。辛《つら》い)

昼食の片付けを終えて畑の手入れをしていたが、欠乏感がひどくて膝を抱えて小さくなる。

最近のテオウスはずっとこうだ。アナ＝マリアが来るようになってから応対をしていることが多く、その影響で滞った仕事を片付けるために執務室に籠もりがちで、さらになんらかの事情で王宮や実家のラヴォア侯爵邸で過ごす時間が長くなっている。以前からは考えられないほど不規則な予定で動いていて、まるでずっと多忙な誰かに合わせているみたいだ。

そのせいでアンジェリーヌは「おはよう」や「ありがとう」を賜る至高のひとときを失って

しまった。

(避けられていると思うのは自意識過剰、わかっている、わかってはいるのよ。だけど)

避けてもらえるほどの関係性ではない。けれどずっとやるせない気持ちを抱えている。ちくちくもやもや、ぐるぐるして、ふとした瞬間に泣きたくなる。

アナ＝マリア嬢と過ごすくらいなら、私と。

(贅沢罪!!)

すぱぁん！　と右頬を引っ叩《ひっぱた》いて自分を罰する。

(推しに会えないのがこんなに辛いなんて。このままだと罪深い妄想が捗《はかど》ってしまうわ……)

ため息をつきながら水をやったばかりの畑の隅を掘り、ぎゅっぎゅっと握った土を上下に重ねると、神殿でやるように膝をつき、土で汚れた両手を握り合わせた。

(テオウス様が元気でありますように。ちゃんと食べて、しっかりお休みになっていますように、どうかどうか、今日も明日も健康でありますように！)

土人形をハルセモニカの神像に見立てる、極端に褒《ほ》められるか罰当たりだと罵られるかというかなり原始的な方法で心を込めて祈った。

そして伸びていた香草《こうそう》類を収穫して水にさらすついでに手の汚れも落とした。香草茶でも淹れて心を落ち着かせてから作業に戻ろうか、と考えながら食堂に向かっていたときだった。

(テオウス様が、いる！)

気配がする。極度に限定的な直感が『そこにいる』と知らせている。

裏口ではなく建物の表側に回って、見つけた。植え込みの向こう、いくつかの小道と石積みを越えた先、門へと続く道をテオウスが歩いている。

傍らには、空色のドレスを着たアナ＝マリア。

門まで送っていくところなのだろう、差し出された腕に掴《つか》まる彼女は華やかに笑いながら何か話しかけていて、テオウスが言葉少なに相槌を打っている。

勤勉で実直な推し騎士様は会話が苦手だと周囲に漏らすような人だから、楽しげに話しているアナ＝マリアには気まずさが薄れたらしく、少し笑顔を見せている。

「…………」

ああ、いいなぁ。

――なんて、推し活をしていて思うことはなかったはずなのに。

（いいなあ……）

けれどテオウスを『推し』としてその人生に並走してきただけのアンジェリーヌがアナ＝マリアの位置に立つには、足りないものが多く、距離は遠く、超えるべきものが多すぎる。

これが現実。推しと推している私の距離。

頭を振って踵《きびす》を返した途端、気配もなく佇《たたず》んでいた人影に悲鳴を上げそうになった。

「えっ⁉　リュカさん、シャルルさん！」

「行かないの？」

何がと聞き返さずとも彼らが話すのはいつも色恋のことだ。

驚きで強張《こわば》った肩の力を抜いて目を伏せる。

「お邪魔をするわけにはいきません」

「邪魔したらいいじゃん」

「ああ。アンにはそうする権利がある」

「私はテオウス様を推したいだけで、恋をしているわけではありませんから」

笑って言った台詞《せりふ》は黒焦げのクッキーのような味がした。

甘いくせに棘《とげ》のような苦味がちくちくとアンジェリーヌを刺す。テオウスを思えば励まされるはずなのに、いまは苦しくて、胸が痛い。

「自分のものにしたいなんておこがましい」

苦い。苦い。甘苦い。重ねた言葉が焦げている。

「テオウス様が健康で幸せならそれでいいんです」

本当のことを言っているのに、加えるべきものを間違ったひどい味がする。

「だから見ているだけ？」

甘い話題に舌が肥えている新鋭の騎士は不出来なアンジェリーヌのそれを決して許さない。

「この間からずっとそんな感じだよね。団長が何をしていても知らない顔してる。夜遅くまで厨房に残っているみたいだけど、忙しいのを言い訳にして自分は関係ないって顔」

「リュカ」

「言いすぎだって？　でも本当のことじゃん」

鼻に皺《しわ》を寄せて相棒のシャルルの短い制止をはね除《の》ける。

「シャルルだけじゃない、いったいどうしたんだってみんな気にしてる。誰よりも団長を大事に思っていたのはアンちゃんで、あのご令嬢じゃないんだから。なのに横から掻《か》っ攫《さら》われそうになって、悔しいと思わないわけ？」

それだけテオウス様が素敵なんです。アナ＝マリア様はお目が高くていらっしゃる。

そう言って誇らしく胸を張りたかったのに、気付けば、笑顔を忘れていた。

「……悔しくないわけがないですよ。だって」

私の方が、知っている。

素敵なところを。彼がだめだと感じるところの愛嬌《あいきょう》を。子どものような無邪気さを。

いかなるときも戦える強さを。剣を振るうときの恐ろしい気迫を。

努力を忘れない姿勢と諦《あきら》めない心を持ち、家族や騎士団の仲間たちを大切に思っているところを、どれだけ見てきたか。積み重ねた記録を読み上げてもきっと十分の一も伝わらない。

「っ……わた、し……！」

「うわっ⁉」

そう思ったら、だめだった。ぶわっと涙が溢《あふ》れ出した。

「私が！　私の方が知っているもの！　見ていたの、初めて見たときからずっと、ずっと見てきたの！　だからといってそれが報われるわけじゃない、推し活はそういうものだってわかっている。でも、でも！　だからって私以外の人が私の知らないテオウス様を知れるのは……」

わななく唇から自分勝手な願望が飛び出した。

「テオウス様がお相手を選んだらその人が一番になるなんて、そんなのやだぁああ……！」

「待って、待ってお願いだから泣きやんで!?　僕たちが団長にぶっ殺される！」

「悔しいよぉおおお」

「アンちゃーん!?」

本当はずっとこうやって「いやだいやだ」と駄々をこねて泣きたかった。

わんわん泣いて、泣いて、泣きじゃくる。

慌てふためく二人に宥《なだ》めすかされている間に何人かの騎士が通りがかり、動転して走り去るのを見た気がしたが、どうでもいい。ここまで大泣きしておいて取り繕えるほどアンジェリーヌは器用ではない。

わあんという泣き声が嗚咽《おえつ》になり、涙が止まり、けれどまた込み上げて目を潤ませる。波のような涙を繰り返し、ぐしゃぐしゃになった手巾に隠してすんすんと洟《はな》を啜《すす》ってしばらく。

「……お騒がせしました。落ち着いてきました……」

やっとまともな思考が戻ってきて、涙声ながら意味の伝わることが言えるようになった。

「うん……よかったね……」

リュカは疲弊した様子で言い、シャルルは「訓練よりもきつかった」と暗い顔をしている。

騎士の職務とはまったく関係のない事柄で困らせたことをアンジェリーヌは恥じた。本音をさらけ出すならもっと冷静な方法があるだろうに、まさか大泣きするとは。

「本当に申し訳ありませんでした。どうかこのことはご内密にお願いいたします……」

「それって団長にも、ああはいはいごめんって、だからその怖い笑顔引っ込めようねー？」

テオウスに知られたとわかった瞬間に何をしてしまうかわからないので、理解してもらえて何よりだと、アンジェリーヌは笑顔で捩《ねじ》り上げていた手巾を解放する。

「とりあえず、アンちゃんはもうちょっと団長と話した方がいいと思うよ？」

「これ以上会話が増えると幸せで召されるか他人への嫉妬《しっと》でどん底に落ちて砕けます」

「うんうんそのあたりのこともね？　正直に伝えてみなよ。どうして十八歳になったら退職するつもりでいるのかとかさ」

はた、とアンジェリーヌは泣き濡《ぬ》れた目でリュカを見つめた。

「……その話、どうして知っているんですか？」

十八歳で推し活を引退する、したがって厨房係も退職する。自ら掲げた約束は家族と後ろ盾になってくれた王太子夫妻、そして料理長のファビアンしか知らないはずだ。

するとリュカはにやぁっと悪い笑顔になった。

「さあ、いったい何故でしょーか？　正解はちゃんと団長と話した後で教えてあげるよ」

「むしろ団長が答え合わせをしてくれるかも」

「は？　え、ちょっとお二人とも!?」

騎士団仕込みの駆け足であっという間に走り去っていく。「アンちゃんは笑顔で口うるさいくらいがちょうどいいよ！」と、とっても失礼で、思いやりの籠った言葉を残して。

だからアンジェリーヌは少しだけまともになった笑顔で「ありがとう」と呟《つぶや》いた。

みんなが気にしている、というのはリュカが大仰に言ったわけでも気のせいでもない。

献立作りの作業のために居残りたいとファビアンに伝えると、じっと観察するみたいにアンジェリーヌを見下ろした後でため息をつかれた。

「ここのところ毎日じゃねえか。ちゃんと寝てるのか？」

「もちろんです。睡眠時間の確保は健康維持において最優先されるものですから」

「……まあ、昨日より多少ましな顔にはなったな」

先ほど大泣きしたことを見透かされた気がしてびくっとなる。

「身体を壊しちゃ元も子もねえし、今日くらいは早めに切り上げろよ。こっちはお前らが何を出してくるか楽しみにしてるんだからな」

そう言って、恥ずかしくなったのか作業部屋に引っ込んでしまう。日頃から口の悪いファビアンも励まそうとしてくれることがくすぐったくて、うっかりその場で笑い出す前にアンジェリーヌは急いで厨房に戻った。

『チャワンムシ』の試作作業は現在、季節ごとに手を加えられる基準を探る改良の段階だ。牛乳とバターを加えることで格段に風味も味も濃厚になったので、次をどうするか。

（やっぱり茸かな。卵液に混ぜ物はせず、出汁に味をつける方向で……）

イモを裏漉《うらご》ししたとろみスープ《ポタージュ》を使って二層になってしまった『チャワンムシ』の失敗を思い出しつつ、新たな材料を加えていく。

この料理の利点は蒸すことさえできれば大量に作れることだ。出汁は必要だが、これを作れなければ料理人ではないというくらい欠かせないものなので準備が著しく大変というわけではない。また具材によっては一人前の卵液が少量で済むなど、工夫次第で使用する食材や予算の調整ができる。アンジェリーヌではこのくらいしかわからないが、ファビアンたちならきっとうまく扱ってくれるだろうし、素晴らしく美味しいはずだ。

（だから私はできるところまで頑張ろう！）

蒸し上がったものを取り出してみる。一つは出汁に茸を加えただけ。同じ卵液を使った二つ目と三つ目は器に具材を入れて蒸したもの、そして同じ具材を上に飾ったものだ。

「っん！　美味しっ」

ふるるん、と震える熱々の不思議な卵は、口に入れた途端に茸の旨《うま》みがふわっと香る贅沢な味になった。けれどしばらく食べていると濃厚な卵液のせいかしつこい印象になる。

(茸の風味は残したい、なら牛乳とバターを減らした方がよさそう……?)

乾燥茸は使えると確信し、今回の分量を書き留めておく。

見た目を考えると具材は最後に載せる方がいいが、初めて提供するときは隠しておきたい。

この料理はなんだろうと首を傾《かし》げる騎士たちが食感と味わいに驚き、最後に具材を掘り出してわっと騒ぐところを想像してにやにやする。

(後は、どの食材が合って合わないか。事前にどこまで下ごしらえするかを確認しておかないといけないかしら。少なくともお肉やお魚は事前に火を通す必要があるわね)

『チャワンムシ』を食べながら思いつくままにどんどん書き留めていく。食事をしながら書き物をするのは行儀が悪いけれど、公の場ではないのだから気にしない。

「あっ、そういえば、料理の名前を考えなければいけないんだったわ」

シモンに「何語か知らないけど『チャワンムシ』はないだろう」と言われたのだ。確かに不思議な響きで覚えづらいので、この料理にふさわしい名称を決める必要がある。

(クリステル様のお名前をいただきたいけれど断られる気がする。かといって多大な協力を賜っておいてまったく違う名称にするのも……いっそ名付けていただく?)

王太子妃が名付けるなら、それにふさわしい豪華なものに改良すべきか。

いやそれでは意味がない。これはテオウスと青花《あおはな》騎士団のための料理なのだ。クリステルもテオウスを一番に考えるようにと言っていた。

「……うん。次に行きましょう！」

名前も大事だが、料理が完成しなければ意味がない。

エビとー、ホタテとー、アスパラガスとカブを煮てー、と、一人なのをいいことに呪文のように唱えながら具材の下処理を始めていく。すっかり慣れたもので、こうして厨房に立っているのが侯爵令嬢だなんてきっと誰にも信じてもらえないだろう。

「…………」

そしてアナ＝マリアならこんなことはしない。きっと。

（だめだめ、後ろ向きにならないで。気分上げて！　テオウス様のことを考えましょう！）

塩水に浸けていたエビを鍋で茹《ゆ》でながら適当な鼻歌を歌う。

エビが鮮やかな赤に茹で上がっただけでわくわくして、なんだか不思議と気分がいい。ブドウ酒を舐《な》めたときみたいにふわふわとして楽しい気持ちが溢れてくる。

ホタテは小刀を使って捌《さば》き、食べられない部分は捨て、取り出した身を綺麗《きれい》に洗う。貝ひもは湯通しだ。調理すれば酒肴《しゅこう》になるがテオウスは酒も煙草《たばこ》もあまり嗜《たしな》まないので、持ち帰って侯爵邸の料理人に父のつまみを作ってもらうために置いておく。

野菜類は汚れを落とし、風味が移らないよう別の鍋で茹でる。

器を準備し、もう使わないものは洗って。そのうち思いついたことを急いで書き留めて。

何をしていても楽しくて、気付いたときには歌っていた。

太陽の光　空の色　花よりも美しく輝けるもの
夜の闇にも凍える冬にも消えることのない
そんなものがあるのなら　どうか私にくださいな

ことこと沸騰する鍋。竈《かまど》の火がふうふう、ぱちぱちと揺れる。水を使えばちゃぷん、じゃあっと音がして、調理器具や食器が出す鈍《にぶ》い音と甲高い音が混ざる。それらの演奏に合わせてアンジェリーヌの歌声が響き、第三食堂の厨房で一人きりの音楽会がひととき開かれる。
歌はトラントゥールの古い詩に高名な音楽家が曲をつけたものだ。愛情を疑う乙女《おとめ》が愛を乞う若者に愛とはどんなものかと問う、恋多き時代の作品らしいこってりした掛け合いが続く。
歌っていても卵液を混ぜるときは泡立てないよう丁寧《ていねい》に。愛《いと》しい人の髪を梳《す》くように。

薔薇も百合《ゆり》も菫さえも及ばない
そんなものがあるのなら　どうか私にくださいな
あなたに贈って差し上げたい
あなたを癒《いや》して差し上げたいの……

「ならばどうぞ、」

「ならばどうぞその手をください――……だったか？」

――心臓が止まった。間違いなく、一度死んだ。

「アン？　大丈夫か？　すまない、驚かせたようだな」

目の前で推し騎士様に手を振られ「っは⁉」と呼吸が戻る。

「テッててテオウス様⁉　ど、どど、どうして……！」

「様子を見に来た。近頃はずいぶん遅くまでいるようだから」

食堂の柱時計を見ると思っていた以上に針が進んでいる。試作品を作るだけでなく考え事をしたり書き物をしたりとずいぶん熱中してしまっていたようだ。いやしかしそれよりも。

（歌っ、歌ぁああ！　私の歌に合わせてテオウス様が歌ったぁああ）

ならばあなたの手をください――心を許した乙女に青年がその手を求める旋律を、テオウスが歌った。音楽の教養に裏付けされた美声だった。祝福のごとき歌声はアンジェリーヌの心の楽園に終焉《しゅうえん》をもたらし新たなる楽園として蘇《よみがえ》らせた。

（い、い、生きていてよかった……！）

「そろそろ帰りなさい。焦《あせ》ってもいいものは作れないだろう？」

「あ、それはちょっと」

心の中とはいえ世界を一つ壊して再生していたなど知る由《よし》もない推し騎士様は、常識的に帰宅を促し、アンジェリーヌのささやかながらあり得ない抵抗に目を見張った。「あっ」とすぐ過《あやま》ちに気付くアンジェリーヌだが、今日は譲れないと躊躇《ためら》いを振り切った。

「申し訳ありません。テオウス様のお言葉でも聞けません。近々お役目を退《ひ》くことになると思うので、その前に新しい献立を完成させたいんです。どうか、ご容赦ください」

「……辞める？　まだ十八歳になっていないのに？」

「えっ」と声が出た。

「期限前に辞めなければならない事情があるのか？」

「え？　あ、いえ、その……」と歯切れが悪くなる。

王太子殿下に宣言してまで求婚しようとしているどなたかが迫っているからです——と説明できないことよりも、もっともっと大事なことに気を取られてしまっているせいだ。

(誕生日を、把握されている!?)

とりあえず嬉しい。とてつもなく嬉しい。嬉しいけれど、色々と腑《ふ》に落ちない。

(でも、十八歳で辞めることををリュカさんとシャルルさんが知っていて、団長のテオウス様もご存知で……ええと、つまり………どういうこと？)

言葉を濁《にご》して考え始めるアンジェリーヌをテオウスがそのままにしておくはずがない。答えを探してちらりと目を上げた、その隙を突くように覗き込まれた。

「アン？　大丈夫か？」

尊い青の瞳を間近にして硬直したアンジェリーヌは、次の瞬間、躊躇《ちゅうちょ》する暇も惜しいという勢いですべての疑問も思考もぶん投げた。

（か、お、が、い、い！）

頭の中が推し騎士様一色に染まっていく。

（神像？　いいえ推し騎士様が立っているのです。蝶々《ちょうちょう》？　いいえ推し騎士様の瞬《まばた》きです。遠くから眺めるだけじゃなく近くでお顔を見てお話しするだけで幸せになれる！　全国民は一日一回必ず推しを摂取するよう法律で決めてほしい！）

飢えを満たすようにたっぷり推し騎士様を眺めていると、戸惑いながらも微笑みを返す『個人れす』をもらってしまい、ぶわわわわっと幸せな気持ちが溢れ出した。

「はぁあああ……顔がいい……！　その笑顔は乾いた大地に降る雨……ああ神様、ハルセモニカ、一日の最後に最高のご褒美《ほうび》をありがとうございます……！」

「……『顔がいい』？」

天にも昇る気持ち、一瞬にして奈落へ。

（——やってしまいました!!）

だらしない笑顔のままアンジェリーヌは青ざめた。

自分自身でもうるさいと感じる心の声だ。口にした言葉と入れ替わったり、声に出したのを聞かれたりなんてことをいつかやるのではないかと思っていたけれど！

「それは褒めている、のか？」

（終わっ……た………）

先ほどとは真逆に疑問符を飛ばすテオウスに、アンジェリーヌは終わりを悟る。こんな危ない人間がいつまでも普通の人間に擬態していられるはずがなかった。もはやこれまでだ。

（………いいえ。まだよ。まだ終わらせないわ!!）

この思い、燃え尽きるさだめならば、最後は強く眩《まばゆ》く美しく、推しを輝かせて灰とならん。

紫の瞳をきらきら、ぎらぎらとさせて、アンジェリーヌは大きく一歩踏み込んだ。

「……健やかな精神がきらめく精悍《せいかん》なお顔を『いい』と言わずしてなんと言いましょう!?」

美しく言い繕ってみたが要するに、取り返しがつかないならこれまで秘めてきた滾《たぎ》る思いを感じるままにぶちまけてしまおう、気持ち悪くても意味がわからなくても生きていてありがとうと伝えよう、という、自暴自棄だった。

テオウスはまだ戸惑っている。意図せず備わった容貌を褒められると困ってしまう、彼の癖だ。こんな顔をさせてしまっていると思うと、ますます心が奮い立った。

「厳しくも優しい眼差《まなざ》しに、奥ゆかしくも爽やかでいて威厳のある微笑み。お顔だけでなく、よく食べ、よく眠り、ご自身を厳しく律し、弛《たゆ》まぬ努力で鍛えた健康な身体！　それを見るだけで私は、今日も一日頑張ろうと思えるのです……！」

頑張って私。消えないで語彙《ごい》。

伝えなければならない思い、知ってほしい気持ちがある。感情が昂って語彙が消滅しようとも、本気だとわかってもらうためには言葉を重ねるしかない。

「そもそも第三食堂で働いているのはテオウス様の健やかさに魅せられたからなのです！　適切な食事、運動、睡眠によって、人はどこまでも輝ける、そんなテオウス様の健康な心と身体を守れたら……そう思って、食にまつわる仕事を選びました」

冷静になったら、負けだ。

ここまでテオウスの顔は見ているようで見ていない。というか、見られない。突然饒舌《じょうぜつ》に語り出して内容がこれでは笑顔を見られるはずがないと思うからだ。

「子どもの頃の私は病弱だったので健康がいかにありがたいものか知っています。どんな病気知らずでもふとしたことであっという間に身体や心を壊してしまうのが人間というもの。テオウス様にはそうなってほしくなくて、そうならないよう少しでも手助けをしたいと思って、ここに……すみませんごめんなさい気持ち悪くて！」

ひぃんと鳴いて顔を覆う。

「しょ、諸事情、により！　予定より早く辞職することになりそうなのですが！」

想定よりも早く推し活を引退する。

もう、推し騎士様に会えなくなる。

目が熱い。わかっていたのに言葉にすると込み上げてしまう。

「自己都合のくせにこのまま忘れられるのは嫌で、寂しくて。料理が残れば私がここにいた証《あかし》になる、騎士様方に思い出していただけるかもしれないなどと、邪な思いを抱いてしまい……ご迷惑とは存じますがそのうちいなくなる人間ですのでこの場はお許し願えればと！」

「──アン」

黙ればいい？　それとも呼んだだけ？　わからないから、顔を覆ったままで口を閉じる。

「君がそこまでするのは何故か、聞きたい」

こくりと喉が鳴る。息遣いや低い声を聞き逃すまいとするだけで心臓が苦しいくらいに鳴っている。いま彼がどんな顔をしているか知ったらその瞬間に全身が吹き飛んでしまうだろう。

「それは……それ、は……」

「君は俺《おれ》のことを、すごい、素晴らしいと褒めて励ましてくれる。俺に会うと嬉しい、元気になると言ってくれる。こんな無骨な人間が、君に何をしてやれたというんだ？」

「テオウス様は、存在するだけで尊いです」

「何もしていなくても？」

そう。

こっくりと頷いて肯定するが、顔を覆っていてもテオウスの困惑が伝わってくる。

「生きていることは尊いのです。初めて見たテオウス様は、年齢も体格も上の騎士様方を相手に、傷付くことを恐れず決して諦めず、最後に勝利を掴み取った。感動しました。いつ死ぬともわからない子どもだった私は、この人のようにあれたらと憧れたんです」

揺れる、揺れる、視界が揺れる。

目を閉じていても潤む瞳に、幼いアンジェリーヌが映る。

健康になったとはいえ風邪が流行ればあっさり罹《かか》ってしまう。高熱を出して咳《せき》をして、苦しくて不安で身を縮めながら、青いリボンを手首に結《ゆわ》えて、頑張ろうと思っていた。

病気に負けない。必ず元気になって、またあの方を応援しよう。

「生きることを諦めない、困難に直面したら逃げずに挑んで、勝ちたい」

テオウス様の瞳と同じ青がここにあるから、私は大丈夫。

「それが幸せになろうとするってことだって」

あなたのすべてが私の生きがい。生きるための『強さ』の象徴。

泣いてしまわないように震える息を慎重に吐く。うまく伝えられた気がまったくしない。恥をさらしただけのような気がする。そもそもちゃんと言葉になっていたかどうか。

「アン」

優しく手首を掴まれた。顔を隠す手を下ろすように促してくる。

せめてもの悪あがきで、そろそろと指先を下ろして目元だけを出して上目遣いになる。テオウス様がそこにいる、幻じゃないんだと思うと、情けないことに涙で何も見えなくなる。

「もう、やだ。こんな……私……みっともない……」

そのとき優しかったはずの手が暴力的な勢いでアンジェリーヌを引いた。

唇に、吐息がかかる。互いの息がすでに重なる距離だった。

「アン。……君に口付けがしたい」

いま拒めばここでやめる。そうでなければ、このまま。

激情に駆られても弱者を重んじることを忘れない。

口付けの一つや二つ、簡単に奪ってしまえるはずなのに逃げ道を用意する。

テオウス・オリヴィエ・ラヴォアという人は何から何まで高潔な生粋《きっすい》の騎士だった。

(そういうところ、そういう、ところ！)

拒みますか。拒めますか。

自問自答したところで意味がない。選択自体が非現実的なくらいだ。

「…………」

唇を結び、睫毛《まつげ》を震わせながら目蓋《まぶた》を下ろす。掴む手を頼りに身を委ねた。

「っ、アン!?」

瞬きの間に何が起こったのか、力を失った全身をテオウスに抱えられていた。

手足が震えてうまく動いてくれない。熱いのにぞくぞくした寒気を覚える。息を吸おうとした途端にこんこんこんっこんっと乾いた咳が出た。覚えがありすぎる症状だった。

（もしかしなくても…………風邪！）

妙に楽しくてふわふわしたいい気分だったのは熱が上がっていたせいだったのだ。

自覚した途端、頭痛と喉の痛みが増し、全身の倦怠感《けんたい》と眠気が襲ってくる。

「大丈夫か、アン!?　熱が……」

意識が飛びそうなのは高熱のせいだけではないだろう。何せこの推し騎士様は無自覚にアンジェリーヌの息の根を止めてしまう尊い言動をなさる。

（なるほど、これが、尊死《とうとし》……）

憧れたたくましい胸元に抱き寄せられて、ありがとうございます、と感謝を唱えながらアンジェリーヌは意識を手放した。


熱にうなされながら、不思議な夢を見る。

ゆらゆら揺れていると「この姿勢の方が楽か？」と隣に座る人が寄りかからせてくれて、楽になってほっとする。

かと思えば場面が切り替わり、誰かに横抱きにされている。ゆりかごで運ばれているような安定感で、心地いい。寝台に寝かされるときに離れていく温かさが惜しいくらいだった。

「……頭、痛い……」

「苦しいな。いま水と薬をもってきてくれるそうだから」

「ん……頑張る……」

テオウス様も頑張っているから、私も頑張る。

子どもに戻った甘えた口調で寄り添ってくれる人に言う。するとその人は少しだけ息を詰めると、優しく、壊れ物に触れるみたいに頭を撫でてくれた。

まるで、知っているよ、と言われた気がした。


——目を開けると、真昼だった。

窓を覆う帳《とばり》から眩《まぶ》しい光が差し込んでいる。時刻は午後のお茶の時間だ。

「…………」

さすがに昨夜具合を悪くしたのは覚えている。

額に手を当てると汗で冷たいくらいで、しっかり熱は下がっているようだった。軽い喉の痛みと倦怠感はあるが一日養生すれば明日は平常に戻るだろう。

(この時間まで寝ていられたのだから欠勤の連絡を入れてくれたのね。またファビアンさんたちにご迷惑をおかけしてしまった……)

風邪を引いている状態で使っていた厨房はファビアンがしっかり清掃《せいそう》してくれているはずだが、もし青花騎士団に風邪を蔓延《まんえん》させることになったらどうお詫《わ》びしていいものか。

(ううん、騎士様方を信じよう。私が罹るような風邪に負けるほど軟弱じゃないもの)

寝台から降りようとして、首を傾げる。

（……テオウス様の気配を感じる、ような……？）

しかし自宅にいるはずがない。倒れたところを抱き留めてもらったが、その後はファビアンに託され、その連絡を受けて義兄《あに》セルヴァンが連れ帰ってくれたはずだ。

ただ、その前後のどこからどこまでが夢だったのかはわからない。

テオウスがやってきて。

手酷《てひど》い失敗をして、どうにでもなれと自棄になって言わなくていいことを捲《まく》し立《た》てて。

なのに何故か推し騎士様の吐息が、唇に。

（まずいまずいまずい。自分で具合を悪くしてどうするの!?）

ばたばたと頭の上で両手を振って考えかけていたことを急いで打ち消す。

とにかく食事をするにもまずは着替えだ。入浴は夜まで控えておくことにして、用意されていた水と布で全身を拭う。寝汗を拭き取るだけでさっぱりして気持ちがいい。

（ここ最近ずっと憂鬱だったのは、きっと体調を崩していたからだったんだわ）

体調不良が精神の健康面に影響してしまう、子どもの頃から変わらない自分に呆《あき》れる。だからテオウスのことや推し活と仕事、身の処し方で必要以上に思い詰めていたのだ。

そのうち侍女がやってきた。熱が下がって元気だとわかると着替えを手伝ってくれる。

「こちらの青いドレスでよろしいですか？」

「……？　ええ、ありがとう」

意向を聞かれるのではなく勧められるのは珍しいと思いながら、ドレスに袖を通す。髪は綺麗に梳《くしけず》り、一部を青紫色のリボンと一緒に編み込んで流した。

（ふふふ、推しの色ドレスぅ）

胸が楽しげに弾んでいたからだろうか、食事を求めてお腹がくうと鳴った。

体調不良と軽い絶食の後だからと、出てきたのは裏漉ししたイモと、野菜の旨みだけで作る透き通ったスープだ。食材と塩の素朴な味が、弱った身体に染み渡る。

欠勤することは連絡済みだと教えてもらったので、心置きなく休養に専念することにした。

コラリーから借りていた恋愛小説の続きを読んだり、ごろごろしたり、推し活のものの片付けは疲れてしまいそうなので諦めて、『チャワンムシ』の試作品の覚え書きをまとめたり。

「失礼いたします、お嬢様」

書き物をしていると侍女が呼びに来た。

「セルヴァン様がお戻りになりました。客間にお越しになるようにとのことです」

「わかったわ」と答えて席を立つが、憂鬱だ。発熱していた自覚がなかったとはいえ、体調管理ができていないことを注意されるに決まっている。

（こういうときのお義兄様《にいさま》は容赦ないんだもの……私が悪いから反論できないし……）

それにしても何故客間なのか。体調を崩していて、それなりに元気になっていると知っていても、まずは自室を訪ねてくる義兄なのに。もしかしてこれがお仕置きなのだろうか。

右に左にと首を傾げながら一番大きな客間を覗く。

「お義兄様？」

セルヴァンの姿はない。机の上の茶器は二人分で、誰かがここで飲食したのが見て取れる。

開いた大窓の風に揺れる薄い帳に誘われて、庭に出た。

満開のダリア。慎ましく咲き群れるラベンダー。エニシダに代わる黄金色のヒマワリ。一口に緑と表現できない個性豊かな植物たちが輝き、大地に青い影を落としている。

そんな美しい夏の庭に、テオウスが立っていた。

「――――」

あまりに眩すぎる幻覚だった。

（ついに私の妄想力もここまできたのね……現実感がすごいわ……私服だけじゃなくちゃんと影まで想像できているもの。まるで本物がそこにいるみたい！）

いやいやいやいやいやいや。まてまてまてまてまてまて。

一筋の希望を託してテオウスを見つめる。霞《かす》みも揺らぎもせず、堂々とした立ち姿で、憧れの健やかさを体現している。

うん。これ、現実ですね……？

何が起きているかわからないが、いまは最高に美しく奥ゆかしい微笑みを浮かべるべきだ。

「ご機嫌よう。ようこそ当家にお越しくださいました。お初にお目にかかります、アンジェリーヌ・ソフィ・ベルリオーズと申します」

「ご機嫌よう」

裾を摘《つま》んで慎ましく軽く膝を屈めると、テオウスは礼儀正しく胸に手を当てて礼を返す。

「だが『初めまして』ではないな」

（…………はい？）

ぽかんとすると、精悍な顔に浮かぶ微笑は一瞬にしてにやりと意地悪な笑顔に変わった。

「体調はどうだ、アン？　それとも……アンジェリーヌ、と呼んだ方がいいか？」

「…………？」

「服装としゃべり方を変えても同じ顔なんだから、他人のふりをするのは無理があるぞ？」

「…………ぁ」

テオウス様は私を『アン』と呼んだ。

ベルリオーズ侯爵家のアンジェリーヌと名乗ったわたくしを『アン』と呼んだ。

（ひっ、ぁあああぁぁああ――――!?）

真っ赤になって口をはくはくさせながら心の中で悲鳴を上げる。

（嘘だ嘘だ嘘だ!?　ばれている！　どこで！　いつから!?）

心当たりがなくて赤くなったり青くなったり、ついには白くなった顔で硬直していると、笑

みを消したテオウスがアンジェリーヌの手を引いた。

「色々聞きたいだろうし俺も話したいが、まずは部屋に戻ろう。病み上がりで夏の屋外に居続けてはいけない」

(……優しい……好き《しゅき》……)

歓喜と興奮で赤くなった顔を両手で覆って静かに語彙を失った。

後ろに続くアンジェリーヌを気遣う緩い歩調、ちゃんとついてきているか振り返ってくれるところ、当たり前のように差し出されて室内へ誘《いざな》う手、何もかもが好きすぎる。我が家の茶器でお茶を飲む姿を夢見心地で見つめてしまう。騎士の職務を離れたテオウスは静寂を好む品行方正な侯爵令息だという情報通りだった。

「……現実が、解釈一致……」

うん？　と優しい瞬きにうっとりしかけたが、そんな場合ではない。

「し、失礼いたしました……まだ信じられなくて……」

「当然だ。さて、どこから話そうか。君が一番聞きたいことから始めるのがいいかな？」

「一番聞きたいこと……」

テオウス様。推し騎士様。どうしてそんなに素敵なの？　強く眩くたくましいの？

聞けたらいいが残念ながら現実的ではない。気を取り直すと、テオウスと目が合った途端にふにゃんとする背筋をしっかりと正した。

「では……わたくしが、このベルリオーズ侯爵家のアンジェリーヌが『アン・ベリー』だと、いつお知りになったのでしょう？」

「最初からだな」

卒倒しそうなことを端的に答えて、テオウスは記憶を探るように視線を斜めに上げる。

「最初から、と言うと語弊《ごへい》があるか。君が入職して一ヶ月も経《た》っていない冬の頃だ。ファビアン殿と王太子殿下に事情を伺った」

秘密を握る二人を最初の段階で攻略したらしいが、早い。早すぎる。

「最初はわけあって身を隠しているんだと思ったんだ。だからファビアン殿に騎士の一部を警護に割り当てると申し出た。そうしたら」

「…………ものすごく嫌な顔をなさったでしょうね……」

想像できる。そんなご大層な理由なもんかと吐き捨てるところまで。

アンジェリーヌは額を押さえたが、くつくつとテオウスは楽しそうに笑っている。

「信頼していただけないのかと食い下がると『陛下のご命令ならともかく、団長にお話しできることはありません』と言う。荒っぽいが序列を重んじるファビアン殿がそう言うのだから、命を下したのは国王陛下その人か、それに次ぐ御方だと思った」

そうしてテオウスは王太子殿下との面会が叶《かな》い、厨房係としてやってきた貴族の娘らしいアン・ベリーなる人物について尋ねたわけだ。

「お目にかかるのは殿下お一人のはずが、そこに妃殿下もいらした。それで思い出したんだ。シャリエール辺境伯令嬢でいらした妃殿下には、金の髪と紫の瞳の教え子がいたはずだと」

なんですって？

ぱちぱちと瞬《また》くアンジェリーヌにテオウスは微笑む。

「子どもの頃、当時家庭教師だった妃殿下に付き添われて御前試合を観戦していただろう？」

すうぅー……っと息を吸って、アンジェリーヌは瞑目《めいもく》した。

「……いますぐ死にたい……」

「それは困るな。あんなに一生懸命に応援してくれて嬉しかったのに」

「落ち着いて着席もできず試合の決まりも理解できず、推し騎士様だけを応援して他の方を貶《おとし》める言動をよしとしたあの愚かな子どもは！　いますぐ滅ぼすべきです！」

両手をわなわなさせる。クリステルに強く指導されたおかげでいまはすべての騎士を尊敬しているが、よく言えば純真無垢《むく》で無邪気、正確には無知の塊だった過去の自分がテオウスの記憶にいるなんて生き恥をさらしているも同然だ。いますぐ絞めたい。

「反省して改めたならそれでいいと思うが、真面目《まじめ》だな」と真面目そのもののテオウスに言われると余計に埋めてやりたくなる。

「とにかく、これは妃殿下が可愛がっていたという教え子が絡《から》んでいるのだとぴんと来た。それを妃殿下にご指摘申し上げたら、両殿下とも苦笑混じりにその通りだと仰せになった」

「妃殿下ぁ……」

「妃殿下は『働きたいだけのようなので役に立たなければ追い出して構いません』と」

「妃殿下ァ!?」

何も知らない他人の悲鳴を面白がらないでほしい。あっという間にばらされたことも、その言い草も、何も知らないような顔で接していたことも、すべてがひどい。

「だが、働きたい、それも騎士団食堂という馴染《なじ》みのなさそうな仕事を選ぶご令嬢がいるとはなかなか信じられなくてな。何か目的があるのかもしれないとしばらく様子を見ていたんだ」

自分の情熱と行動力に苦悶《くもん》する。確かに目的はあったのだ。推し活という不純なものが。

「ご不安とご不快を与えてしまい、誠に申し訳ございませんでした……」

「謝罪には及ばない。いつか言ったことがあるが、君は本当によく頑張っていた。だから妃殿下の仰《おっしゃ》るようにただ働きたいだけだと納得して、騎士全員に箝口令《かんこう》を敷いたんだ」

何度耳を疑えばいいのか。

「全員……？」と繰り返せば「全員だ」と逃避を許さない答え。

「まず君の素性を疑っていたカディオに事情を話した。その後感付いている者たちに説明して絶対に探るな、言うなと口止めして、最終的に全団員を召集して念押しした。彼女の邪魔をするな、普通に接して、知っていることを気付かせるな、と」

「この騎士団がすごい」

とてつもないことをやってのけた青花騎士団にアンジェリーヌは真顔で語彙の貧しい賛辞を贈った。そうして額に手を当てて静かに沈んだ。

「つまり……青花騎士団の騎士様方……カディオ様もリュカさんもシャルルさんも……」

「『アン・ベリー』が貴族令嬢だと知っている。……知っていて軽薄な態度を取れるやつらの度胸を、俺はちょっと尊敬した」

異性の軽口と誘惑は無価値だと思って聞き流していたのでまったく覚えていないが、危うい言動をしていた者たちがいたのだろう。ごく一部の、特に年長の騎士がやけに気にかけてくれていたのはそれも理由の一つだったに違いない。

「見抜かれることをした覚えがないのですが、何故気付かれてしまったのでしょう……？」

「所作が普通じゃなかった。悪い意味じゃない、洗練されすぎていたんだ」

たとえば歩き方。物の置き方。笑い方。話し方に違和感があると言った者もいたという。教育を受けた者の発音としゃべり方だと聞き分けたそうだ。

普段通りの話し方だと気取っているのでかなり注意していたが、歩き方は盲点だった。注意を払っていないところばかり指摘されて打ちのめされる。

「だいぶ違和感は薄れたが、いまでも黙って立っているだけで感付く者はいるだろうな」

テオウスの言葉の意味するものを理解して、そうでしょうね、と頷いた。

「立位は最も厳しく指導されますからね……」

背筋を伸ばして胸を張り、肩の力を抜いて優雅に立つ基本姿勢。無意識でもその姿勢を取れるようにと、礼儀作法教育で最も時間が割かれて叩き込まれるものだ。

「最初から素性をご存知だったことはわかりました。でしたら先日持久走勝負の後にわたくしを家まで送ってくださったのは……」

「ああ、俺だ」

あっさり答えられて意識が遠退《とおの》きそうになる。

あの日テオウスは、医師とファビアンを呼ぶようコラリーとシモンに頼み、カディオには次兄のマリユス卿《きょう》に馬車を借りたい旨《むね》を伝えるように言ったという。侯爵令嬢の身分に配慮したのと、もし何かあったときに紋章つきの馬車を止められる者は多くないからだ。

（ああお気遣いが嬉しいのにすごくすごくすごく嫌な予感がする）

「よく休めば問題なしと医師の診断を受けて、後は俺とファビアン殿でなんとかすると言って全員を解散させたところでやってきたのが次兄と、セルヴァン卿だった」

「やっぱりぃいい」

マリユス卿の名前を聞いて同じ王宮文官の義兄の顔がちらついていたが、案の定だった。

「君をセルヴァン卿に託して、俺は騎士団の収拾をつけてから謝罪のためにこちらに伺った。叱責も已《や》むなしだったのに侯爵夫妻もセルヴァン卿も気遣ってくださって、君がいかに俺を良く言ってくれていたのかがよくわかったな」

お茶を飲んで照れ隠しするテオウスは大変可愛らしくて眼福だが「娘の推しが我が家に来た！」と騒いだであろう家族を想像して頭が痛くなる。

「市場へ行った日の帰りに乗った馬車が何故か当家のものだったのですが、それは……？」

「俺が頼んだ。毎日君を送迎していて、どこで待っているかは把握していたから」

（御者、嘘だと言って）

家族ぐるみ、使用人を巻き込んだ隠蔽《いんぺい》が確定して、もうどんな顔をしていいかわからない。

「いつも同じところに停《と》まっているから君の送迎だと思っていたんだが、一応職務質問をしたことがきっかけで顔見知りになった。あの日は外出の予定と行き先を伝えていて、遅くなるようならさりげなく市場の近くに停まって待っているように頼んでいた」

普段から騎士たちが声をかけて不審者に間違われないようにしていたとか、感謝した御者が空いている時間に街で買ったものを騎士団に差し入れていたとか、特に親しくなった者は妻帯者の御者に恋愛や家族について相談していたとか、初めて聞く話が次々に飛び出してくる。

「後は……」

「待って！　そこまででお願いいたします、これ以上聞くと本当に死にます」

息も絶え絶えに制止すると、死にそうな顔色を見たテオウスが温かいお茶を注いで渡してくれる。「落とさないように」と茶器ごと両手を包まれるがそういうところだと何度言えば。

そして推しに淹れてもらったお茶を飲まないわけがなく、適温のそれを飲み干すことでそれなりに落ち着くことができた。

「……いまさらですが、お仕事は大丈夫ですか？」

「ああ。君のところへ行くと言ったら全員が諸手《もろて》を挙げて送り出してくれた。担務についていない者全員が見送りに来たが、今日は帰ってこなくていいと言っていたから大丈夫だろう」

暇なのですか、青花騎士団。そんなわけがないのにそう思ってしまう。

「今日聞きたいのはここまでか？」

アンジェリーヌの口の中で一番聞きたいことがころりと転がる。呑《の》み込むべきか迷って唇を結び、やがて躊躇いながら、そっと息を吐いた。

「最後に、一つだけ。……昨夜のことを」

「………うん」

突然応答が短くなるという恐ろしい反応に早くも引き返したくなるが、アンジェリーヌは自らを奮い立たせてなんとかその問いを口にした。

「……歌いましたか？」

予想外の質問だったらしくテオウスがかくっと軽く姿勢を崩す。

かと思ったら、精悍な面に、ぱーっと朱が散っていく。

「……歌っ、た」

それは「口付けがしたい」と告げられたことが高熱が見せた幻ではないことを意味する。

「……嫌だったか……？」

「……っ」

推しに喜んでもらえる答えを探して言葉に詰まり、率直に言いかけて躊躇い、結局、勝手に赤くなっていく顔で首を振るしかできなかった。

(嫌なんて思わなかった。むしろ……)

あのまま奪ってくれてもよかった、なんて。

「……テオウス様は優しすぎるんです……」

「っ！」

むうっとむくれた顔を背ける。

つい恨み言が口をついたけれど、本当は誰よりも自分自身を心の底から罵ってやりたい。

悔し涙と歪む口元を隠そうと行儀悪く肘をついたときだった。突然テオウスが席を立ったと思ったら急に勢いよく目の前に跪《ひざまず》いたので、咄嗟《とっさ》に身体が逃げてしまった。

「て、テオウス様……？」

「最初から君は気になる存在だった。どんな変わり者かと思っていたら、厨房係の水仕事や汚れる作業を厭《いと》わず、ついには畑仕事までやり始めて、普通に楽しそうに毎日働いていた」

推しの可愛いつむじが目の前にある。

そしてつむじと同じくらいいま大事な話をしている。眼福だけれど、手触りを確かめたいけれど、うずうずする手をぎゅっと握った。

「決して完璧じゃない俺を、君はいつも肯定してくれる。努力して当然、誠実であるべき、強くあらねばならないと言わない、努力が足りない、甘えてはならないと自らを戒める俺を、よく頑張っていると認めてくれる」

「……？　何かおかしいですか？」

見たまま感じたまま、頑張っていると思ったから褒めるべきところを褒めただけだ。

首を傾げると、眩しいものを見るようにしながらテオウスは「いいや」と答える。

「そんな君を見る度に頑張ろうと思えた。今日もアンが一生懸命にやっている、だったら俺も力を尽くさなければと」

(テオウス様も……？)

アンジェリーヌが毎日生きる力をもらっていたようにテオウスもそうだったなら、こんなに嬉しいことはない。推し活が最高の成果を生み出したと知って、感動で涙が滲《にじ》んでくる。

「どうして君のような人が家や身分を軽視していると取られかねない労働を望んだのか不思議だったが、昨日話したことで少しはわかったと思う」

見つめ合って、いま、初めて知った。

間近で見つめた青い瞳は、虹彩《こうさい》がアイリスの花びらのようだ。

「自惚《うぬぼ》れることが許されるなら、君のそれは、俺のためだったと思ってもいいだろうか？」

「――――……っ！」

厨房係の職務に、畑仕事。

新しい献立作りの作業とその理由。

顔がいいと口走ったり存在するだけで尊いと伝えたり。

幼い頃から憧れていたと打ち明けて、厨房係になったのはあなたを支えたかったからだと告白した、推しのための何もかもすべてが、誰のためだったのか推し本人に問われたら。

「――――…………………はい……」

もう隠せない。

――推し騎士様ご本人に推し活がばれました。

（いたたまれなさすぎる……！）

こっそり手伝っていたことがばれていたような、秘密にしていたことを一番知られたくない人に真っ先に知られていたような。恥ずかしくて心の中でじたばたと悶《もだ》える。

自室にある推し活関連のものは絶対に見られないようにしなければ、羞恥心で死ぬどころかハルセモニカを呪う羽目になる。いやその前に気持ち悪くてごめんなさいと謝るべきか。推し活と表現しているが突き詰めるとつきまとい。ここまできて軽蔑されるなんてあんまりだ。

「すでにベルリオーズ侯爵やセルヴァン卿にはお許しをいただいたが、君の許しが欲しい」

そう思っていたときのテオウスの言葉だったのでアンジェリーヌは慌てた。

「あっあのわたくしの方が謝罪するべきでこれ以上のお詫びはもう」

「アンジェリーヌ・ソフィ・ベルリオーズ嬢。どうか私と結婚してください」

時間が止まった。

表情を失い、呼吸と瞬きを忘れて、しばらく。

（求婚されました……？）

謝罪、ではなく……？

聞き間違いに期待をかけたのに、テオウスははにかみつつも目を合わせて力強く頷いた。

「――」

――……いくらなんでも、そうは、ならないでしょう……――。

（うん、なっているんですけれどね!?　いま!!）

推しの求婚は殺傷力が高いとか、一撃で仕留める素早さは騎士の戦いの技術と共通するのかなど、じっくり考察したいところではあるが、そんな余裕があるわけがない。

「……テオウス様……テオウス様の慈愛と奉仕の精神は大変素晴らしいのですが、わたくしに同情するあまりご自分を犠牲にするようなことはおやめください……」

「同情じゃない。犠牲でもない」

アンジェリーヌはゆっくりと頭を振った。

（私が婚期を逃したり条件の悪い相手と結婚したりしないよう気遣ってくださったのね……）

ここに来て推しの優しさが辛くなるとは思わなかったが、これも推しを守るため。

「わたくしが結婚相手に望むのは、人並みに健康で、暴力を振るわず、借金がなく、女性関係にだらしなくない方です。自身が侯爵令嬢として規格外である自覚はありますが、お相手にはさほど苦労しないはずですので、テオウス様が責任を取る必要はございません」

推しの主張を否定するのは心苦しいが、何を言われても聞き入れるわけにはいかない。

「それに、王太子殿下からすでに結婚の意志を示した方が現れたと伺いました」

「王太子殿下に？」

そうなのだと重々しく頷く。何故そこまでしたのかはわからないが、アンジェリーヌを可愛がる王太子夫妻に義理立てしてか、わざわざ謁見《えっけん》した何者かがいるのだ。

「そうか。俺だな」

「はい。ですから、…………はい？」

「王太子殿下に拝謁して、ベルリオーズ侯爵令嬢に正式に結婚を申し込むために口説くつもりなのでご容赦いただきたいと申し上げたのは、俺だ」

そろそろ、心が折れそうだ。

テオウスはこの世界で最も素晴らしい騎士だ。誠実で礼儀正しく、謙虚で寛大で正直で、勇敢で強い信念を持ち、行動力に優れ……やることなすことすべてこちらの予想を超えてくる。

「どうすれば信じてくれる？　嘘偽りなく君を愛していると、何をすれば伝えられる？」

「嘘！」

叫んだ瞬間、耐えていたものが限界を迎えた。

瞳から溢れ出した涙の一雫《ひとしずく》にはっとしたが、もう止められない。ぎゅっと身体を縮めてばらばらにならないようにするのが精一杯だった。

推し騎士様が幼い私を覚えていて、正体を知って、私のためにそれを黙っていて、いま私に求婚している。何もかもが嘘みたいなのに、私を愛しているだなんて信じられるはずがない。

だって、怖い。

信じた瞬間にそれが夢や嘘や幻だったら、心が砕けて本当に死んでしまう。

「アン。アン、顔を上げてくれ」

必死に首を振って拒否した。いくら推し騎士様の命令でもこんな顔は見せられない。不快にさせるに決まっている。

「だったら顔を上げなくていいから、聞いてくれ」

テオウスが懸命に言葉を尽くしている。まるで乞い願うように。

「花が欲しいなら花を贈ろう。美しい服や宝石も捧《ささ》げよう。美食を求めるなら手に入れて献上する。命が欲しいというのなら、願ったときにはすでに君のものだ」

「お待ちください命大事に!?」

推し騎士様のためならこの命を捧げるが、逆はだめだ。世界が軽く滅んでしまう。

「君が信じてくれるなら命など惜しくはない」

恐ろしいことを言われて思わず縋《すが》りついたが、テオウスは真面目な顔で、涙を残したまま訴えるアンジェリーヌの胸を簡単に熱く掻《か》き乱《みだ》してしまうのだ。

「愛している、アンジェリーヌ。同じ時代、同じ国、同じ場所で君が生きていてくれること、この愛を伝えられることを、心からハルセモニカに感謝する」

一瞬は、耐えた。

だが威力が高すぎた。直後、ぱぁんっ！　と自らの胸が弾《はじ》け飛ぶ音を聞いた。

「アン⁉」

推し騎士様の愛の言葉を受けて耐えられるはずがない。

限界を迎えて後ろに倒れ行きながらテオウスの焦った声を聞く。しかし想像力はたくましく、きっと負傷することのないようしっかり抱き留めてくれる光景を思い描いていた。

（推しの『ふぁんさ』が、無慈悲《すこい》）

そう呟くとアンジェリーヌの意識は闇の中へと飛び込んでいった。

第5章　恋が叶う日

夏の朝の空は光をたっぷり含んでいる。アンジェリーヌは子どもの頃からの習慣である運動で気持ちよく身体《からだ》を解《ほぐ》して、出汁《ブイヨン》を煮詰めるように鮮やかになっていく青を仰《あお》いだ。

（いい朝だわ。だから、いい夢を見るのは必然なのよ……）

自分に都合のいいこと、それすなわち夢である。

そう結論づけて第三食堂へ出勤する。そわそわしている両親と何を恐れてか姿を見せない義《あ》兄《に》のことは考えない。奇妙に感じられたとしても過敏になっているだけだ。

そう思っていたのに。

「おはよう、アン」

光り輝《かがや》く笑顔のテオウスを前にしてアンジェリーヌは玉杓子《たまじゃくし》を持ったまま顔を覆《おお》った。正しくは、手が汚れないように顔には密着させずに視界を遮った。

「どうして顔を隠すんだ？」

「眩《まぶ》しいからですぅ……」

くすくす笑う声にアンジェリーヌは泣きそうだった。優しいのに、優しくない。楽しげなのにあくどい感じ。きゅんきゅんと胸が疼《うず》いて苦しくて「あう、うぅ」と呻《うめ》き声が漏れ出す。

「アン。落としたぞ」

「え？」

仕事道具か？　驚き、手を外して足元を見るが何もない。

どういうことだろうと視線を戻すと、テオウスが真面目《まじめ》な表情を一変させて微笑《ほほえ》んだ。

「笑顔を落としていた」

「――――」

何か言おうとしたが言葉にならなかった。

ふにゃふにゃと歪《ゆが》む顔を見られたくなくて背中を向ける。

「すまない。不愉快だったか？」

「団長、気にしなくて大丈夫です。気持ち悪いくらいにやにやしてるだけなんで」

隣で配膳《はいぜん》していたシモンが口を挟《はさ》む。失礼なと思うが、気を緩めるとぎゅんぎゅんとうるさい鼓動と情緒がとてつもない幸福感に変わってこんな顔になるのだから仕方がない。

（笑顔を落としていた？　そんなあなたは恋に落とすおつもりですね、ってね？　ね⁉）

うまいこと言ったけど現実から目を逸《そ》らす私が一番言っちゃいけないわね！

乱高下する感情に振り回されて、ずーん、と落ち込むアンジェリーヌだったが、そこへファビアンがぬっと大きな身体を割り込ませるように隣に立った。

「団長。仕事中なんで後にしていただけますか？　これでもこいつは戦力なんで、使い物にならないと困ります。必要なら仕事が片付き次第そっちに寄越《よこ》しますんで」

「邪魔をして申し訳ない。様子を見てこちらに伺うことにしよう」

目が合うと、ばちっと、光が瞬《またた》いて花になった。

「また、後で」

青い瞳《ひとみ》とゆっくりとした優しい低い声でアンジェリーヌの心と身体を捕まえて、テオウスは食膳《しょくぜん》を手に、凛然《りんぜん》とした背中を見せつけて去っていく。

推し騎士様のために『なかったこと』にしようとしているのに、伝わらないこの思い。

優しい、辛《つら》い、嬉《うれ》しい、辛い、でもやっぱり最高。幸福感と焦燥《しょうそう》、高揚《こうよう》感と暗澹《あんたん》とした気持ちがくるくると入れ替わる。

「……おい、アン」

太い腕を見せつけるように組むファビアンの低い呼び声にアンジェリーヌは飛び上がった。

「仕事を、しろ」

「はい!!」

これから片付け、昼食の仕込みと、仕事はまだまだある。それにいまは『チャワンムシ』の改良作業もあるのだ。

なおここにいる全員がアンジェリーヌの正体を知っていて、ここまでのやり取りすべてを見聞きしていることは考えないものとする。「恋する男《だんちょう》は怖い」という誰《だれ》かの呟《つぶや》きに奇声を上げそうになっても、耐えた。

現実逃避、もとい時間を取り戻す勢いで動き回る。

かなり疲れたが、そのおかげで昼食の調理作業が始まるまで時間ができた。いまだと思ってシモンを捕まえた。

「シモンさん。『チャワンムシ』のことでご相談があるんですが、いいですか？」

「いいけどさあ……そこは団長のところに行くべきじゃないの？」

「わざわざ倒れに行くわけないじゃないですか」

「その『何言ってんの?』って顔、めちゃくちゃ腹立つな」

とにかく了承してくれたので少しだけ厨房《ちゅうぼう》を借りて料理の相談だ。

色々ありすぎて中途半端になっていたが、出汁に風味の強い食材を使い、具材は旨《うま》みのあるエビ、さっぱりした葉物野菜、食感の異なる食材の組み合わせを考えていたことを説明する。

「手間を考えると具は中に入れる方がいいんですが、蒸した後に載せる方が綺麗《きれい》ですよね」

「それはそうだな。僕は表面に煮凝《ジュレ》りを載せるのはどうかと考えていた。出汁そのものを煮凝りにしたり赤ナスを使ったりすれば味や食感の変化が出せる」

「いいですね！　この季節ならぴったりです」

「じゃあそれでいくか。でも、正直あまりがちがちに考えなくてもいいんじゃないかと思う」

「え……？　どうしてですか？」

きっちり仕事を仕上げるシモンらしくないが、真剣な目をする彼にはアンジェリーヌには見えないものが見えているようだった。

「『チャワンムシ』自体がいくらでも改良が利くからだよ。やってみてわかったけど、卵料理だからかどこまでも手を加えられるし大抵の食材にも合わせられる。僕たちがこれだというものを決めつけるより、基準となるものを作った方が今後役に立つんじゃないか」

「今後……」

「アンもだけど僕もコラリーも、料理長だって永遠にここで働けるわけじゃないだろ。だから何年も何十年も後の人間が自分や周りに合わせて変えられるものを残してやりたいな、って」

訓練や担当の仕事で団舎のあちこちに散った騎士たちの声が、遠くに聞こえている。

「何年、何十年も後……」

きっと騎士団の顔ぶれは変わっていて、彼らが口にするのは伝統料理や、受け継がれているもの、流行の料理もある。それらを食べた新人時代を思い出して年嵩《としかさ》の騎士が微笑む。くたくたの身体で同じように食事を掻《か》き込《こ》む、見習いや新人や部下たちを眺めている。

遠い未来の騎士団の日常に、いまはまだ新しい、けれどそのときには当たり前になった料理がある。ここで生きる人たちのためにより良く変化した食事が。

急に恥ずかしくなったらしいシモンが顔を背けた。

「まあこれは僕の意見だし？　これはアンの発案なんだから、どうするかはアン次第だよ」

「素敵だと思います。そういうものを残したいです！」

未来に思いを馳《は》せて胸がいっぱいになる、きっとそれを希望という。

輝く紫の瞳の美しさに自分では気付けないまま、惚《ほう》けて、慌てて目を逸らすシモンにアンジェリーヌは無邪気に微笑みかけた。

「ここまで来ましたし、そろそろ試食会の日程を決めてしまいましょうか？」

「そうだな。……はあ、普通にしてればただの侯爵令嬢なんだよなあ……」

何事かぼやくシモンと相談して、ファビアンとコラリーを招く試食会は三日後、勤務が終わった後に時間をもらうことにした。

そうしているうちに昼食の調理時間だ。

主菜はエビと季節の野菜の油煮。バターを使わない堅パン。副菜に赤ナス《トマト》とチーズのサラダ。汁物は旬がやってきたメロンとレモンのデザートスープだ。

大変な皮剥《かわむ》きを終えた甘く芳《かぐわ》しいメロンをぎゅうぎゅうと潰して漉《こ》し、苦味が気にならないようレモンの汁と砂糖を加えてよく混ぜる。少しだけ入れた塩が隠し味だ。舌触りをよくするためオリーブ油を加え、最後に大豊作のミントの葉を飾る。

正午の時鐘《じしょう》の音が鳴り響いた数秒後、「腹減ったあ」の声とともに騎士たちが現れる。

「手洗い！」

「ちゃんとやった！」

すっかり承知の騎士たちが苦笑しながらアンジェリーヌに手を見せてくれる。

メロンのスープがあると知るとみんな「甘いもの！」「嬉しすぎる……」と目を輝かせたり歓喜に震えたり無言でそわそわしていたりと可愛《かわい》らしい反応をするので「たくさんお食べ……そして大きくおなり……」とつい保護者の気持ちになってしまった。

しかしそうほっこりもしていられない。

じきに推し騎士様がやってくる。恐らく最後に来て、アンジェリーヌに話しかけてくる。

（テオウス様は推し。私は推している人。それ以上でもそれ以下でもない。まあかなり距離は近いけれど？　笑顔や眼差《まなざ》しの威力が凄《すさ》まじくなっているけれど？　私が消し炭になりそうなのはいつも通りだから、うん、心して挑めば大丈夫！）

「アンに伝言だ。『申し訳ないが執務室まで昼食を配達してくれないか』と、団長から」

昼食を取りに来たカディオに申し訳なさそうに告げられ「どうして!?」と叫んだ。

「いい加減諦《あきら》めろよ……」

「うん、絶対逃がす気ないね。早めに覚悟を決めた方が楽だと思うよ」

「うちの団長がすまない……」

「うるさいからとっとと行け。ちゃんと定時までに帰ってこいよ」

「いやですだめです『ふぁんさ』の過剰摂取は身体に悪いんですー！」

シモン、コラリーに、カディオとファビアンまで加わって、必死の抵抗も虚《むな》しく執務室に送り出されてしまった。

令嬢教育が功を奏した安定した足運びで盆の上の料理を一滴も零《こぼ》さず、団長執務室にたどり着く。節度ある『ふぁん』として推し騎士様の領域には必要以上に立ち入らないようにしていたので、実は今日が初訪問だ。

扉は開いていた。誰でも入ってきていいという合図だ。

扉を叩《たた》いて声をかければいいだけなのに、なかなか勇気が出なくて立ち尽くす。

早く行かなければ料理が冷めてしまう。なるべく温かい料理を取るようにとクリステルから教えられたアンジェリーヌに冷えた料理は耐え難い。けれど。

(誰か教えて……美しい猛獣がいるとわかっている檻《おり》に自ら飛び込む人がいますか⁉)

こつっと物音が聞こえてそちらを見る。

扉にもたれて腕を組んでいたテオウスと目が合った。結ばれていたその唇がくすっと緩む。

「くるくると表情の変わる可愛い顔なんだから、ちゃんと見せてくれないと困る」

甘い。メロンとレモンのスープに、イチゴと黄金桃《おうごんもも》を加えてシナモンで香りづけして最後に砂糖と蜂蜜を山盛りにしたくらいに甘い。

「……歯が悪くなりませんか？」

「歯を磨く習慣があるから、いまのところは大丈夫だな」

ちょっと噛《か》み合わないやり取りをして、アンジェリーヌは盆を差し出した。

「カディオ様から伝言をお聞きしたので、昼食をお持ちしました」

受け取った料理を眺めてテオウスは嬉しそうな顔をする。

「ありがとう。今日も美味《おい》しそうだな。君はもう食べたのか？」

「いえ、まだ仕事がありますので」

本当はコラリーに「一緒に持っていって食べたら？」と言われたが、それはできないと全力で断った。拘束時間が長くなればなるほど昏倒《こんとう》する可能性が高くなるからだ。

「そうか。では一緒に食事をする楽しみは今後のために取っておこう」

(今後がある前提ですね⁉)

素直に喜びたいのにわけのわからない重圧感で震えてしまう。

「で、では私はこれで！」

「アンジェリーヌ」

反転を試みた直後に呼ばれて、背筋がぴんっと伸びた。

恐る恐る振り返ったそこにはこくりと息を呑《の》むアンジェリーヌに寄り添う微笑みがある。

「君が十八歳の誕生日を迎えたら、改めて求婚しようと思う」

紫の目を大きく見開いてテオウスを凝視した。

「性急すぎたようですまなかった。セルヴァン卿《きょう》には野生動物を馴《な》らすつもりで手加減してくれと注意されてしまったが、それだけ必死だったと理解してもらえたらと思う」

義兄のような常識人にも、アンジェリーヌは人馴れならぬ推し馴れしていない生き物だと認識されているらしい。大正解だ。

「……アナ＝マリア様はよろしいのですか？」

「エモニア伯爵令嬢にはとっくにお断りの言葉を伝えている」

そうなのか、と安堵《あんど》するも「だが……」とテオウスは頭痛を覚えているような顔をする。

「諦めてくれずに『では好きになっていただけるよう努力します』とああしてやってくる」

（恋する乙女《おとめ》、強い）

「改めてアナ＝マリア嬢には気持ちに応えられないと伝えておく」

美しく淑《しと》やかなだけではないたくましさは好ましいのに穏やかでいられない。そういう性格の女性ならそう簡単に諦めるとは思えないからなおさらだ。負けたくない、と思ってしまう。

不意に「しまったな」とテオウスが軽く盆を持ち上げて苦笑した。

「心配しなくていいと慰めたいのに、手が塞がっていて、君に触れられない」

それはアンジェリーヌにとって運が良かったのか悪かったのか。残念なようでほっとして、自覚しているテオウスが憎らしくて愛《いと》おしくて、ついつい、くすりとしてしまった。

「努力するから、安心して求婚されてほしい。そのときの返事は急がない。いくらでも待つし、悩み抜いて、どうしても無理なら断ってくれて構わない」

「え……」

それは不公平すぎる。アンジェリーヌにだけ都合がよくて、テオウスが我慢を強《し》いられる。

「それは……それ、は……テオウス様の貴重なお時間を、無駄に……」

「以前にも言ったと思うが」とテオウスは冗談めかして笑った。

「貴重だから。大事だと思うからこそ、時間を費やすんだ」

涙を零さずに耐えたことを誰か褒《ほ》めてほしい。

テオウスのそれは、近付けば離れる、触れると固まる、突然奇声を発し、けれど何故か逃げずに様子を窺《うかが》うアンジェリーヌのための。世界一優しい求婚だったのだから。

（テオウス様にここまでさせて、私は……）

テオウスのことは好きだ。推しだ。憧《あこが》れで、生きがいだ。常に健やかであれと願っているし、どんな困難からも守られるよういつも神に祈りを捧《ささ》げている。生きていてくれるだけでいいと本気で思っている。ずっと推していたい人だ。

それにふさわしい距離を保ってきたつもりだった。推し騎士様は誰のものでも、ましてや私のものでもない。侯爵令嬢として必ず恵まれた者の役割を果たし、与えられた恩と優しさを返すのだと。

そうして生きることになんの不満も迷いもなかったはずなのに、この体たらく。

（でも、私にはわからないのよ）

これは憧れ、それとも恋――？

あなたが好きで、憧れで、生きがいで。誰よりも自分よりも大切で、たゆまぬ幸せを願ってやまない。その思いが知らないうちにまったく違うものになっているのか。

「突然世界が変わったようで戸惑っていると思う。もし自分を見失って迷ってしまったときには、すぐ近くに君を思う人間がいることを心に留めておいてほしい」

心に留めるどころか一瞬たりとも忘れられそうにない。自分のことが嫌になっているのに、テオウスのことはますます眩しく尊《とうと》く感じられてならなかった。

「終業時刻はいつも通りか？」

「試食会の準備をしたいと思っているので、少し遅くなると思います……」

首を振る動作も答える声も、我ながらぼんやりとして精彩に欠く。

「そうか。くれぐれも無理はせずに。頑張って」

「ありがとうございます。失礼いたします」と深く頭を下げて踵《きびす》を返した。

しばらく歩き、次第に早足になる。まるで逃げるような駆け足は、けれど長くは続かない。

ゆるゆると足が萎《な》えてアンジェリーヌはその場にへたり込んだ。

耐え切った。意識を失わず最後まで会話できた。その負担がいまになって押し寄せる。

（凄まじい『固定れす』の『爆れす』だった……）

特定の相手のみに与えられる推しの言動、それを長時間浴びたのだ。無事でいられるわけがなく、触れた頬《ほお》は高熱を発している。秋のリンゴよりも真っ赤になっているはずだ。

もし推し騎士様が愛を告白してきたら――あり得ないそれが現実になってしまった。

(私はただの『ふぁん』で、推しのテオウス様が元気で幸せでいてくれればそれでいい。あの方のためならなんでもできる。私にできることはなんだってする。だから………結婚を望まれたらそれを叶《かな》えて差し上げるべき、なのよ、ね……？)

でも、本当にそれでいいの？

胸が痛いのは、怖いのは、立ち竦《すく》んでしまっているのは、何故？

真っ赤な顔を抱えた膝《ひざ》に埋めてアンジェリーヌは答えを探したが、そう簡単に見つかるはずはないのだった。


推し活のために遠ざけた結婚なのに推し騎士様に求婚される、という予想外すぎる出来事が起こっても、日常生活を疎《おろそ》かにできないのが人間というもの。

しかし何があってもやり遂げなければならないことがあるのは、いまのアンジェリーヌにとってありがたいことでもあった。

食堂勤務、そして推し活の総まとめとも言える試食会の日を迎え、アンジェリーヌはシモンと二人で調理作業に追われていた。

第三食堂の新しい献立《こんだて》に加えてもらいたい料理があるので、審査してほしい。そう言ってファビアンに試食会への参加をお願いすると「わかった」と、短いがすぐに返事をもらえた。コラリーも「楽しみ！」と喜んでくれた。だから今日はずっと胸がどきどきしている。

細々した作業をしていると指定した時間通りにファビアンとコラリーがやってきた。

「お疲れ様！　ちょっと早いけど来たよ」

「ありがとうございます！　そちらに座ってお待ちいただけますか？」

「どうだ？」とシモンが言うのに「大丈夫です！」と答える。

湯気を立てる蒸し器から取り出した試食品はつやつやと綺麗に蒸し上がっていた。出来立てを提供できるのは調理時間を把握しているおかげだ。

見た目は蒸し菓子《プディング》だが漂う香りは出汁のそれだ。凪《な》いだ湖面を思わせる美しい薄黄色は、泡立てずに混ぜた卵液を裏漉《うらご》しして作られる。口に入れればぷるぷる、つるんっとした食感に、出汁に合わせた茸《きのこ》とほんの少しのバターがほんのり香るだろう。

試食を行う調理台にはシモンが食器類を準備してくれていた。腕組みをして待つファビアンの前に口直し用の飲み水を置くが、緊張しているらしく表情が強張《こわば》っている。それを見てしまったせいか、料理を運ぶアンジェリーヌの手も震えてしまった。

「どうぞ、お召し上がりください」

「ありがとう！　いただきます」

最初の試作品を知るコラリーが迷うことなく匙《さじ》を突き刺し、掬《すく》い上げたそれを口に入れた。

「……うん！　美味しい。最初のやつもよかったけれど、こっちは滑らかで濃厚だね」

「牛乳とバターを入れて味を濃くして、旨みと風味を高めるために干し茸を使いました」

コラリーに答え、どきどきしながらファビアンを窺う。むっつりと黙って匙を運び、底まで行き着いた彼はじろっと目を上げてアンジェリーヌとシモンに言った。

「この料理はこうして蒸したやつだけか？」

「基本はこの形です」

「具材が入ったものもあります」

そう言ってシモンが出したのは、赤ナスの煮凝りを表面に流し、エビとパセリを散らした、鮮やかな赤と夏を感じさせるものだ。

「綺麗だね」とコラリーが楽しげにしながら匙を口に運び始める。

「へえ！　赤ナスのさっぱり感で全然違う印象だね。具は、鶏肉《とり》とアスパラガスと茸？」

「茸は出汁を取ったものの再利用。食感が決め手の料理だから具材にも差を出した」

具材は彩りと季節感を考えて選び、卵液の味に配慮してごく薄い塩茹《ゆ》でにしてある。

だがこれはほんの一例だ。

「簡素な卵料理なので大抵の具材を合わせることができますし、煮凝りのように形を変えれば一見合わない食材でも美味しくなります。私は挽肉《ひきにく》の餡《あん》かけが好みでした」

「冷製でもいけそうです。油分が固まらないようにする必要はありますが、薄味であれば暑気あたりで食欲がなくてもこれなら食べられるという料理になりそうです」

「卵はもともと強い身体を作るのに有効な食材ですから、さらなる工夫で健康な心身を作る料理になるはずです。騎士様方に召し上がっていただくのに適した料理だと考えます！」

「なるほどね。……面白い」

コラリーが挑戦的に目を細めて言い、アンジェリーヌは内心で「よし！」と拳《こぶし》を握った。

（シモンさんの作戦、うまくいくんじゃない⁉）

まず基準となるものを出す。その後に、季節や彩りを感じさせるものを提案する。

そうすればファビアンとコラリーは必ず『自分ならどうするか』と考え始めるだろう。何故なら二人は料理人、創る人々なのだから。

この料理の魅力は、可能性。季節や状況に応じていくらでも手を加えることができると売り込む、それがアンジェリーヌとシモンが考えた作戦だった。

「…………」

だというのにファビアンは何も言わない。黙って匙を動かし、料理を咀嚼《そしゃく》している。手つきがゆっくりなので味わってくれているはずだが、この沈黙が一番怖い。

アンジェリーヌもシモンも、そしてコラリーも、じっとファビアンの一挙一動を見守る。

（………大柄な人が小さな匙でちまちまと食べているのって、可愛い、かも………？）

余計なことを考えた瞬間、ファビアンにじろりと見上げられてたじろいだ。

「おい、アン。なんでびくびくする？」

「い、いえなんでも？　……あっ、あの！　私たちの料理はいかがでしたか!?」

「まあ、こんなもんだろう」

器の内側を綺麗に拭った匙を口に運ぶファビアンを見て、アンジェリーヌとシモンは頭の上に疑問符を浮かべた。あまりいい意味ではないように思えるが、それだけではないという気もして、どう受け取っていいかわからない。

ファビアンが机に置いた器の中で、からん、と匙が鳴る。

「まず、味が濃い」

一呼吸置いてちゃんと聞いているのか確かめるファビアンの視線の動きに、アンジェリーヌたちの背筋がびしっと伸びた。

「貴族の食事会みたいに一品ずつ料理を出す場所じゃない。副菜なら味の主張は控えろ」

「はい！」

「それから原価が高い。季節感や彩りを重視するのはいいが、使いすぎだ。もっと絞れ。味を薄くして、具材をアスパラガスくらいにすればスープの代わりにはできるだろう」

「はい」

「一人前が少ない。吸い込むように食う騎士どもを知っているな？　これじゃ腹は膨《ふく》れない」

「はい……」

返事をする度に意気消沈していくアンジェリーヌとシモンに、ファビアンは深い息を吐く。

「だが質を上げるのは俺《おれ》の仕事だ。短期間でこれなら上出来だろう。よくやった」

「……はい、申し訳ありません………えっ？」

どんどん下がっていた頭をぱっと上げて、ファビアンの呆《あき》れ顔を見る。

「食えたもんじゃないとは一言も言ってない」

「うん。指摘通りではあるけれど、これをなかったことにするのは惜しい。この食堂に合った形にしていけたらって思うよ」

「それに」とコラリーが悪戯《いたずら》っぽい顔で続ける。

「料理長は濃すぎるって言うけれど私は悪くないと思ったよ。貴族ならこういう味付けの方が食べ慣れていて安心感があるんじゃないかな？」

ファビアンがふんと鼻を鳴らして、コラリーは笑った。

「そういう感じで、何を美味しいと感じるのかは人それぞれだから、実際に食べる人の意見ももらって改良しなくちゃならないよね。まあ料理長は青花《あおはな》騎士団を長く見ている人だから、指摘はだいたい正しいんだけど」

（それって……それって、つまり……）

よくやった、そう言ってもらったことがじわじわと染みてくる。

重々しく頷《うなず》くファビアンを見た途端に驚きと喜びが弾《はじ》けた。

（採用された――）

肩を叩《たた》いたシモンが泣き出しそうなくしゃくしゃの笑顔を見せてくれる。それが本当の実感になって、アンジェリーヌは笑みを返すと、ファビアンとコラリーに深く深く頭を下げた。

「それで、この料理はどう呼べばいいんだ？」

ファビアンが聞く。コラリーが笑う。シモンが得意そうにして、答えを待っている。

アンジェリーヌは顔を上げて目の端を拭い、誇らしく胸を張って、口を開いた――。

『レーヌロワイヤルはじめました』

――翌日の昼のこと。第三食堂の入り口に普段見ることのない貼り紙が掲示された。

朝はなかったそれに昼食を求める騎士たちが気付き、次々に足を止めて首を傾《かし》げる。

「『お妃様《きさき》のロワイヤル』って、なんだ？」

「……アンかな？」

「かもな」などと言い合って「腹減ったー」と賑《にぎ》やかに食堂に足を踏み入れる彼らを、アンジェリーヌは「お疲れ様です！」と笑顔で歓迎する。すると先頭の数名がさっと両手をかざして清潔さを主張するので、くすくす笑ってしまった。

「なあなあ、貼り紙の『レーヌロワイヤル』ってなんのこと？」

「今日から新しく出す料理のことです。こちらをどうぞ！」

丸い碗《わん》の中には薄黄色のそれが、受け渡す間もふるふると小刻みに震えている。「なんだこれ？」と受け取った騎士は首を傾げ、後ろに並んでいる者たちは興味津々に覗《のぞ》き込んでいる。

「是非感想を聞かせてくださいね！」

そう声をかけて次々に配膳していく。貼り紙のおかげで何かあると知った騎士たちの話題はそればかりで「甘いのかな？」「味がしなさそう」といつにも増して賑やかだ。

昨日の今日で実食を迎えられたのはファビアンの驚異的な技術のおかげだった。翌日に提供することを即断すると、試作中の覚え書きを一読して味を調《ととの》え、量が少ないという問題は大きな器で蒸して切り分けることで解決させたのだ。年季が違うとはこのことだった。

そうして真の完成を迎えた料理は『レーヌロワイヤル』と名付けられた。

見知らぬ異国の『チャワンムシ』をもとにした、恐らくは原型を留《とど》めていない料理をどう呼ぶべきか、とても悩んだ。『チャワンムシ』を食べる国や人々、料理人たちにできる限りの敬意を払うべきだと思ったからだ。

料理の名称はそれを作った人や地名で呼ぶ事例がある。だから名称の一部を取って『ロワイヤル』、料理箋《レシピ》をくれたクリステルを表すために『妃』を意味する『レーヌ』を合わせて、『レーヌロワイヤル』とした。

（『クリステルロワイヤル』はお断りされたのよね）

正直に言って、テオウス絡《がら》みのあれこれの意趣返しに名付けてもよかったのではないかと思っている。名付けの許可を求める便りに恨みつらみを書き連ねることは控えたが、レーヌロワイヤルを持参するときにお話を伺わせていただきたいという一文には思いを込めておいた。

「アン。お疲れ様」

「お疲れ様です、テオウス様」

考え事をしていても視界には入っておりましたとも！

にこやかに受け答えしながら、一生この顔と声とそのすべてに飽きることはないのだろうなと思う。ああ、レーヌロワイヤルを受け取って零れた笑みの麗《うるわ》しいこと！

「……これが、君がここにいた証《あかし》か？」

（あ……あ、ぁああ⁉　そうだった！　忘れられるのが寂《さび》しい、ここにいた証が、なんて戯言《ざれごと》を言ったわ！　でもちゃんと覚えていてくれて、好き！）

「食べるのが楽しみだ。後で感想を伝えに行くよ」

「いいえ！　私が参ります！」

決意を込めたつもりが、感情を律するのが下手《へた》すぎてすぐに顔が赤くなる。

新しい献立が完成したら退職する。十八歳の誕生日よりも前に辞めるならきりのいいところだと思って、そう決めた。きっと、今日がその日だ。

だから自らを犠牲にして気持ちを確かめる時間をくれたテオウスに何かを返すとしたら、今日この日が一番ふさわしい。

（……と言っても、どうするかなんて全然まったく何一つ決められていないんだけど……）

仕事を理由に考えないようにしていたけれど、おかげで一つだけわかったことがある。

わからなければ「わからない」と伝えなければならない、ということだ。

仕事ではそうだった。道具の置き場、食材の在《あ》り処《どころ》、次にどの作業に入ればいいのか。そうして声を上げることでファビアンたちはアンジェリーヌが『わからない』ことを知るのだ。

だから、わからなくて悩んでいる、決められないと、取り止めがなくなってもうまく言えなくても正直に打ち明ける。与えられた猶予をただ受け取るんじゃない。進んでいるように感じられなくても、結局足踏みすることになっても、それだけにならないように。

「待っている」

テオウスの瞳には何もかも承知しているような崇高《すうこう》な静謐《せいひつ》さがあった。

その目を見つめながらアンジェリーヌはこくりと息を呑み、しっかりと大きく頷いた。

配膳の最後尾だったテオウスを見送って一息ついたとき、アンジェリーヌの手元を見下ろしたファビアンが呟いた。

「皆勤《かいきん》か。珍しいな」

アンジェリーヌもはっとした。

騎士団食堂は事前に連絡がなければ必ず所属騎士の総数と何かあったときのための余剰分を用意している。だから配膳した後に残った器を数えれば欠席者の有無がひと目でわかる。

今日残っているのは、余剰分だけ。

(青花騎士団の騎士が全員揃《そろ》っている。元気に、誰一人欠けずに、食事をしている)

これが私の、夢見た景色。

テオウスの健康を祈り願い、ひいては彼が率いる騎士たちが健全であれと力を尽くした推し活だった。それがいま全員が揃うという形で叶ったのだ。

言葉にすれば溢《あふ》れてしまいそうで、代わりに熱い息を吐いたアンジェリーヌは「少し外します」と早口に言うと、頭巾《ずきん》と口隠《マスク》しを脱ぎ捨てるようにして裏口から飛び出した。

一直線にやってきた畑の真ん中で足を止め、ゆるゆるとしゃがみ込む。

目を上げれば青空を目指して伸びる緑たち。

大きな葉にめいっぱい光を受けるバジル。豊かに茂るレモングラス。ミントは鉢を飛び出す勢いで、新しく種を蒔《ま》いたタイムはたちまち花期を迎えて紫色の小さな花を咲かせていた。

思いつきで植えたヒマワリは変わった種だったらしく、八重《やえ》咲きと一重《ひとえ》咲きが入り混じり、花色も一つに限らず、同じものがないから美しいのだと教えてくれるようだ。

(奇跡が起こってばかりだわ……感動して泣いてしまうところだった……)

第三食堂で食事をすることは、病欠や体調不良ではなく、遅刻や罰《ばつ》を受けることもなく、心身ともに健康だという証明になる。

そして今日は誰一人欠けずに食堂にいた。急な任務や仕事で不在にする者がいなかった。初めてレーヌロワイヤルを出す日にそんな偶然が重なったと思うと、ぐっときてしまった。

「私、ここで働けてよかった」

推しがいるから、毎日を一生懸命に生きられた。

人は夢や希望、ときには推しを持つことで、不健全な歪みや闇から抜け出して光に向かって歩いていける。そうやって少しずつ調和の取れた心と身体になっていくのだ。

(……よし、戻ろう！　片付けがあるし、レーヌロワイヤルの感想を聞きたいし、改良作業を見たいし、退職の話を詰める必要があるし……テオウス様と約束したものね)

空を掴《つか》むように勢いよく立ち上がって、裾や前掛けをぽんぽんと払ったときだった。

「地面に座り込むなんて、みっともない方ね」

澄んだ声が蔑《さげす》みの言葉を紡《つむ》ぐのを聞いた。

「麗しの騎士の近くにいながら振る舞いを改めることもできないなんて、とても哀《あわ》れだわ。それとも自分が粗野だと気付くことすらできないのかしら？」

リボンとレースで飾った薄青のドレスと揃いの日傘の陰で吐き捨てる彼女は誰あろう、アナ＝マリア・エモニア伯爵令嬢だ。アンジェリーヌを上から下まで眺める青い目は冷たく鋭い。

「金の髪と紫の瞳は……まあいいわ。けれど服装の野暮《やぼ》ったいこと！　日焼けを化粧で隠しもしないなんて信じられないわ。これのどこが魅力的なのよ。ねえなんとか言いなさいな！」

「はい。小説ですか？　というくらい王道な悪口で大変驚いております」

コラリーに借りて読んだ恋愛小説にはよくこんな女性が登場する。主人公の女性を貶《けな》したり嘲笑《あざわら》ったり、時々犯罪級の加害者にもなる。それだけ心身が強く行動力も備わっているのに、思い込みの激しさが裏目に出てなかなか幸せな結末には至らないのがお約束だ。

「なんですって⁉　って、爪も手指も荒れているじゃないの⁉」

「それは、はい、手荒れも日焼けも避けようがありませんし、調理作業にお化粧は、」

「おだまり！」

（怒られた……）

だがアナ＝マリアには、何故か美容に関して本気で怒られている気がする。

これまでまったく関心を向けてこなかったのに、髪から肌の状態、衣服の色や丈までつぶさに観察されている。さすがに居心地が悪いが、逃げるとますます小言がひどくなりそうだ。

「ご心配なさらずとも私よりアナ＝マリア様の方が可愛らしくていらっしゃいますよ……」

だから解放してほしいと続けるはずだったのに、アナ＝マリアは綺麗な眉《まゆ》を跳ね上げて怒りの形相になった。

「平民のくせにわたくしに喧嘩《けんか》を売るのね。いい度胸じゃないの！」

「えっ⁉」というか「ぎゃ」か「げぇ」の発音に近い叫びにアナ＝マリアがびくつく。

「あの……もしかして、私が何者か、ご存知ない……？」

「な、何よ、なんのこと？」

彼女の怯《ひる》んだ顔が答えた。

騎士たちは誰一人として『アン・ベリー』の素性を漏らさなかったらしい。状況が変わっても団長の命令を遂行し続けている彼らに「おー……」と拍手を贈る。

「だから、なんのことだと聞いているの！　その拍手は何!?」

「青花騎士団を称《たた》える拍手です。さすが、テオウス様が率いるだけあります」

アナ＝マリアの怒りの炎がすうっと青に変わった。

「……意味のわからないことを言って煙《けむ》に巻《ま》こうとしているわね？　小賢《こざか》しい！　どうせそういうあの手この手の卑怯《ひきょう》な手段でテオウス様を誘惑したんでしょう！」

いいえ、どちらかというと籠絡《ろうらく》された側です。幼少期に。

しかし炎は煽《あお》ればより燃え盛るもの。大人《おとな》しく黙っておく。

「何者か知らないけれど、テオウス様にあなたのような泥臭い無礼な女はふさわしくないわ。大恥を掻く前に引き下がりなさい！」

感情的になっても髪が乱れても彼女が美しく見えるのは、常に見られていると意識して生まれ育った者の配慮と計算があるからだ。アナ＝マリアが努力して培《つちか》ったものの大半を放棄して推し活へと人生の舵《かじ》を切ったアンジェリーヌがそれを馬鹿にすることはできない。

けれど、だから、譲れないものがある。

「お断りします」

じきに引退する予定とはいえ、引き下がる――推し活の終わりを他人に決められるなんて、そんな腹立たしいことはごめんこうむる。

「なんですって……！」

「わ、わ、わたくしは確かにあなたのような美しい手や日に焼けていない白く透き通った肌は持っていません。社交の経験は浅く、教養も中途半端、許されていることに甘えて好きに生きてきたわたくしにあなたが怒りを覚えるのは当然のことでしょう」

アンジェリーヌは清々《すがすが》しく笑って言った。

「けれどこの場所にいることだけは、何を言われても引き下がるつもりはありません」

労働に適した、アナ＝マリアが言うところの野暮ったい身なり。しかし素養がある者ほど違和感を覚える、無意識になるまで叩き込まれた美しい立ち姿で、アンジェリーヌはたおやかな笑みを浮かべる。

「……あなた……」

違和感を覚えたらしいアナ＝マリアはわずかに怒りを抑えて探るような目をした。

しかしそこで気を変えるなら最初から挑まない。武器を構えるように青い瞳が強くなる。

「何も持っていないと自覚しているくせに、厚かましい。いいから早く身をお引きなさい！」

「ご心配なく。何も持っていないわけではありませんから」

「まさかとは思うけれど……誰よりも強い思い、なんて言うつもりじゃないでしょうね？」

「その通りです！」

アンジェリーヌは誇らしく胸を張った。

「この胸には、誰よりも強い――推しへの情熱が、常に熱く燃えたぎっております！」

鼻で笑っていたアナ＝マリアは、理解できない異国語を聞いたように反応を考える顔をした。

「……推し……？　情熱……？」

「テオウス様のおそばにいるのに不相応なことは承知の上。しかしそれ以前にテオウス様に釣り合う方などこの世に存在しません。世界中探したところで一歩劣るくらいがせいぜいです。何故ならテオウス様は太陽であり空であり風で大地、すなわち、世界、なのですから！」

世界、なのですから……ですから……から……――。

騎士団舎中に響き渡る声で推しを称え、続け様にめちゃくちゃな早口で推しを語る。

「ご本人は無骨で気が利かないと謙遜されますがそれは何に対しても誠実であることの表れ！　真っ直《す》ぐな気質はまさしく騎士の剣のごとし！　しかし花の上を渡る風のごとき優しさは隠せない。テオウス様は鋭い輝きと美しいきらめきが共存する芸術品、国宝です！」

「え、あ……？」

「何故そのように素晴らしいのか？　それは健康だから。たゆまぬ努力によって作り上げられた健康的な肉体、それを支える健全な精神、その絶妙な均衡《きんこう》が織りなす奇跡！　剣の腕もさることながら普段は礼儀正しい貴公子でいらっしゃる！　最高です、最高でしかない！」

「…………」

「素晴らしい推し騎士様を誰が守るのか？　はい私です！　健やかに生きてほしいなら！　生かしてみせよう推し活で！　そのために私はここにいる！　不相応、上等です。情熱さえあれば推し活はできる！　一秒でも推しが長生きできるよう、我が身を惜しまず生きるのです！」

「…………」

「テオウス様に出会ってから私、本っ当に毎日幸せで！　推しのための労働は最高です！　元気に働いて推しを見る日々の充実感っ！　わかります⁉　わかりますよね⁉」

「わかるわけないでしょう……」

そもそも半分も言っていることがわからなかった、とアナ＝マリア。最初の生気に溢れた美しさはどこへやら、アンジェリーヌに気力を吸い取られたようにげっそりしている。

「わかったのは、あなたはテオウス様に近付く目的でここで働いていたこと。そしてあの方はまんまとあなたの毒牙にかかってしまったわけね」

「違います、テオウス様の健康を守るためです。健康でいてくれさえすればあの方の人生に必要ない名もなき一般人でいようと……なのに、どうしてこうなってしまったんでしょう？」

「それ嫌味⁉　わたくしにわかるわけないでしょう！」

どうしたものかと首を傾げると、こっちに聞くなと全力の怒りが返ってきた。

「さっきから何を言っているかわからないけれど、結局あなたはテオウス様に必要とされる存在になりたかっただけじゃないの」

「それは、」

「違うとは言わせないわよ。わたくしにテオウス様を譲れる？　譲りたくないわよね？　テオウス様に振り向いてほしい、感謝の言葉や笑顔が欲しい、あの方の一番の存在になりたいと思ったことがあるはず。たった一人の特別になりたい、それを、恋と言うのよ！」

怒りと嫉妬《しっと》に震える指がアンジェリーヌの胸を一突きにした。

「最初から！　あなたはテオウス様が好きだったのよ！」

――――恋。

……恋。

恋。

「推しに……恋……――!?」

恋という巨大すぎる言葉に襲われてアンジェリーヌは悲鳴を上げた。

「恋なんてそんな！　何かの間違いでは!?」

「馬鹿にしないで！　ぐちゃぐちゃと立派な理由を並べたところで言い訳でしかないのよ。名もなき一般人でいたいなら消えるべきだったのにそうしなかったんだから！」

青くなったり赤くなったりを繰り返しながらアンジェリーヌは全身を戦慄《わなな》かせた。

「そんな、私が、テオウス様に……こっ、恋、を、しているだなんて……！」

恋、という言葉がとろけるように甘い。

真っ青になって背中を丸めて頭を抱える。

「罪深い……！　どうしてそんなことに!?　私ごときが恐れ多すぎる！」

「あらそう。だったらわたくしに譲ってちょうだい」

「絶対絶対ぜーったいにッ！　いや――！」

独占欲剥《む》き出しの幼子のように喚《わめ》いた、その瞬間。

胸の中で過去と思い出が一斉に溢れ出した。

出会いの瞬間の感動。どんなところが素晴らしいか考察したこと。誰かに話すことで共感や気付きを得る楽しみを知った。あの人のために何かしたいと行動を起こし、推し活だけでなく食事にまつわる仕事の面白さと大変さを経験した。

ひたすら推すだけだったときより、言葉を交わし、顔を見て、名前を呼んでもらえることに幸せを感じた。触れられるとどきどきした。知らないことを知る度に嬉しくなった。

アナ＝マリアの登場に焦《あせ》り、『わたくしの騎士様』発言には怒りを覚えた。けれど思いだけで進んでいける彼女が、好きだと直接伝えられることが、羨《うらや》ましかった。

（そうか、私――）

推しはみんなのもの。誰のものにもならない。

でも——誰かのものになるのなら、私のものにしたい。

「黙ったということはやっと理解できたのね？　あなたはわたくしと同じ。わたくしを馬鹿にできるような崇高な人間じゃないのよ。残念だったわね！」

アナ＝マリアが高らかに笑う。

笑い声を聞きながらアンジェリーヌは深く、長く息を吐いて、静かに言った。

「そう、ですね……ありがとうございます、アナ＝マリア様。あなたのおかげで、やっと気付くことができました……」

「あら。謙虚じゃない。あなたにも素直で可愛いところがあ、」

「私はテオウス様が好き！　すなわち『同担拒否』の『りあ恋』！　したがってテオウス様を独占したいと思うのは必然なのです——!!」

きらっきらっ、と目を輝かせながら感動に震える拳を突き上げて高らかに宣言した。

憧れなのか恋なのかわからないでいたけれど、なんということはない、両方だったのだ。

『同担拒否』だったアンジェリーヌはいつの間にか『りあ恋』になっていたのだから。

（だから悩んでいたんだわ。『推しのため』にやってきたはずが、本当は自分のため、恋のための不純なものだったと思い知らされてしまいそうで）

だがもう思《おも》い煩《わずら》う必要はない。テオウスは唯一無二の推しであると同時に恋の対象でもあるのだから、これまで通り全力で推しながら愛を捧げればいい。ありったけの愛を叫び、推しにふさわしくあれるよう自らを磨き上げる作業が加わったのだから。

「確かに私ごときがテオウス様をお慕いするのは恐れ多いけれど、そう思わなくていいよう推し騎士様に釣り合う努力をすればいいだけの話！　これからは力いっぱい『好き！』『大好き！』『愛してる！』と伝えることができるんですね！　やったーっ！」

「え……？　え？　ちょっと……!?」

「ああ、すっきりした！　ずっともやもやして困っていたので本当に助かりました。なるほどなるほど、そういうことだったんだわ。だからこれからやらなくちゃいけないのは……」

「ちょっ、このっ、話を聞きなさいよ――――！」

アンジェリーヌをこちらに振り向かせようとするアナ＝マリアの怒りの声が轟《とどろ》く。

「もう諦めてください、エモニア伯爵令嬢」

アンジェリーヌ、そしてアナ＝マリアも息を呑んで、近付いてくる声の主を見た。

「あなたには彼女の心を曲げることも、ましてや折ることもできません」

「テオウス様！」

声を揃えた二人に微苦笑《びくしょう》を返したテオウスは、いきなりアンジェリーヌの頭に帽子《ぼうし》を被《かぶ》せた。

触ってても見てみても間違いなく帽子で、その不可解さにアンジェリーヌは首を傾げる。

「何故女性用の帽子がここに……？」

「そのうち遠乗りに誘うつもりだったから。外で仕事をするなら被っておくといい」

前つばがあって顎《あご》下でリボンを結ぶ、最近流行の首回りに布がついた女性用帽子だ。仕事用の服には似つかわしくない上等な品だが、ありがたく日除《ひよ》けに使わせてもらう。

「君のものだからそのまま持っていてくれ。揃いのドレスは後日届けさせる」

「えっ。み、身丈は……？」

「セルヴァン卿に最新のものをいただいた」

流行遅れにならないよう新しい衣服を最低限仕立てるために採寸したものが、義兄によって流出してしまったということだ。

（やだやだやだ胸も腰も太いって思われた！）

厨房係になってから補正胴着《コルセット》を締め上げる服装で過ごしていないせいだ。テオウスの「君はもう少し食べた方がいいな」という言葉が下手な慰《なぐさ》めに聞こえる。

「何故、彼女なのですか？」

感情を押し殺した声に、アンジェリーヌとテオウスはそちらを見た。

日傘の下でアナ＝マリアの青い瞳が悲痛な色に染まっている。

「過ごした時間が短いだけで、わたくしが彼女に劣っているとは思えないのに、どうして」

「理由を聞いて、納得できますか？」

優しい声なのに問いは残酷だった。アンジェリーヌが衝撃を受けた以上にアナ＝マリアは驚いて、肩を小さく震わせながら白い顔をみるみる真っ青にしていく。

「俺は俺が感じたものを伝えることしかできません。エモニア伯爵令嬢、あなたの意志の強さや行動力は非常に好ましいが、言って納得してもらえないのであれば、これ以上のやり取りはいたずらにあなたを傷付けるだけになる。それは大変不本意です」

「構いません」

恋する乙女は強い。アナ＝マリアは毅然《きぜん》と顔を上げてテオウスをひたと見つめた。

「彼女の何がテオウス様の心を捕らえたのか、知りたいのです」

（……このままここにいて大丈夫かしら……）

そろりと目を上げたアンジェリーヌを見て、テオウスが笑った。かと思うと、伸びてきた手が帽子のつばを押し下げて視界を遮ってしまう。

「え⁉　ちょっ、テオウス様が見えないのは未来が見えないと同義なのですが⁉」

「こういうところです」

アナ＝マリアはぽかんとしているようだが、テオウスは大真面目《おおまじめ》に続ける。

「どうやら俺の存在が彼女を生かしているらしい。そして俺も、彼女の存在に生かされている。それが互いの命尽きるまで続けばいいと思ったからです」

（どういう顔をして言っているのか知りたいけど知ったらときめきで死んでしまうわ！）

しかしこれだけは言わねばならない。帽子を深く被ったまま手を挙げた。

「僭越《せんえつ》ながら命尽きても推し続ける所存ですので永遠に続くかと存じます！」

「こういうところなんですよ」

何が『こういうところ』なのか、当事者にもよくわかっていない理由に同意を求められて、怒るか反論してもおかしくなかったのに、アンジェリーヌが帽子を上げて見たアナ＝マリアは日傘を深く下げて俯《うつむ》き、唇を結んでいる。

そんな彼女にテオウスは優しく声をかけた。

「あなたは賢明な方だ。理由など最初からわかっていたはずです。あなたが持っていないものを彼女が持っている、あなたが魅力的であるように、彼女も素晴らしい人だからなのだと」

日傘が一際深く下がる。

「……わたくしは、魅力的ですか？」

「とても。俺が求めるものではないだけです」

それを聞いたアナ＝マリアが口元にかすかな笑みを浮かべた。

（あ……）

くるりと背を向けた彼女が光の粒を落としたのを、アンジェリーヌは見た。

けれど少し日傘を上げたときには、アナ＝マリアは淑やかで気高い微笑みを浮かべている。

「そこまで仰《おっしゃ》るなら、本当に可能性はないということですわね。清々しいほどきっちり諦めさせてくださって御礼申し上げます。ありがとうございました。それでは、ご機嫌よう」

強さと誇りと、最後まで恋をする自分を見せつけてアナ＝マリアは優雅に去っていく。

「アナ＝マリア様！」

それをアンジェリーヌは呼び止めた。

「生きがいを！　辛くて苦しくてなんのために生きているかわからないときは、生きがいを――推しを、見つけてください！　わざわざ見つけるものじゃなくてある日突然発見するものなんですけれどその瞬間推しが世界になる喜びが、」

「うるさいわね！　格好よく立ち去らせなさいよ！」

「推し活のご相談ならいつでも！」

「しっっこい！」

そう吐き捨ててすたすたと歩き去るアナ＝マリアが直前までちょっと感動した表情でいたことに、テオウスだけが気付いていた。勧誘に失敗したアンジェリーヌは落ち込むのに忙しい。

（推し活仲間がいたら楽しそうだと思ったのに、思いつきで動くとだめね……）

そして気落ちしたアンジェリーヌを引き上げるのはいつでもテオウスだ。

「まったく、こんな面白みのない男のどこに惹《ひ》かれるのやら。……何か言いたそうだな？」

「はい。無知は罪という言葉を実感しております」

面白みがないと言うが、それは精悍《せいかん》さや清潔さ、誠実な性格の表れだ。強面《こわもて》だが彼を知れば知るほど好ましく思えて、眉間《みけん》に残る薄い皺《しわ》の跡に触れてみたくなる。だからこれまで彼に思いを寄せた女性はアナ＝マリア以外にもいたのだし、アンジェリーヌもその一人になった。

「テオウス様は素敵な方です。でなければこんなにどきどきしたり昏倒したりしません」

「めちゃくちゃ説得力があるな、それは」

　夜会のドレス姿で補正胴着を締め上げてもいなければそう簡単に意識を失うことはない。頻繁に倒れるアンジェリーヌが特殊で、テオウスへの思い入れが強すぎるのだ。

「君に魅力的に映っていればそれでいいんだがな」

「ご安心ください。それはもうしっかりばっちり輝いて見えています」

　むんっと両手を握ると、テオウスはくすりとして『あざと可愛い』を体現するがごとく小首を傾げた。

「それで……何が共存するって？」

　問いの意味と理由を瞬時に理解して「ぴぇっ」と鳴く。

「ずずずずっと聞いて……!?」

「出ていったのが見えたからな。帽子を持って姿を探したら、君たちがこんなところで出会《でくわ》しているとは思わなかった」

「すぐに声をかけてくれたら！　って、だめですね。どちらも悪いことをしていないのに一方の味方をするわけにはいきませんもの。巻き込まれ損です」

　どちらかの味方になると善悪にかかわらず片方が一方的に悪者になってしまう。平等性を重んじたテオウスらしい判断だ。わかるわかる、と頷いていると視線を感じた。

「こういうところ、なんだよな」

何が、と尋ねるより早く腰を攫《さら》われ、アンジェリーヌは忘れかけた呼吸を取り戻して喘《あえ》ぐ。

「てっテオウス様！　離れてください！　ずっと外にいるから私、汗が……！」

「密着すればお互いに汗をかくんだから気にしないでおこう」

（確かに推しの汗は星のきらめきですが！　それとこれとは！）

ああそれにしても。なんて健康的な身体。触れてわかるたくましさにきゅんきゅんする。普段は遠くから眺めるだけだった背中に、その筋肉に、いまなら腕を回せば触れられる。

推しの尊さに震える心に、以前とは違う、甘い熱がある。

（私はテオウス様が好き。ずっと好きだったけれど、いまはテオウス様にも私のことを同じように思ってほしいという願いを込めた『好き』）

生きがいだった。生きる希望にした。日々を超えていく力の源にした。

アンジェリーヌが勝手に、テオウスを『推し』という神様にした。

そして今度は互いに愛を受け渡す唯一になりたいと願っている。

そんな自分の欲深さと浅はかさに吐き気がする。でも、ずっと守りたい、見ていたいと思っていた人が求めてくれるという幸福を抱き締めたいとも思うのだ。

（そして期待を裏切らずとてつもなくいい匂いがするぅ……）

葛藤していたアンジェリーヌだったが、テオウスが腕の力を強くするとことりと頭を落としてきたので、びっくーんと過剰に跳ねてしまった。

(あわ、わ、香りが強くっ)

「警戒を怠《おこた》るとこういうことになる。これからは気を付けて、」

テオウスが不自然に言葉を止める。

アンジェリーヌが、自分から、テオウスに身体を寄せてじっとしているからだ。

「……アン。頭を上げてくれ。……顔が見たい」

(無理)

顔から耳、首元まで真っ赤になっていると知っていてそう言うテオウスは意地悪だ。

ふるふると首を振ると、少し間を置いて、ふっ、と耳に息がかかった。

「————ッ!?」

踏まれた猫のような食器を落としまくったような、二度と再現できないすごい声が出た。

そして赤い絵具を被ったような顔をさらしたと知るや否《いな》や、反射的に両手を上げていた。

「こら。視界を遮るな」

「だって！　あっやだ、手……っ！」

防護壁をあっさり突破された。手首を掴むテオウスの熱が薄すぎる心の壁をあっさり溶かすと、もう何もできない。青い瞳に絡めとられてしまう。

するとテオウスはアンジェリーヌの手を返し、やわな手首にちゅっと口付けを落とした。

「ひぅ」

「……このくらいなら、まだ平気か？」

上目遣いにアンジェリーヌの様子を窺いながら今度は手のひらに唇を落とす。

大丈夫？　私、呼吸している？　死んでいない？

(うん触れる吐息がくすぐったいから生きている、大丈夫、な、わけがない!!)

力一杯抜き取った右手を胸に抱くと、じりじりと後退《あとずさ》りして必死に訴えた。

「手加減すると仰ったのに！」

「注意されただけで、約束したわけじゃない」

大真面目に嘯《うそぶ》いていまにも笑い出しそうな顔をしている。

テオウス様の嘘《うそ》つき。わなわなと震えるアンジェリーヌの口から叫びが迸《ほとばし》る。

「もっと好きになっちゃうからもうだめです！」

飛び出した、こんな形で言葉にするつもりはなかった『好き』。

何を口走ったか悟り、大きく目を見張ったテオウスに一瞬遅れて再び叫んだ。

「いぃいいまのなし！」

「それは無理」

攻め入る隙をテオウスが逃すはずはなく、逃亡に失敗したアンジェリーヌを再び捕らえると、肩を抱くようにしながら引き寄せた。

「もう一度言って」

「え」

「『もっと』、どうなるって？」

あなたのことをもっともっと好きになってしまうから。

あなたの心が欲しくて、ずっと隣にいてくれたらどんなに幸せだろうと思ってしまうから。

「アン」

テオウスが目を見張る。アンジェリーヌも不思議に思った。

推しの幸福を願いながら自分の幸せを望む、そんな邪《よこしま》な人間でも、涙は透明で澄んでいるものらしい。

「テオウス様、私……わたくしは、あなたを……」

推し騎士様がそこにいる、その奇跡以上のものなんていらないのに。

「嘘だったら死んでしまうくらい、わたくしは、あなたのことが好きなんです……！」

――推しに恋をして、愛していたい。

「アンジェリーヌ」

触れた手の熱さに、呼び声の甘さに、テオウスの花開く笑顔に、アンジェリーヌの頬が鮮やかに染まっていく。

「ありがとう。嬉しくて、死にそうだ」

推しの笑顔が百花繚乱《ひゃっかりょうらん》です。

どきゅんきゅんきゅんっと早鐘を打つ胸を押さえる。

推しの尊さに感動しながら、好きな人への愛《いと》しさと喜びが溢れ出して、これまで以上に心が忙しい。甘く優しい眼差しを注がれると息苦しくなってきて、はくはくと口を開け閉めする。

それをなんと思ったのか、テオウスの親指が唇の端に触れた。

「……まだ職務時間だから、代わりに」

そう言ってアンジェリーヌを見つめながら、自分の唇に親指を触れさせる。

この、紫色なのか紅色なのかわからない感情をどう表せばいいのか。

(差し当たって、推し騎士様が大変不届き極まる！　もっと見たい！)

若くして第三騎士団の団長を拝命する実力者で、どんな難敵にも立ち向かう勇敢さや決して諦めない不屈の精神を持ち、最後まで礼節を尽くす優れた騎士が、恋愛に関する攻勢もここまで猛烈だと誰が知り得たのか。

(情報収集が不十分だった！　推しがわからないなんて『ふぁん』失格！　そのうち一度は確実に召されてしまうわ⁉)

その瞬間、はっ！　と気付く。

(恋愛関係は私が初めてだったから……だったり……する……⁉)

それはとても、とても光栄で、そしてとてつもなく恥ずかしい。

湧き上がる感動で身を縮めるアンジェリーヌをテオウスが深く抱く。

「団長！」

カディオの声がしても、彼はアンジェリーヌを離さなかった。

離れようとしたがびくともしなかったのでアンジェリーヌは無言で、てしてしてしてしっ、とテオウスの胸を叩く。

「……団長……」

「猫みたいで可愛いよな」

呆れ顔の副団長にしれっと答える。さすがの勇敢さだ。

「それで、どうした。何があった？」

「はい。王の使者が、陛下のご命令を伝えに来ました」

テオウスが纏《まと》う空気が鋭くなった。

カディオの顔に笑みはない。アンジェリーヌは胸騒ぎを覚えて耳をそばだてた。

「隣国ドラノエ王国にて豪雨による大規模な土砂災害が発生、自国内のみでの緊急対応及び復旧作業は困難と判断し、近隣諸国に救援の要請があったとのこと。トラントゥール国王の名の下に、青花騎士団は救援活動に従事すべし――以上です」

災害派遣。和平を結ぶ隣国の助けを求める声に応じよ、という命令だった。

そのドラノエ王国への災害派遣命令によって青花騎士団と第三食堂の日々は一変した。

多忙な騎士たちが時間通りに食堂に来られないせいで、大量の料理が残るようになってしまった。派遣時の飲料水や食事の手配を手伝っているファビアンはそれも致《いた》し方《かた》なしと思っているようだったが、その顔は日に日に疲労が色濃くなっていた。

だがそれでも誰一人として仕事を放り出すことはない。

コラリーが「手づかみで食べられるものを作って配達させてください」と提案し、食あたりを懸念して渋るファビアンを説得して、アンジェリーヌとシモンも軽食を作って配達した。

「やけにこだわるな」と意外そうなファビアンにコラリーが答えた言葉がすべてだった。

「食堂にほとんど人の姿がないのがものすごく寂しくて。だから、食堂に来られないなら私たちが行けばいいじゃない、って思ったんです」

『食』という日常の一部を担い、守る、それが自分たちの仕事だ。

そして――青花騎士団が翌日中に隣国に発《た》つことが決まったのは、出発前日の夕刻だった。

「おかえりなさい、アンジェリーヌ。疲れているところ悪いのだけれど支度をしてくれる?」

帰宅したアンジェリーヌが自室に戻ると、しばらくもしないうちに侍女《じじょ》を連れて訪ねてきた母が書き物机の椅子《いす》に腰を落ち着けておっとりと言った。

「ただいま戻りました、お母様。お客様がいらっしゃるんですか？」

「ええ。テオウス卿が、もうすぐ」

「早く言ってください！」と叫んでアンジェリーヌは衣服を豪快に脱ぎ捨て、こうなると予想して呼ばれていた侍女の手を借りながら、急いで身支度を始めた。

（出発日が決まったから、よね）

いま誰よりも忙しいのはテオウスだから、と話すことも控えていたが、明日出発するのならしっかり話せるのはこの夜しかない。

（災害派遣……期間は？　被害によるだろうけれど数日や一週間では終わらないはず……）

自国内での解決が不可能と判断されるのならかなり深刻な状況だろう。派遣されるテオウスたちも過酷な状況下に置かれるに違いない。

思えば、予兆はあった。テオウスと出かけた日に遭遇した食材の一部が手に入りにくい状況は、天候が不安定だったことを意味していたのだろう。あのときはさほど気にならなかった物価は災害派遣の話が広まったせいで高騰《こうとう》している。

鏡の中のアンジェリーヌも深刻な顔で考え込んでいたとき、扉が叩かれる音がした。

「ラヴォア侯爵家のテオウス様がお越しになりました。旦那《だんな》様と応接室でお待ちです」

「すぐに行きますと伝えてちょうだい。セルヴァンは？」

「まだお戻りではございません」

王宮文官の義兄もドラノエ王国の災害の件で連日帰宅が遅い。今日もきっとそうだろう。

「ねえ、アンジェリーヌ。テオウス卿の求婚にお返事はしたの？」

「っ、……まだ、はっきりとは……」

視線を彷徨《さまよ》わせる娘に、そう、と息を落とすように母は笑みを零した。

「あなたはきっと忘れているか本気でないと思って聞き流したのでしょうけれど、わたくしも旦那様もセルヴァンも、あなたが心から望む人と結婚してくれればいいと思っていますよ」

母がしっとりとした両手で、硬くなった指先を隠せない娘の手を優しく包み込む。

「長くは生きられないと言われたあなたがこうして元気に、しかも働いているだなんて、あの頃のわたくしたちが知ったらどんなに驚くか。だからきっと昔のわたくしたちもこう言うわ」

この少し冷たい優しい手が、高熱を発する額に触れて撫《な》でてくれたこと。

心からほっとして、泣きそうになったこと。

それらが不意に呼び起こされてアンジェリーヌの目が潤む。

「あなたが元気に、楽しく、生きていてさえくれればそれだけでいいわ、って」

「お母様……」

飛びつくようにして母を抱き締める。いまでは背丈は同じくらいに、そして母の華奢《きゃしゃ》さを感じられるほどにアンジェリーヌはたくましくなっていた。

応接室へ足を踏み入れると、燭台《しょくだい》の灯火《ともしび》で照らされる室内のあちこちに夜の闇が蹲《うずくま》っていた。父と向かい合っていたテオウスが立ち上がって迎えてくれたが、力強い顔が少しやつれていて痛ましい。

「夜分遅くにお時間をいただき、誠に申し訳ありません」

「お気になさらず。ご夕食は召し上がられましたか？　よろしければ何か用意させましょう」

「せっかくのお申し出ですが、すぐ戻らねばなりません。お気遣いありがとうございます」

　母の言葉にテオウスは首を振り、父が座るよう促しても立ったままでいた。

　何か言いあぐねている異様な気配に、アンジェリーヌは着席するのを止《や》めてじっと彼の様子を窺い、口を開く気配を察知して素早くその腕を掴んだ。

「っ、アンジェリーヌ⁉」

「何も仰らないで！」

　何を言おうとしたかわかる。長く推してきた彼だから、わかってしまう。

　虚を突かれたテオウスは一瞬弱りきった顔をしたが、それらを振り切ると真剣な面持ちでベルリオーズ侯爵夫妻に向き直った。

「誠に勝手だとは承知しております。しかし王命が降った現状、不確かな約束はアンジェリーヌ嬢のためにならないと考えます」

「テオウス様！」

　こちらを見ないテオウスにアンジェリーヌは拳を下ろして果敢に存在を訴える。

「身勝手なのは承知の上です。誹《そし》りは如何様《いかよう》にも受けましょう。どうか」

「それ以上はやめて！　絶対に言わせないんだから！」

「アンジェリーヌ嬢への求婚を、婚約の話を白紙に――」

決定的な言葉を聞いた瞬間、全身から力が抜けた。

遠のきかけた意識は、しかし握った手に爪を立てて引き戻した。表情を失ったテオウスと蒼《そう》白《はく》になる両親の前で絶対に倒れるわけにはいかない。これは誰でもない、私の問題なのだ。

「それは、娘に何か不都合が……？」

「いいえ。アンジェリーヌ嬢は素晴らしい方です。多くの者が彼女の存在に勇気づけられています。俺もその一人です」

父の問いにテオウスはきっぱり断言する。

「ですから、いつ帰国できるか、無事でいられるかもわからない者に縛られるべきではない。何より彼女を不安がらせて悲しませることを俺自身が許せません。どうか、この臆病者をお許しください」

テオウスが直立の姿勢から真っ直ぐに頭を下げた。

しばらく誰も何も言わなかった。

涙を堪《こら》えるアンジェリーヌの乱れた呼吸が、かすかに響いているだけ。

やがて侯爵夫妻は互いに視線を交わすと、何かを了解しあって立ち上がった。

「頭を上げてください、テオウス卿。詫《わ》びるなら私たちにではなく、まずアンジェリーヌに」

「あなたが求婚したのはアンジェリーヌですから、どうするかは娘が決めるでしょう。当人同士でよく話し合ってください。わたくしたちはそれに従います」

そう告げて父母が退室する。室内には泣き出しそうなアンジェリーヌと頭を下げ続けるテオウス、庭から響く虫たちの声が残された。

（謝罪してほしいんじゃない。テオウス様は何も間違っていないから。責任感と思いやりから求婚をなかったことにしたいんだってわかるもの。わかって、しまうのだもの……）

だから伝えるとしたら、一つだけ。消えない願いを。

「テオウス様」

呼び声に応じて頭を上げたテオウスは感情を抑えた静かな目をしていて、アンジェリーヌは無意識に重ねた両手をきゅっと握った。

「わたくしを思うからこそその選択だと承知しております。けれど、それで納得できるとお思いですか？」

「すまない。俺は……」

優しく問いかけたのも束《つか》の間《ま》、アンジェリーヌは唯一神の憤怒《ふんぬ》の面に等しい形相になった。

「でっきるわけないですから――!?」

心からの、否、魂の叫びだった。

「人生の大半を推し活に捧げてきたんです！　死ぬか推すかですから、この程度で諦められるような生半可な気持ちで推していませんから！　大変な任務で危険なのは承知していますがこっちは幼少期に短命を宣告されての、いま!!　ここまで生き延びたわたくしを舐《な》めないでください!?」

「アン、」

「後悔ならあります！　あなたを支えるなら剣や盾になるような推し活をすべきだったって！　そうすれば一緒に行けたのに！　悔いたところで時間は巻き戻らないのだからいまできることをするだけです！　生きることはいつだってそういうものです!!」

「アンジェリーヌ、」

「わたくしにできるのは約束を差し上げることだけ！」

涙と言葉が込み上げるのに耐えて、大きく息を吸い、一息に言った。

「両親は説得しておきますし、口さがない者たちは放置して、許せないと思ったら戦います。寂しがってしまうのはお許しください。だってテオウス様がいないんですもの。けれど不安になって泣いたり信じられなくなったりはいたしません。毎日ちゃんと食べて、働いて、寝て、健康でいて、お戻りになったあなたに笑って『おかえりなさい』と迎えましょう」

テオウスが心底驚いているので、思わず笑みが零れた。

「姿形が変わっても、傷跡が残っていても、テオウス様がテオウス様である限り推して、愛し続けることをお誓い申し上げます」

　推しのために。推しの幸せを願って。推しが健やかであるように。

　それを叶えるためならばアンジェリーヌはなんだってできるのだ。

「…………」

　ゆるゆると目を伏せたテオウスは、アンジェリーヌの手を求めると指を絡めて握りしめた。

「……騎士のように？」

　騎士の誓いは、トラントゥール王国の麗しの騎士たちが叙任式《じょにんしき》で行う宣誓だ。

　誠実で礼儀正しく謙虚であること、弱者を守る盾となり剣となり、慈愛と勇敢さを忘れぬ高潔で勤勉な奉仕者となることを、国王陛下とハルセモニカに誓う。それを違《たが》えることは神への裏切りであり、一生消えぬ罪と恥として刻まれる。

　アンジェリーヌの誓いを騎士の宣誓に等しいと認めた、騎士たるテオウスの誠意だった。

「ええ！　騎士《あなた》のように！」

　満面の笑みで答えてアンジェリーヌはテオウスの胸に飛び込んだ。

「……きっと長く待たせる」

「ではその間にお戻りになったら何をしたいか考えておきます。わたくし、とっても想像力が豊かなのです、ぅんっ⁉」

　突然テオウスがぎゅうっとアンジェリーヌを抱く腕の力を強くした。

「本当に大丈夫そうで、少し寂しい」

（あああぁ甘えられているぅうう⁉　か、かわ、可愛いぃぃい……！）

「……いや、訂正する。なんだか大丈夫じゃなさそうだ……」

はわ、はわ、はわ、とときめきと欲望で溶けそうな顔をしていると気付き、慌てて顔を背けてこっそり口元を拭った。幸いにも涎《よだれ》は出ていないが、危なかった。

「だ、大丈夫です！　不在の間は心の中のテオウス様にお相手していただきますから、どうぞお役目を果たして、ご自身の素晴らしさをあまねく知らしめてください」

「その言い方だと英雄になりに行くみたいだな」

苦笑したテオウスはアンジェリーヌの頬に手を添えると、悪戯の気配を滲《にじ》ませて囁《ささや》いた。

「俺は英雄よりも君の夫になりたい」

言葉を失って瞑目《めいもく》したアンジェリーヌは、テオウスの胸に倒れ込むとその言葉をじっくり噛《か》み締《し》めた。どれだけ噛んだとしても味がなくなるということはない、一生ものの言葉だった。

「どうか待っていてほしい。必ず無事に帰還して約束を果たすから」

そう囁かれるアンジェリーヌの耳はきっと夏の花よりも鮮やかな赤に染まっている。

はい、と答え、声が聞こえなかったときのために何度も何度も頷いた。

「お慕いしております――わたくしの、テオウス様」

思いを告げた唇はそうして、アンジェリーヌの騎士に捧げられた。

夜が明け、日が昇る。

騎士服に外套《がいとう》を纏う旅装の青花騎士たちは、着替えや糧食《りょうしょく》などの個々の荷物の他、円匙《シャベル》や工具、生活用品や食料、医薬品など支援物資を積んだ荷車を準備している。給餌《きゅうじ》が行えない可能性があるため騎馬は最低限の数で、代わりに輓獣《ばんじゅう》として驢馬《ろば》を数頭連れていくようだ。

この日第三食堂はパンに具材を挟み込んだ朝食を作り、コラリーが代表して担当者に受け渡した。すべて火を通しているがくれぐれも傷《いた》んだものは食べないようにと注意している。騎士団所属の医師も同行するが、すぐに治療を受けられるとは限らない状況で身体を壊せば命に関わるので、いつも涼しげなコラリーも言葉を尽くさずにはいられないらしい。

「アンちゃん」

隊列を乱していいのか、ひらひらと手を振るリュカと眠そうなシャルルがやってきた。

「しばらく会えないと思うと寂しいよ。お別れに祝福の口付けが欲しいなあ」

そう言ったくせに、にやぁっと楽しげに笑って、役の台詞《せりふ》を読むように言った。

「あーでもアンちゃんは団長を祝福するんだよねー僕が奪うのはだめだよねーごめんねー？」

（あうぅう……）

言えない。もう昨夜たくさんした、なんて。

（見送りに来てほしいけれど声はかけないでほしい、行きたくなくなるし一緒に連れていきそうになるから、代わりに今夜は長く……って言われて……の、濃密だった………)

遅くならないうちに身体を休めるよう勧めたのだが、もう少し、後少しと言い包《くる》められて長時間いちゃいちゃしていた。いつの間にか帰宅していて様子を窺っていたセルヴァンが声をかけてこなければそのまま朝を迎えてしまいそうな雰囲気だった。

「『身悶《みもだ》える』ってアンちゃんのためにある言葉みたいだよねえ」

「しばらく見られなくなるのが残念だ」

爽《さわ》やかな朝に似つかわしくないあれこれを思い出しかけて打ち消す、アンジェリーヌの不審な挙動を眺めてリュカたちが笑う。そこへ「傾注《けいちゅう》!」「静粛《せいしゅく》に!」の声が届き始め、アンジェリーヌは足早にその場を抜け出し、騎士たちは正面に向き直った。

遥《はる》か前方にラファエルとクリステルが姿を現す。遠征する騎士団の激励に来たのだ。

(ああ、これでしばらく推し騎士様の新規供給が失われるのね……)

推し騎士様の記録類をすぐ手に取れるところに置いて読めるようにしておこう。一日一頁読んでいればそれなりに保つはず。なんなら新しく書写して考察を書き加えてもいいし、革表紙をつけて製本するのも楽しそうだ。日記の他に料理箋《レシピ》や詩集をまとめて、挿絵《さしえ》をつけてもいい。

「アン。アンってば。出発だよ。見送らなくていいの?」

声を落としたコラリーに肩を揺さぶられて物思いから覚めた。

騎士たちの隊列がゆっくりと前へと進み始めている。

(行ってしまう)

見えるはずのない遠く離れた先頭にテオウスの姿を探す。泣くものかと思っていたけれどやっぱり寂しい。顔を見れば離れ難くなるとわかっている、けれど心がそちらへ走り出そうとする、それを押し留める苦しみに唇を噛んでいると、声がした。

「そんなに泣きそうな顔をしなくても大丈夫！　ちゃんと手は洗うから！」

「……え？」

騎士たちが通り過ぎながら手を振っている。

すると一行のあちこちからくすくすと笑い声がして、次々に野次のような声が上がった。

「めちゃくちゃ大変だと思うから夜更《よふ》かしせずに寝るようにするな！」

「食う暇なさそうだけど、食事は必ず食べるから」

「水分補給は忘れません！」

「冷えないように気を付けまーす！」

冗談のように言うそれは健康のために必須のものばかり。

口うるさく言い続けた注意を覚えていると知ってアンジェリーヌは涙ぐんだ。

ずっと密《ひそ》かに見守ってくれていた騎士たち。寂しがっていると気付いて、茶化しながら励ましてくれる彼らを見送るのに、こんな寂しい顔や涙は絶対にふさわしくない。

両手を上げて、大きく振った。そうするうちに笑っていた。

「いってらっしゃい！　お身体に気を付けて。無事のお戻りをお待ちしております！」

手を振った。振り返してくれていた彼らがこちらを見なくなっても、最後の一人が門を出た後も、見晴らし台へと駆けていって姿が見えなくなるまで、ずっと。

そうしてようやく目を閉じると、涙が雫《しずく》になって一つ二つと頬を流れた。

どんなに悲しくても腹立たしくても、喜びや楽しみが失われたように感じられても、日々は続く。生きるために食事をし、仕事をして、眠らねばならない。

（私は、私にできることをする。毎日をしっかり生きる）

テオウスに誓ったように、生きていかねばならなかった。

＊

ラベンダーの周りを飛ぶ蜜蜂を見る夏は、ヒルガオの花が蔓《つる》だけになると、大輪のダリアが咲く晩夏へと移り変わる。木々は赤や黄色に染まった葉を落とし、ふくよかな香りを放つ大地に種々の茸の傘が広がると、空や風に少しずつ秋の気配が混ざるようになった。

テオウスの手紙が届いたのは、彼らが出発して一ヶ月ほど経《た》ったそんな頃だった。

『愛しいアンジェリーヌへ』と、どんな顔をして綴《つづ》ったのか気になって仕方がない書き出しから始まった手紙は、時候の挨拶《あいさつ》もそこそこに感謝を記していた。

『……先日伝令役の黒狼《こくろう》騎士団の騎士たちから支援物資を受け取った。その中に青花支援会なる見知らぬ団体からのものがあったが、もしかしなくても君の仕業《しわざ》だな？

こんなに離れていても君を感じられてどんなに嬉しかったか。

衣類、特に肌着や靴下《くつした》は大変ありがたかった。こちらは天候も非常に不安定だ。思いがけず負傷したり危険物の流出に遭遇するなど、清潔な状態を意識しなければならない状況なので、汚れていない衣類は宝のようだ。君の思いやりに心から感謝する。……』

被害状況は明確には記されていない。災害派遣とはいえ他国にいるのだから、情報を漏洩《ろうえい》しない取り決めがあるのだと思われた。帰還の見込みはあるのか、見当もつかない。

『……返信は気にしなくていい。手紙が戻ってこないことが君が元気だという何よりの証だ。

その代わりに夢の道を通って会いに行くから、早く寝て、待っていてほしい。……』

（推し騎士様からの手紙！　不安定なところで書いたらしい字の乱れがたまりません！）

甘い呼びかけを交えつつ生真面目《きまじめ》な文面のそれを十回は読み返して、アンジェリーヌは恍惚《こうこつ》としながら鼻先を近付ける。埃《ほこり》と土の、芳しさとは程遠い香りだ。こんなときでなければ愛用の香水が香っていたはずなので、物資を包んでいたであろう油紙を使った手紙はこの先大変価値が高騰する（アンジェリーヌの中で）と思われた。

（でも、よかった。ちゃんと届いたのね）

テオウスの署名をそっと指先でなぞる。心なしか砂粒でざらざらしていて、日夜救援活動に当たる姿を想像し、どうか今日も元気でありますようにと祈る。

そこへ案内役の小姓《こしょう》が現れたので、ドレスの隠しに手紙を仕舞った。

王太子妃殿下のお召しがあったので今日のアンジェリーヌは侯爵令嬢としての銀杏《いちょう》色のドレス姿だ。案内役に先導されて応接の間にやってくると、そこには先客がいた。

金の髪と青い瞳の、空色のドレスに身を包んだ、勝気な美しさに溢れる彼女の名は。

「アナ＝マリア様？　まあ！　ご無沙汰《ぶさた》しております。お元気でしたか？」

テオウスに懸想《けそう》していた、エモニア伯爵家アナ＝マリアだった。

あれ以来姿を見なくなり、社交界に出ていないアンジェリーヌはその後を知らずにいたが、こんなところで会うとは思わなかった。一見したところ変わりないようで嬉しい。

「今日も素敵なお召し物ですね。お見かけするときはいつも素敵な格好をしていらしたことを思い出します。華やかなお色よりこういう落ち着いた色合いの方がアナ＝マリア様の上品さが際立って、わたくしは好きですわ」

にこにこと話しかけるアンジェリーヌに、少しずつアナ＝マリアの顔色が悪くなっていく。

「妃殿下に呼ばれていらしたのですか？　わたくしもそうなのです。なんの御用かと思っていたのですけれど、わたくしたちを引き合わせるおつもりなのかしら……どう思われます？」

「本当に！　申し訳ありませんでした!!」

真っ青な顔でアナ＝マリアはアンジェリーヌの前に跪《ひざまず》いて頭《こうべ》を垂《た》れた。

「え？　あっ、妃殿下は仲直りを望んでいらっしゃるだろうってことですね!?」

「違います！　あなたがベルリオーズ侯爵令嬢と知らずに無礼を働いたことへの謝罪です！」

三秒ほど遅れて、ああと手を打った。

「最後まで明かしませんでしたし、勘違いされても仕方がないと思います。まあ相手が誰であろうと身分差や教育差をあげつらうことは控えるべきだと思いますけれど……」

「誠に！　申し訳ございませんでした！」

「謝罪を受け入れます。ですからこの話はおしまいにしましょう？」

あのとき言いたいことは言ったのでわだかまりはない。これ以上の謝罪は必要ないと伝えて次の話題に移る。

「アナ＝マリア様も妃殿下のお声がかりでいらしたのですよね？　理由はご存知ですか？」

「ええまあ、心当たりは……」とアナ＝マリアが答えかけたところで先触《さきぶ》れが来た。アンジェリーヌとアナ＝マリアは揃って立ち上がると、来臨したクリステルに膝を折って頭を下げる。

クリステルの装いは半袖と胸下の切り返しが特徴の、簡素なラベンダー色のドレスだ。飾りがまったくない代わりに真珠《しんじゅ》を連ねた首飾りと揃いの耳飾りをしている。災害派遣からずっと公務のとき以外は華やかに着飾ることを控えているのだ。

いつものように人払いすると「楽にしてね」とクリステルは親しげな言葉遣いになった。

「待たせている間に和解できたようね？　アナ＝マリアはあなたに謝罪したいとわたくしを頼ってきてくれたのだけれど、当人同士で解決できたならよかったわ」

それは初耳だと思ってアナ＝マリアを見ると、気まずそうな顔がわずかに赤くなっている。

「そういえば……わたくしがベルリオーズ家の者だとどなたからお聞きになったのですか？」

青花騎士団は不在、残っている関係者も口は固いはず。するとアナ＝マリアは多少の悔しさを滲ませてつんと唇を尖《とが》らせた。

「誰からも聞いていません。わたくしの推理です」

「噂《うわさ》になっていたのよ。テオウス卿とベルリオーズ侯爵家のアンジェリーヌ嬢が婚約したらしい、けれどアンジェリーヌ嬢を知る者は多くなく、最近姿を見ていないと」

テオウスは厨房係の娘を弄《もてあそ》んで捨てたり愛人にしたりする人ではない。

だから婚約者のアンジェリーヌと厨房係のアンは同一人物なのではないかと考えたらしい。

「解釈一致です！　わたくしもテオウス様は一途な愛を貫く方だと思います！」

「自慢？　ねえそれ自慢？」

「ごめんなさいね、彼女、無自覚煽り芸が得意なのよ……」

目を吊《つ》り上げるアナ＝マリアに苦笑いのクリステル。けれどアンジェリーヌの推し語りは止まらない。

「想像しました！　どんな恋愛をするのかたくさん想像しました！　誠実で禁欲的すぎるほど厳格なテオウス様は、この人と決めたからには会えない日々が続いても心変わりなどしない、最低男の正反対の最高の男性。言葉がなくても通じ合う、目が合えばはにかんで、黙って静かに寄り添い合う、そんなお相手とご結婚して幸せになられるのだと思っていたのに……」

一度言葉を切って全力で叫ぶ。

「わたくしですか？　わたくし、なのですかー!?」

「御前を失礼してもよろしいでしょうか？」

「慣れれば一周回って面白くなるからもう少し我慢してあげて」

王太子妃にそう言われて耐えるしかないアナ＝マリアは大きなため息をついた。

「忙《せわ》しなくすることで寂しさを紛《まぎ》らわせているのだと思ったのに、とんだ思い違いでしたわ」

呆れてお茶を啜《すす》る彼女の呟きはアンジェリーヌには聞こえていない。だから「どう思われます!?」と聞いて「知りません」とそっぽを向かれても仕方がないのだった。

「さて。この後も楽しいおしゃべりをするために、先に用件を済ませてしまいましょうか」

クリステルがぱんと手を打ち、アンジェリーヌとアナ＝マリアは背筋を正した。

「アンジェリーヌ。あなたはいま有志の方々と協力して青花騎士団を支援しているわね」

青花騎士団が派遣されて厨房係の業務が大幅に縮小されてしまったが、自分にできることをしようと、災害派遣中の彼らに支援物資などを送っている。その名義が『青花支援会』だ。

慈善は高貴なる者の務め、協力を惜しむ者はいないと思い、父母と義兄の友人知人に声をかけてもらって寄付を募《つの》った。集まった品物は要否《ようひ》を確認して仕分け、クリステルを通じて送ってもらっている。テオウスのことだからドラノエ王国の被災者にも配布しているだろう。

「わたくしが重要だと考えるものを集めるようにお願いしているけれど、もしかして品物に偏《かたよ》りが出たり必要ないものを預かったりしていないかしら？」

「はい、ご明察の通りです」

トラントゥール王国として届ける物資と被ったり過剰な量になったりしないよう、優先的に寄付を募るものの一覧をクリステルから受け取っていた。けれど必要がない食料があったり見知らぬ人からの荷物が突然届いたりしているのだ。善意なので断りにくく、どう扱うべきか相談するつもりでいたのだった。

「こちらも同じような状況なの。だから、あなたたちに助けてもらいたいのよ」

クリステルはアンジェリーヌとアナ＝マリアを見つめて凛と微笑んだ。

「アンジェリーヌ、あなたはこれまで支援をいただいた方の名簿と、足りない品物と必要数をアナ＝マリアに連絡してちょうだい。アナ＝マリアは名簿をもとに、まだご協力いただいていない方に不足品をご提供いただけないかお聞きして。もし何かしたいという方が現れたらわたくしのところへ寄越すか、家格ごとに決めてあるこちらの額を寄付金としていただいてね」

差し出された覚え書きには説明と同様の内容と諸注意が記されている。この手際の良さはクリステルがかなり早い段階で考え、準備していたからなのだろう。

「恐れながら妃殿下。公爵家の記載がございませんが……」

「公爵家からは問答無用で寄付金をいただくわ。お金があればできることが増えるもの。上級貴族が何もしないのは外聞が悪いから、ここは財産で立場を誇示していただきましょう」

銀の魔法使いとアンジェリーヌが密かに呼ぶクリステルの光り輝く笑顔は、いまは少しだけ、悪い魔女の悪意の微笑に似ていた。

他にも細かい打ち合わせや状況を確認しながらお茶をいただいた。王太子妃を前にしてもアナ＝マリアは堂々として受け答えも立派で、後にクリステルは彼女を『コミュ強』と評する。

「最後になったけれど、青花騎士団について」

アンジェリーヌもアナ＝マリアも肩を揺らしてクリステルを見つめた。

「大変な状況だったようだけれど、天候の回復とともに作業は順調に進んでいて、ドラノエ王国からもようやく対応できる方々が駆けつけられたとか。こちらから人をやって問題がないと確認できれば、救援活動の終了についてドラノエ王国側と交渉に入ります」

自信に溢れた微笑みで頷く王太子妃殿下に、アンジェリーヌとアナ＝マリアはほうっと胸を撫で下ろした。

「お知らせくださってありがとうございます、クリステル様。これで安心して『推し騎士様が不在中の推し活』を全力で堪能できます！」

「何か出てきた……」とアナ＝マリアが遠い目をする、机に並べたるは三つの冊子。

「左から順に、推し騎士様語録、推し騎士様詩集、推し騎士様に捧ぐ料理箋となっております。このどれか一冊を革装丁《そうてい》本にしようと思うのですが是非ご助言いただければと……！」

きらりとクリステルの瞳が光った。

「依頼するのは？」

「新進気鋭の製本職人《ルリユール》クラウディア女史に」

クリステルはぴしゃりと額を叩いて天を仰いだ。

「っあー！　もう最高の本になる予感しかしない！　クラウディア女史の仕事って一目でわかるものね！　革や模様紙の選び方や小口装飾とか」

「そうなんです！　わたくしの先輩は気に入った作品を改めて製本する方なんですが、お借りしたその本が本当に美しくって！　クラウディア女史が手がけたと伺ってこれは是非にと！」

「形にするっていいわよね！　どういうものにするの？　挿絵はつける？　箔押《はくお》しは？」

「挿絵は欲しいのですが心当たりが……あっ、気になるものがあればお手に取ってご覧くださいね、アナ＝マリア様」

「きっ、気になっていません！　わざわざこんなものを作っているのかと呆れただけ！」

そうっと身を乗り出していたアナ＝マリアがもとの位置に戻るが、アンジェリーヌは推し騎士様語録を手に取るとそれを彼女に押しつけた。

「まあそう仰らずに、是非ご覧になってくださいませ。他にもたくさんございますので！」

「ちょっ、こんな強引に……っ」

育ちのいいアナ＝マリアは他人のものを投げ捨てられない。机に戻すこともできないのは内容が気になって仕方がないことの表れだ。したがって彼女は逡巡《しゅんじゅん》した後、恐る恐る頁をめくり、しばらくもしないうちに真っ赤になりながら次から次へと頁を繰《く》り始めた。

「テオウス様についていま初めて知れることがあるアナ＝マリア様が羨ましい……！　わたくしも記憶をなくしてその感動を二度三度と味わいたい！」

「ご新規さんの純粋で新鮮な反応は美味しいわよねえ」

熟読する様を微笑ましく見守りながらあれこれと話してしばらく。

本を閉じたアナ＝マリアが真剣な顔で言った。

「――男体に造詣《ぞうけい》が深く、凛々《りり》しい殿方の絵を描く者に心当たりがございます」

なよなよした男性像でテオウス様を表現することは絶対に許しません。

断言するアナ＝マリアに、アンジェリーヌは勝利の拳を突き上げる。

推し活仲間を得た瞬間であった。


時が流れる。日々が過ぎて、季節が変わる。

肌寒さと紅葉《こうよう》に埋まる大地にしとしとと雨が降ると、豊かな大地が香る。

トラントゥール王国の秋の暮れ。

長らく隣国に派遣されていた青花騎士団の帰還が、決まった。

災害対策を疎かにしてきたドラノエ王国はこれ幸いと青花騎士団を便利に使おうとし、また政《まつりごと》に携《たずさ》わる貴族や高官がまったく頼りにならないと知っている現地住民から引き留めにあったことで、予定されていた帰国日を大幅に過ぎてしまったという。

青花騎士団は帰国し次第、外国での支援活動を行ったことに対して表彰される予定だ。表彰式を兼ねた祝宴が開かれるそうで、ベルリオーズ侯爵家にも式の案内が届いている。

(でも、まだ帰ってこない……)

最後に届いた手紙の日付は一ヶ月ほど前。帰国の決定を知らせるものだ。それからアンジェリーヌは毎日日付を確認し、時計を見て、空の移り変わりを眺めてはそのときを待っている。

(ここまできたら、耐えて耐えて耐えて、再会の瞬間の喜びを倍増させるしかない!)

推しに会えない日々が推しへの愛を育てる。その境地に至ったアンジェリーヌだった。

今日も静かな第三騎士団舎の小さな畑で、タイムを収穫し切ってしまうと、芽吹いたスミレに水をやった。周りでは紫の花をつけたセージが揺れている。並んで育つローズマリーはそのうち青い小さな花を咲かせるだろう。

(テオウス様。私、十八歳になりました。お約束をいただいた十八歳です。いったいどんな素

敵な求婚をいただけるのか戦々恐々、もとい、待ち遠しくて仕方がありませんわ)

　太陽の光　空の色　花よりも美しく輝けるもの
　夜の闇にも凍える冬にも消えることのない
　そんなものがあるのなら　どうか私にくださいな

　誰もいないことに慣れるとつい好きな歌を口ずさんでしまう。

　詩の乙女のようにアンジェリーヌは愛を疑うことはない。愛は最初から笑ったり喜んだり、飛び跳ねたり凍りついたり、ときめいて、ときどき心臓と一緒に破裂したりして、テオウスへの思いを全力で表現していた。

　あなたに贈って差し上げたい
　あなたを癒《いや》して差し上げたいの……

(ああ、テオウス様)

いまとっても、あなたにお会いしたいわ。

「――………」

あの夜のような奇跡は起こらない。

じっと佇《たたず》み、声も気配も感じられないことを何度も確かめる長い沈黙の果てに、思い切るように息を吸い込んで香草《こうそう》を摘んだ籠《かご》に手を伸ばした。

そのとき、足音がした。

最初はゆっくり、次第に早く、やがて駆け足になってこちらにやってくる、身体の重みを感じさせないきびきびと軽やかな——自分の日記から引用すれば『翼を持つ牡鹿《おじか》』の足音。

「——テオウス様！」

呼びかけられる前にアンジェリーヌは振り向き、駆けてくる彼の胸に飛び込んだ。

埃と土と泥、太陽の光と樹幹のような少し乾いた木の香り。長旅をした人の匂いだ。

「よくわかったな」

「テオウス様の足音だけは聞き分けられます」

「さすがだな。おかげで君が幻じゃないとわかる」

身体を離してお互いの顔を見る、はずが「はうぁ!?」とアンジェリーヌは衝撃を受けた。

「か、か、か……顔が……！」

「顔？　何かおかしいか？」

「顔が、いい！」

久しぶりに見る推し騎士様はそれはもう素晴らしく魅力的だった。

（え、え？　ずっとこうだった？　澄んだ青い瞳、黒い髪は少し伸びて……精悍で、優しげで温かい、ちょっと苦味がある整ったお顔……あ、ぁああ、素敵《しゅてき》……！）

目を点にしていたテオウスはふにゃふにゃととろけた顔になるアンジェリーヌに不敵な笑みを浮かべると、突然前髪を掻き上げて露《あらわ》にした額に口付けを落とした。

「ただいま、アンジェリーヌ」

「ごちそうさまでしたッ！」

「おかえりなさい」が本音と入れ替わってしまったが、テオウスは「そうか、よかった」と相《そう》好《ごう》を崩している。アンジェリーヌの言動に慣れてしまったらしい。

それが触れられる距離にいることを実感させて、気付けば互いに微笑み合っていた。

テオウスは青サルビアのような小さな野花を一輪差し出す。帰還の道中で摘んできたらしい可憐《かれん》なお土産《みやげ》にアンジェリーヌは「可愛い」と笑みを零した。

「急ごしらえで申し訳ないが、今日君に会えたら絶対にこうしようと思っていた」

何事だろうと首を傾げるアンジェリーヌに、テオウスは秘密めかして微笑んだ。

「……『太陽の光、空の色、花よりも美しく輝けるもの』」

「………………！」

口ずさまれた詩の一節にアンジェリーヌは大きく息を呑む。

「『夜の闇にも凍える冬にも消えることのない』……」

呟くように、祈りの言葉を唱えるように、テオウスは低く静かに愛の詩を紡ぎながらアンジェリーヌの手を取る。過酷な状況で働き詰めだった彼の、手のひらの熱とざらついた指先が嬉しくて、これまでの寂しさや切なさが消えていく。

残るのはただ、愛おしい、という気持ち。

『薔薇《ばら》も百合《ゆり》も菫《すみれ》さえも及ばない』……『そんなものがあるのなら』……」

いったいこの推し騎士様はどれだけ私を幸せにすれば気が済むのだろう？

テオウスは詠《うた》いながらその小さな青い花を、アンジェリーヌの薬指にくるりと結ぶ。

「十八歳、おめでとう。アン」

十八歳の誕生日を、凛々しく温かい素敵な笑顔で祝福して。

名もなき青い花の指輪を、左薬指に捧げて――。

「――アンジェリーヌ・ソフィ・ベルリオーズ嬢。どうか私と結婚してください」

いつかの求婚の約束を、想像以上の素敵なものにして果たしてくれた。

「……っ」

その尊さにもちろん神の御許《みもと》に一度召され、すぐに息を吹き返す。

いつまでも待つと言われたけれど、悩むまでもなく答えはとっくに決まっていた。

「……はい……！」

万感の思いが込み上げて声が震えたけれど、大きく頷いて、笑った。

その弾みで雫が一つ、頬を伝う。幸福から宝石が生まれるなら、きっとこうして透き通った虹色に輝いているのだろう。

「っわ!?」

そして喜びの花があるならば、目を見張って言葉を忘れたテオウスが衝動的に抱き上げたアンジェリーヌに見せる笑顔のように、強く眩しく輝く、淡く色付いた大輪に違いない。

「もう離してやれないから覚悟してくれ。――愛している」

覚悟も何も、告げるべき言葉は一つだけ。

「あなたに差し上げます」

詩の続きのように言って、アンジェリーヌは全力でテオウスを抱き締めた。

「だって私、ずっとずっと、テオウス様にすべてを捧げたいと思っていたんですもの！」

現実の推しに勝るものなし。触れられるって、生きているって素晴らしい。

泣きたくなるような幸福感とともに心の中で両手を祈りの形にして、命の尊さに感謝を表す。

「君は俺をだめにするつもりだな」

絶対だめになってくれないくせに、とアンジェリーヌは唇を尖らせた。

「それはテオウス様の方です。テオウス様は私をだめにしようとしているでしょう？」

「そんなことはないさ」とテオウスは明るく笑うと、そのままくるりと大きく回り、慌ててしがみつくアンジェリーヌを愛おしむように強く抱き締めた。

「俺はただ、君に愛を伝えたいだけだから」

この最推し騎士団長様が甘すぎる。

アンジェリーヌは（ふみゃぁ……）と鳴いた。砂糖漬けにされている気分でテオウスの肩に顔を伏せると、悪戯なくすくす笑いが、蜜リンゴのようになった耳を甘くくすぐった。

「ああ、君をどんなに愛しているか、この胸を開いて見せることができればいいのに」

（私の胸が弾け飛ぶ方が早いんじゃないかしら……）

甘いひとときを過ごす恋人たちを邪魔する者は、誰もいない。

何故ならここは青花騎士団。たった一人の乙女の秘密を守り通した、麗しの騎士たちが集う騎士団だったのだから。

終章　健康で文化的な推し活と、恋

月と星の輝《かがや》く美しい秋の夕べ。

第三騎士団の表彰式が行われる王城に、国内の貴族と騎士団関係者が集っていた。彼らの話題のほとんどが青花《あおはな》騎士団と国内の支援活動についてで、騎士たちを称《たた》える一方、どこの誰《だれ》が何をいくら寄付したかという俗な会話も繰り広げられている。

(久しぶりすぎて敵地にいる感がすごい！)

アンジェリーヌのドレスは当然、青だ。裾を留めてたるみを作り、軽やかな印象を出して、背面を美しく見せている。袖口には鈍《にぶ》い金色のレース。胸元を飾るのは光沢のある生地《きじ》の白い薔薇《ばら》。派手すぎず可愛《かわい》らしすぎず、けれど上品で美しい、この日のためのとっておきだった。

大広間に足を踏み入れると「あれはいったい誰だ？」という視線が集まってくる。流行のドレスを着る財力があるらしい家柄の若い娘なのに見覚えも心当たりもないからだ。

「アンジェリーヌ様！」

そこへ過去に参加したお茶会で何度か顔を合わせたご令嬢が、知り合いの輪を抜けてやってきた。同時に周囲の人間が「ベルリオーズ侯爵家の……？」とざわわざわし始める。

「大変ご無沙汰《ぶさた》しております。お身体《からだ》の調子はよろしいのですか？」

（そういえば身体の調子を崩して領地で静養中っていう設定だったわ……）

社交界に顔を出さないならそれなりの理由が必要だと、幼少期の病弱を言い訳にしたのだ。

「こちらこそ大変ご無沙汰しております。おかげさまでずいぶん快《よ》くなりました」

「お元気そうでよかったですわ。それにご婚約の件、誠におめでとうございます」

これには取り繕う必要もなく勝手に顔がぱーっと赤くなった。

「ありがとうございます。良いご縁をいただきまして……」

そこに「アンジェリーヌ嬢」と何度か夜会にご招待いただいた縁がある伯爵夫妻が現れた。

「久しぶりにお顔を拝見して、驚きましたわ。以前にも増してお美しくなられて」

それは、健康的に身体の厚みが増した、が正しい。朝の運動から始まり、立ち仕事に水汲《く》み、重いものの上げ下ろし等のおかげで胸部を強調するドレスが似合って見えるのだ。

「そちら、初めて見るお顔ですけれどどなたですの？」

「伯爵夫人にこのように可愛らしいご友人がいらっしゃるとは……」

「ご機嫌よう、麗《うるわ》しい方。お名前を教えていただいても？」

わずかな顔見知りが声をかけ始めると、それぞれの知己《ちき》がにこにこしながら近付いてくる。

このままだと物見高い人々に囲まれて抜け出せなくなりそうだ。

「久しぶりに会う友人を見つけたので挨拶《あいさつ》に行ってきますわ。失礼いたします」

堂々と振る舞えば案外誰も気にしないものなので、さらりと会釈《えしゃく》してその場を離れた。

(私はいま、表彰されるテオウス様が最も鑑賞できる場所に行かねばならないのです！)

クリステルの言うところの『立ち見良席』に足を向けると、本当に知人を見つけた。

向こうもこちらに気付き、腕組みを解《ほど》いてアンジェリーヌを迎える。

「ご機嫌よう、シモン様」

「ご機嫌よう、アンジェリーヌ嬢。……なんか気持ち悪いな、この挨拶」

エンダール男爵家の次男として出席するらしいシモンは、紺色の長い上着に、これでもかという金の刺繍《ししゅう》が眩《まぶ》しい中衣《ベスト》という良家の子息らしい上品な装いだ。

「そういう格好も素敵ですね。よくお似合いです」

「そっちもな。そういう格好をするとただのご令嬢にしか見えない。詐欺《さぎ》だ」

「詐欺じゃないですよ？　これは表彰式のための参戦服《せんとうふく》です！」

「もう突っ込まないからな」

徐々に人が増えた大広間の奥で「静粛《せいしゅく》に！」と声がした。

「国王陛下、王妃陛下。王太子殿下ならびに王太子妃殿下――」

来臨を告げる声がして壇上《だんじょう》に国王夫妻と王太子夫妻が姿を現す。

恭《うやうや》しく一礼する人々のなか、大広間の上手《かみて》側にいるアンジェリーヌを王太子夫妻が見つけたらしい。ラファエルが指すような仕草をしてクリステルに「お控えください」と密《ひそ》やかに窘《たしな》められているが、彼女もこちらに一瞬視線をやって笑みを見せたのがわかった。

少しの間を置いて、国王陛下が一同を見渡しながら堂々と語りかけた。

「今宵《こよい》は我が国の誉《ほま》れたる者たちを称える日である。隣国ドラノエに与えられたハルセモニカの試練にともに立ち向かい、過酷な状況下で国の境の区別なく無辜《むこ》の民に寄り添った青花の騎士たちを功労勲章をもって称え、ここに顕彰《けんしょう》する」

その言葉が合図となって正面の扉から騎士たちが入場する。

全員が所属を現す青い騎士服に、毛皮で縁を飾った外衣《マント》を左肩にかける正装だ。揃《そろ》いのお仕着せで王の御前に進むだけで圧巻だが、前方に並ぶ肩章《けんしょう》持ちの上級騎士たちは堂々とした体格も相まって凛々《りり》しく、女性たちはうっとりとため息をついている。

だが誰よりも麗しいのは彼らを率いる団長のテオウスだ。

最も肩章が多い騎士服、胸元に御前試合や大会の優勝で賜《たまわ》った勲章を着けた『推し騎士様の集大成』といえる姿だった。

「…………」

つー……っと一筋の涙が頬《ほお》を伝う。

「黙って泣くなよ……」とシモンが小声で注意するが、アンジェリーヌは一度も瞬《まばた》きをせず視線を逸《そ》らすこともなく言った。

「生きていてよかった……！」

国王陛下の御前でテオウスが跪《ひざまず》くと、団員たちもそれに倣《なら》う。

テオウスが代表して勲章を受ける姿があまりに神々《こうごう》しくて、両手が勝手に祈る形になった。

(この景色を永遠に留《とど》めたい……この後しっかり詳細を記録して、画家の方にこの風景を描き残すようお願いしよう……アナ＝マリア様ならきっと腕利きをご存知のはず……)

推し活記録を通じて交流が深まったアナ＝マリアは、何かを作るときには欠かせない大事な相談役になっている。クラウディア女史と三人で相談して作った例の本は大事な宝物だ。

「――最後に、トラントゥール王国第三騎士団、青花騎士団団長テオウス・オリヴィエ・ラヴォア。過酷な任務にもかかわらず全団員を無事に帰還させたそなたの労に報いたい。王の名の下に望むものを遣わそう。望みを申すがよい」

深く、最大の敬意を示すように一度頭《こうべ》を垂《た》れてテオウスは答えた。

「一つだけ、お許しいただきたいことがございます、陛下」

なんですって⁉　とアンジェリーヌは身を乗り出した。「手をわなわなさせるな」とシモンの鋭い注意が飛ぶがまったく聞こえていない。

(欲しいものって何⁉　私がどんな手を使ってでも捧《ささ》げてみせますが⁉)

「おお、剣闘の勝者となっても望むことのないそなたが珍しい。なんなりと申すがいい」

ありがとう存じます、と丁重に告げる声の静かな余韻が消えて。

「ベルリオーズ侯爵家のアンジェリーヌ・ソフィ嬢に、いまひとときこの場を借りて、永遠の愛を誓うことをお許しください──」

　きゃぁああっ、と黄色い歓声は当人よりも周りの方が早かった。

　ご婦人方が興奮気味に、友人知人関係なく近くの者と手を合わせたり握り合ったりと盛り上がっている。低く唸《うな》った男性陣は感心したり驚いたりと様々だが、少なくとも国王に申し出る度胸は認めたようだ。

「アンジェリーヌ・ソフィ・ベルリオーズ！」

「…………んんっ？」

　そしてアンジェリーヌは未《いま》だこの状況についていけていなかった。

「忠義の騎士の希《まれ》なる願いだが、余は誰よりも婦女子の味方でありたい。ゆえにそなたが選ぶがよい。この愚《おろ》かにも勇敢な騎士の申し出を受けるか？　その意志があるなら前へ出よ」

　国王陛下が呼びかけると、いつの間にか所在を知る人々の視線が一斉にアンジェリーヌへと集まった。国王夫妻と王太子夫妻は面白がるように、招待客たちは物見高く、騎士たちはにやにやと、あるいは真剣に祈りながら、成り行きを見守っている。

　立ち上がったテオウスはアンジェリーヌを見つめて手を伸べた。

「おいで」と、声はしなかったけれどそう聞こえて、誘われるように一歩を踏み出す。

　こつ、こつ、と足音が響く間、胸が早鐘を打っている。視界から人々が消え、気配が遠ざかり、テオウスしか見えなくなって、世界にたった二人だけになった気がした。

そうしてテオウスは改めて、たどり着いたアンジェリーヌの前に跪いた。

「この場のすべての方々を証人とし、私、テオウス・オリヴィエ・ラヴォアは、喜びのときも悲しみのときも、貧しきときも富めるときも、アンジェリーヌ、君を愛し……病めることなく常に健やかであり続け、いついかなるときも君を勇気づけることを誓う」

まだ指輪のない、けれど二人にだけ見える青い花が結ばれた薬指に口付けられる。

これを、圧倒的神対応、という。

推しの心身の健康を守り、健やかさを愛《め》で、愛し愛される推し活が永遠のものになる。

そう思ったら、泣けてきた。

こうなったら、とアンジェリーヌは最後の手段に出た。

はらりはらりと涙が零《こぼ》れて何も言えない。早く早くと焦《あせ》れば焦るほど熱い涙が頬を伝う。

(返事。返事、を……)

「────っ!」

喜びや感動や、少しの不安と羞恥、焦燥《しょうそう》と溢《あふ》れる愛情、そしてテオウスの手すらも振り切ると、両手を広げて彼を抱き締めたのだった。

そんなアンジェリーヌにだけ聞こえるよう、テオウスがこっそり耳打ちする。

「……胸を開く代わりになっただろうか?」

「……っ!?」

どんなに愛しているか見せることができたらいいのに、と以前テオウスは言っていた。

（まさか⁉）と思って抗議するよりも先に、大胆な返答に応えたテオウスがアンジェリーヌを見せびらかすように高らかと抱き上げた。

わっと歓声が上がる。そこへ響いた「うら若き二人の前途に幸あれ」と国王の祝福でさらに大広間中が沸きに沸いた。

笑っているテオウスに、アンジェリーヌは何も言えなかった。少しばかり憎たらしかったのに、気付けばどうしようもなく幸せで、彼の額に唇を落としていた。

「やっとくっついてくれた‼」

そして、青花騎士団の騎士たちは礼儀作法をかなぐり捨てて仲間同士で抱き合った。

「早く食堂の料理が食べたい！　レーヌロワイヤルが忘れられなくってさあ！」

「俺、睡眠が大事だって思い知った。これから寝られるときはちゃんと寝るわ。本当に」

「よかったよぉぉ！　本当によかったよぉ！　全員無事で帰国できて、こんな最高の結末が見られるんだから、みんな健康に気を付けて長生きしようなぁああ！」

純粋な賞賛を贈る人々、男泣きに泣く者たちがいるなかで、王太子夫妻やそれぞれの家族などの影の功労者たちがほっと胸を撫《な》で下ろしたのは言うまでもない。

＊

「おはようございます！」とアンジェリーヌが元気よく第三食堂の厨房《ちゅうぼう》に現れると、シモンは「うわ……」とうんざりした呆《あき》れ顔になった。

「見て、コラリー。あのぴっかぴかの笑顔。めちゃくちゃ腹立つ」

「婚約したばっかりなんだからいいじゃない。おはよう、アン……じゃなくて。おはようございます、アンジェリーヌ様。本日からよろしくお願いいたします」

コラリーが丁寧《ていねい》に頭を下げるので慌てて手を振る。

「頭を上げてください！　いままで通りアンと呼んでいただいて大丈夫ですから！」

まったく変わらないアンジェリーヌをコラリーは眩しげに見て笑う。

「ありがとう、アン。改めて婚約おめでとう。それから出世……で、いいのかな？」

「いいんじゃないか。ただの下《した》っ端《ぱ》の厨房係じゃなくなったんだから」

「おはよう。全員揃ってるか？」

大柄ながら不思議と騒々しさとは無縁のファビアンがのっそりと現れる。コラリーとシモン、アンジェリーヌも反射的に姿勢を正すが、ファビアンは呆れた様子で言った。

「アンジェリーヌ様。あなたはこっちでしょう」

「は、はい……」

　言われた通りにおずおずとファビアンの隣、コラリーとシモンに向かい合う位置に立つ。

「早速《さっそく》だが新人を紹介する。こちらはベルリオーズ侯爵家のアンジェリーヌ様。この度、第三騎士団所属健康指導員として、騎士団関係者の健康維持に携わることとなった」

　新しい肩書きと紹介を受けてアンジェリーヌは背筋を正す。

　──推し騎士様を支えたい。心身の健康を守り、可能な限り見守りたい。

　──婚約者の立場を得たことで、心の支えになることもできる。

　婚約者は推し騎士様。だから推し活を続けられるはず。欲を出したアンジェリーヌの「これを活《い》かさずにどうする」という主張に最も難色を示したのは、意外にもテオウス本人だった。

「公私の区別がつかなくなりそうで怖い」と言うのだ。

「君が騎士団舎にいるのはすごく嬉《うれ》しい。だがそうなるといずれ破裂する。俺《おれ》が」

　どの部分が？　理性、だったりしますか？

　だがアンジェリーヌは学んだ。この手の話題の深掘りは、よくない。

　ともかく今後どうしていくべきか、思案する二人のもとに第三食堂と青花騎士団から苦情が差し挟まれたのはそんなときだった。

　第三食堂からは、約一年間厨房係として育てたアンジェリーヌが退職すると戦力減になるからなんとかしてくれ、という要求。

青花騎士団からは、コラリーとアンジェリーヌがいることに慣れてしまった騎士たちの、目の保養をさせてくれという主張。

しかしこのまま偽名を用いることはできないし、かといって侯爵令嬢が下っ端の厨房係でいるのは非常に外聞が悪い。

そこへもたらされたのが王太子妃クリステルの一言だった。

「それではベルリオーズ侯爵令嬢として新しい役職に就《つ》いてしまえばいいわ」

かくして青花騎士団にはアンジェリーヌのための役職と席が用意された。

それが第三騎士団所属、健康指導員。

業務内容は食事への助言、休養指示、また悩み相談など心身の健康を維持するための管理指導。クリステルは「『ホケンシツ』の先生みたいなもの」と言っていた。

そんなクリステルの指示でアンジェリーヌは一時的に厨房係の仕事を離れ、指名された医院で研修を受けた。王家の支援を受けて衛生観念の普及に努める医師や研究者が集まる場所で、とてもではないけれど学び切れるはずがなく悔しい思いをしたが、所属員の人々はこれからも協力は惜しまないからいつでもおいでと言ってくれた。

慌ただしく濃い一ヶ月を過ごし、アン・ベリーがやってきたのと同じ冬の季節に、アンジェリーヌ・ソフィ・ベルリオーズは第三騎士団所属健康指導員として入職を果たしたのだった。

大それた役職名だが、新しい厨房係が採用されるまで引き続き第三食堂の仕事をすることになっている。けれど以前よりも騎士たちと深く関わるようになり、仕事の相談や報告のためにテオウスと過ごす時間がかなり増えるはずだ。

なお「破裂する」発言のテオウスは関係者一同の声とクリステルの特例措置で冷静にならざるを得なかったようだ。耐えることさえできればアンジェリーヌは第三騎士団舎にいて好きなときに顔を見られるのだから、努力する方がずっと有意義だと考えたのだと思う。

(その代わり通勤時と帰宅後の触れ合いがかなり……うんやめよう！　仕事仕事！)

「騎士団食堂の勤務経験があるとのことなので、俺たちの業務の手伝いをしていただくことになるが、わからないことは教え合うように。では今日もよろしくお願いします」

「お願いします！」

こうしてまた一日が始まる。

ベルリオーズ侯爵家ならびにラヴォア侯爵家両家の同意のもとに正式に婚約したアンジェリーヌとテオウスは、現在毎日出退勤をともにしている。少しでも一緒にいたいとテオウスが毎朝迎えに来て、退勤時も同様に、必ずアンジェリーヌを侯爵邸へ送り届けてくれるのだ。

結婚するまでそれ以上は、と身を慎むテオウスに、ベルリオーズ侯爵夫妻は好感を覚え、帰宅後の夜でも娘の自室で婚約者と二人きりになることを許してくれるまでになった。

「婚約者らしいことがしたい」

（信用しすぎなんじゃないかしら……）

長椅子《いす》に並んで座ったテオウスがそんなことを言い始めて、アンジェリーヌはまったり過ごしているであろう両親に思いを馳《は》せる。

「婚約者らしいこと……婚約していると実感できること……？」

あれこれと想像するうちにそれらが段々と甘い色を帯びてきたので慌てて打ち消す。

だが推しの要望には全力で応えたい。いま推す者の真価が問われている。

（普段言わないようなことを言うのは、身体や心が疲れているから。甘えている、わがままを言って試しているとも考えられる。なのでここはゆっくり休ませて差し上げることが先決……）

「時間切れだ」

「ぴゃっ⁉」

飛び上がるほど驚いたが、横になったテオウスがアンジェリーヌの膝《ひざ》の上に頭を置いたのでまったく動けなくなる。

（テオウス様のお顔がこんなに近く……！　い、生きていらっしゃる……！）

髪に触れたい。撫でたい。額をなぞって耳をくすぐって、どんな反応をするか見てみたい。

そんなことを考えてうずうずしていたが、ふと、窮屈《きゅうくつ》そうなのが気にかかった。自宅ではないからか椅子に足を乗せずにいるので、体格のいいテオウスには辛《つら》そうだ。

「テオウス様。隣の部屋に行きますか？　寝台なら広々と横になれますわ」

「ん⁉」

お互いの頭をぶつける勢いでテオウスが起き上がった。

「……アンジェリーヌ……君の無意識は本当に恐ろしいな……」

参ったと顔を覆《おお》うので、一連の流れを省みたアンジェリーヌは意味に気付いて赤面した。

「ちっ、ちが、そそそういう意味では！」

「わかっている。俺が悪かった。意地が悪いことをした報いだ……」

落ち込んで見えるテオウスにアンジェリーヌの胸は「きゅんっ」とときめいた。

（弱っているテオウス様も……だめよいけないわっ！　健康が一番いいの！　だけど……）

こうしてちょっと度がすぎたことを反省して弱っている姿とか。

思った通りに事が運ばず、少々強引な手段を取ろうとする意地の悪い顔とか。

企《たくら》みがあるのに微笑《ほほえ》みで覆い隠す狡猾《こうかつ》さとか。

もちろん恋愛能力の凄《すさ》まじさも。

（いいえ、もう気付いているの……そろそろ正直になりましょう。何故なら私は――――！）

健やかな推し騎士様は、至高。

けれど不健康でちょっぴり不道徳な推し騎士様もまた、大変良きものだと知ってしまったのです。

(推せる。まだまだ推せる。一生推し続けられる。最高の度合いを一瞬ごとに更新しているのよ？　婚約してこれなら結婚すればまだまだ知らないテオウス様を見られるのよね!?　楽園、それとも天の国？　ハルセモニカは地上に楽土をお作り遊ばされたのね？)

推し活に必要なのは、健康な心と身体。時間と予算。

推しと人生を添い遂げる覚悟と、推しのすべてを受け止められる強い心臓。

そしてあなたを愛する気持ち。

気が付いたら『普通』とは無縁だし、情緒は不安定だし、嬉しくて幸せで泣けて仕方ないときもあれば、不甲斐《ふがい》なさに悔し涙を流すときもあるけれど、これだけは間違いない。

生きていてよかった。

推しに、テオウス様に出会えて、本当によかった。

「は————、好き」

「ありがとう。一生そう思ってもらえるように努力するよ」

笑ってさらりと言えてしまうそういうところがずるい。

だって私が好きでさえいれば、推さずにはいられないあなたでいてくれるのでしょう？

「アンジェリーヌ。君に贈り物をしたいんだが、構わないか？」

「テオウス様がいればそれで十分です！」

「そう言わずに」とテオウスはアンジェリーヌの唇を指でなぞる。息を呑《の》むと、他の指先が頬をくすぐるように触れていった。たったそれだけなのに胸の奥底までなぞり上げられているようで、ときめきとは違う何かを感じて、勝手に顔が赤くなっていく。

「思いが伝わるように一つ。いつも俺のことを考えてくれるように一つ。誰も目に入らないようにもう一つ。忘れられないように、とびきりのものを最後に一つ」

口付けを――と、テオウスは蠱惑《こわく》的な微笑とともとろける低い声で誘いかけた。

「どこに欲しい？」

推しがいれば何もいらない。しかし水をやりすぎれば花が枯れるように、過剰な『ふぁんさ』と愛情はアンジェリーヌを堕落させるのみならず命を奪うのだと、このとき確信した。

（ハルセモニカよ、守りたまえ）

推し騎士様のご意志こそすべて。その言葉は絶対の真理。

何よりアンジェリーヌがそれを望んでいる。

「……推し騎士様《テオウス》のお望みのままに……」

幸福に震える声で囁《ささや》いて、アンジェリーヌは潤む瞳《ひとみ》をそっと閉じた。

その夜、推し騎士様の口付けは「足りないから」と、約束の回数を超えて雨のごとくアンジェリーヌに降り注いだ。――幸せすぎて何度召されたかは、ちょっとわからない。

あとがき

本作をお読みくださり、誠にありがとうございます！　だいたいのことは寝ればなんとかなるはずだと思っている瀬川月菜です。

読者の皆様とその推し様方の健康を心からお祈りする新作ファンタジーをお届けいたします。

アンジェリーヌのように人生を捧げるほどではないのですが、私にも幼い頃から好きでいる作品やキャラクターがあります。専用の棚にグッズを並べているのですが、それをぼんやり眺めているだけでも少しだけ元気をもらえるような気がしています。

子どもの頃から好きなものを大人になったいまでも好きだと言える。そこまで好きなものに巡り合えた。それってちょっとした奇跡なんだろうな、と思います。

このあとがきをお読みの方にもそういうものがありましたら、長く好きでいるためにも、どうか健康でいてくださいね！

ところで、この作品を書いているときに家族が初めてケールを買ってきてびっくりしました。

ケールは作中にも登場する黒キャベツと同種の野菜です。

せっかくなので作品と同じようにケールチップスを作りました。しゃくしゃくっと軽やかな食感で、じゅわっと油が染みていて、強めの苦味と塩気が美味しいです。

焦げないように揚げて塩で味をつけただけの簡単料理ですが、また一つ美味しいものを知ってしまいました。皆様も機会があれば作って召し上がってみてください。


可愛らしくて健康なヒロインと、甘い言葉で口説いているところを見てみたすぎる格好いいヒーローなど、素晴らしいイラストをくださった仁藤あかね先生。この度はありがとうございました！

的確な助言と励ましをくださる担当様のおかげで、今回も楽しく書くことができました。校正様、デザイナー様、編集部など関係者の皆様方、いつも本当にありがとうございます。

応援してくださる皆様、この作品をお読みくださった方々に、厚く御礼申し上げます。皆々様がよく寝て、よく笑い、美味しいものを食べて、ずっと元気でいてくださいますように！

二〇二四年一月　瀬川月菜

IRIS ICHIJINSHA

騎士団食堂《きしだんしょくどう》の推《お》し活令嬢《かつれいじょう》
最推《さいお》し騎士団長《きしだんちょう》の神対応《かみたいおう》が甘《あま》すぎます

2024年2月1日　初版発行

著　者■瀬川月菜

発行者■野内雅宏

発行所■株式会社一迅社
〒160-0022
東京都新宿区新宿3-1-13
京王新宿追分ビル5F
電話03-5312-7432(編集)
電話03-5312-6150(販売)

発売元：株式会社講談社
(講談社・一迅社)

印刷所・製本■大日本印刷株式会社

ＤＴＰ■株式会社三協美術

装　幀■小沼早苗（Gibbon）

ISBN978-4-7580-9613-3

●この作品はフィクションです。実際の人物・団体・事件などには関係ありません。

この本を読んでのご意見
ご感想などをお寄せください。

おたよりの宛て先

〒160-0022
東京都新宿区新宿3-1-13
京王新宿追分ビル5F
株式会社一迅社　ノベル編集部
瀬川月菜《せがわつきな》 先生・仁藤《にとう》あかね 先生

第13回 New-Generation
アイリス少女小説大賞

IRIS ICHIJINSHA

作品募集のお知らせ

一迅社文庫アイリスは、10代中心の少女に向けたエンターテイメント作品を募集します。ファンタジー、ラブロマンス、時代風小説、ミステリーなど、皆様からの新しい感性と意欲に溢れた作品をお待ちしています！

金賞　賞金100万円　＋受賞作刊行

銀賞　賞金20万円　＋受賞作刊行

銅賞　賞金5万円　＋担当編集付き

応募資格　年齢・性別・プロアマ不問。作品は未発表のものに限ります。

選考　プロの作家と一迅社アイリス編集部が作品を審査します。

応募規定　●A4用紙タテ組の42字×34行の書式で、70枚以上115枚以内(400字詰原稿用紙換算で、250枚以上400枚以内)
●応募の際には原稿用紙のほか、必ず ①作品タイトル ②作品ジャンル(ファンタジー、時代風小説など) ③作品テーマ ④郵便番号・住所 ⑤氏名 ⑥ペンネーム ⑦電話番号 ⑧年齢 ⑨職業(学年) ⑩作歴(投稿歴・受賞歴) ⑪メールアドレス(所持している方に限り) ⑫あらすじ(800文字程度)を明記した別紙を同封してください。
※あらすじは、登場人物や作品の内容がネタバレも含めて最後までわかるように書いてください。
※作品タイトル、氏名、ペンネームには、必ずふりがなを付けてください。

権利他　金賞・銀賞作品は一迅社より刊行します。その作品の出版権・上映権・映像権などの諸権利はすべて一迅社に帰属し、出版に際しては当社規定の印税、または原稿使用料をお支払いします。

締め切り　2024年8月31日(当日消印有効)

原稿送付宛先　〒160-0022 東京都新宿区新宿3-1-13 京王新宿追分ビル5F
株式会社一迅社 ノベル編集部「第13回New-Generationアイリス少女小説大賞」係

※応募原稿は返却致しません。必要な原稿データは必ずご自身でバックアップ・コピーを取ってからご応募ください。※他社との二重応募は不可とします。※選考に関する問い合わせ・質問には一切応じかねます。※受賞作品については、小社発行物・媒体にて発表致します。※応募の際に頂いた名前や住所などの個人情報は、この募集に関する用途以外では使用致しません。